Deja cantar a la muerte

SANDRA ANDRÉS BELENGUER

Deja cantar a la muerte

CROSS BOOKS

CROSSBOOKS, 2019
infoinfantilyjuvenil@planeta.es
www.planetadelibrosinfantilyjuvenil.com
www.planetadelibros.com
Editado por Editorial Planeta, S. A.

Avda. Diagonal, 662-664, 08034 Barcelona
Primera edición: abril de 2019
ISBN: 978-84-08-20798-6
Depósito legal: B. 4.928-2019
Impreso en España – *Printed in Spain*

El papel utilizado para la impresión de este libro es cien por cien libre de cloro y está calificado como **papel ecológico**.

A ti, si has sentido el frío del miedo.
A ti, si alguna vez te han hecho creer que no valías.
A ti, si no puedes dibujar unas alas con las que dejar tu tristeza atrás.
A ti, si has encontrado consuelo en la música.
A ti, lector apasionado, en cuyas manos sostienes este libro...
La historia que te ofrezco a continuación es tuya.
Espero que con ella puedas enfrentarte a miles de espejos y hallar en ellos tu nueva sonrisa.

A mis padres.

Érase una vez un niño... Un niño que incluso antes de nacer provocó la envidia de los dioses de la música. Estos sabían que su voz sería tan bella, tan única que su poder no tendría límites y el mundo se doblegaría bajo su hechizo.

El bebé crecía y crecía en el vientre de su madre, ajeno al peligro, escuchando una música que solo él podía oír con cada latido de su minúsculo corazón.

Sin embargo, los dioses, que son siempre astutos y solo conocen la memoria de millones de noches, cuando comprobaron que no podían acabar con su vida, enviaron compuesta en un lenguaje arcano una canción de notas ponzoñosas como espinas negras. La maldición se enraizó en lo más profundo de su ser hasta cambiar el destino del pequeño. Triunfantes, los dioses sonrieron desde sus partituras de fuego. Nadie escucharía jamás cantar a la muerte...

1

Al filo de las tinieblas

> «Nunca a su alrededor había sido más opaca la oscuridad...
>
> Nunca el silencio más pesado ni terrible.»
>
> GASTÓN LEROUX,
> *El fantasma de la ópera*

Miedo.

Se coagulaba a su alrededor.

Pulsante. Helado.

Podía respirar su hedor funesto y sentir cómo su veneno le roía las venas. Tal vez no fuera demasiado tarde. Tal vez, si no se dejaba dominar por el pánico, tendría alguna posibilidad de escapar.

De pronto, cada uno de sus pasos le devolvió el eco de un crujido. Giró la pequeña cámara de vídeo digital. Su luz, una esperanzadora estrella que le servía de guía en el reino de la noche, le mostró los vestigios de la muerte.

Cientos de esqueletos se arremolinaban a sus pies conformando una alfombra dantesca. Estaba pisando restos de cuerpos que una vez vivieron en la superficie, ajenos al destino que los aguardaba, despreocupados por un futuro que jamás imaginaron entrever. Ilusiones, sueños, recuerdos... Cada uno de aquellos huesos tenía una historia que contar que ahora permanecería muda y desconocida para siempre.

Contuvo el aliento al tomar en sus manos la única calavera existente cuyas cuencas parecieron devolverle la misma mirada de terror. Reconoció el cráneo fracturado por la grieta que surcaba el agujero donde una vez se alojó la nariz. No era la primera vez que lo veía. Sí, estaba seguro. Hacía poco que había transitado aquel mismo túnel.

Con la calavera todavía en su poder, enfocó el muro de la derecha. Nada. Únicamente la piedra desnuda.

—No puede ser... Dios mío, es imposible... Dibujé una flecha justo aquí, ¡juraría que fue aquí!

El silencio lo envolvió todo de nuevo. Engulló cualquier atisbo de sonido, apagó el tintineo de las gotas que se desprendían de las pequeñas estalactitas, enmudeció a las ratas. El silencio era un habitante más de aquel submundo y se unía a la oscuridad dispuesto a golpear su cordura.

Observó de nuevo la calavera, como si esta pudiera susurrarle las respuestas que andaba buscando. Por un momento creyó que aquella sonrisa descarnada, aquel gesto congelado en un rictus de risa eterna, se burlaba de su desesperación.

Un pensamiento le cruzó el cerebro con la fuerza y la velocidad de un relámpago. «Pronto me uniré a estos huesos...» No podía abandonarse a la locura, cualquier señal de rendición suponía la muerte.

—¡Maldita sea! —gritó al tiempo que arrojaba la calavera contra el muro.

Reanudó la búsqueda con el pulso latiéndole frenéticamente en las sienes. Debía darse prisa. Concentrarse. Había bajado a aquel lugar en numerosas ocasiones, era un experto conocedor de sus galerías, de sus recovecos... Entonces ¿por qué no conseguía encontrar el camino de regreso? Ya no le quedaba comida ni agua y la batería de la cámara no duraría mucho más.

Aturdido, siguió adelante bajo el peso de la angustia. Apenas sentía los pies. El frío había comenzado a lanzar mordiscos y estos le atravesaban voraces el mono y las botas hasta alcanzarle la piel.

La trémula luz silueteó un cruce de corredores. ¿Había pasado por allí con anterioridad? Ni siquiera podía recordarlo. De repente, todo se le antojaba nuevo, desconocido. Un dédalo de tinieblas. Quizá la leyenda fuera cierta... Quizá aquel lugar albergara en sus entrañas las puertas del infierno...

Dio un respingo. Sus divagaciones se cortaron en seco. La cámara tembló mientras enfocaba un grabado realizado en la roca. Ante sí apareció la figura fantasmagórica de un hombre, de trazos blancos, los brazos y las piernas, alargados hasta extremos imposibles, parecían señalar varias direcciones, como un Hombre de Vitruvio distorsionado. Su rostro era solo la apariencia de unos ojos humanos inmersos en un borrón níveo. Aquellos ojos sin pupilas destilaban un pavor sobrenatural.

Se pasó una mano por la frente. ¿De verdad estaba contemplando aquello. O era producto de su mente, arañada por las garras del miedo? Cuando su mirada se enfrentó de nuevo a aquel ser, tan alto y deforme que parecía extraído de una pesadilla, creyó estar ante una especie de dios. Rozó el grabado con una veneración nacida de la locura. Estaba húmedo, como si transpirase...Vivo.

Ahogó un gemido. En respuesta oyó un suspiro, tal vez el sonido de un aliento al ser expulsado, una ligera pero innegable perturbación en aquel aire maldito. Se volvió con el corazón golpeándole las costillas y descubrió que la galería por la que había llegado estaba de repente cerrada. Un muro bloqueaba el paso.

¿Cómo podía ser? Sus sentidos se agudizaron, sus nervios quedaron al desnudo. Un rumor lejano se aproximaba oscilante como las suaves olas al rendirse en la orilla de una playa... La ilusión de un cántico... Un lamento hecho música, una voz espectral que se colaba por los túneles con el único propósito de llegar hasta donde él se encontraba. De alguna forma sabía que la voz cantaba para él, y aquel convencimiento sacudió la poca calma que aún conservaba.

—¿Hay... alguien ahí?

Puede que fuera un compañero que, habiendo encontrado sus flechas, estuviera buscándolo, otro explorador de aquella tumba subterránea...

—Sí. —La voz sin labios estalló nítida en su oído izquierdo—. Soy la muerte.

Comenzó a correr como un loco, poseído por un miedo visceral. Elegía los túneles al azar: recto, derecha, izquierda, dudando solo milésimas de segundo antes de precipitarse, sin saberlo, a otro corredor que, bajo la luz de la cámara, se le antojaba igual que el anterior.

Era un ratón atrapado en un laberinto milenario. No escuchaba pasos tras de sí, pero la certeza de ser perseguido consumía lo poco que quedaba de su raciocinio. Rezó. Él, que no creía en el más allá, rezó para que alguien lo encontrara, rezó para que algo no lo hiciera primero.

Una carcajada siniestra se desplegó en la negrura. La percibió en todas partes, a su alrededor, en cada pasillo, rebotando en las bóvedas... Era real. Tanto como su respiración entrecortada por un llanto incipiente.

Tropezó. Cayó al suelo y se hirió las manos con las astillas de los huesos que había diseminados por doquier.

De su boca surgió un grito. De dolor. De pánico. Poco importaba. Se puso en pie y trastabilló. Volvió a caer. Apoyó las rodillas y se incorporó otra vez. Corrió sin mirar atrás. Ni siquiera cuando la cámara se le resbaló de la palma sudorosa y aterrizó en un charco.

Solo se detuvo para tomar aire.

Unos instantes.

Una eternidad.

Entonces sintió cómo una mano de dedos helados le tocaba el cuello. Alzó la vista en la penumbra y supo que era demasiado tarde. La oscuridad lo engulló para jamás regurgitarlo.

2

Cuando el miedo baila

«Christine fue perdiendo toda su seguridad. Temblaba. Se encaminaba hacia una catástrofe...»

Gastón Leroux,
El fantasma de la ópera

Odiaba aquella sensación.

Y la temía.

A veces, odio y miedo se confunden hasta desdibujar sus límites.

Y allí estaba de nuevo, alojada en el precipicio de su estómago, enturbiando sus latidos, ávida de su aliento. Un espectro interno que la perseguía todos los días y se alimentaba de su energía despacio, muy despacio, complacido de saber que tarde o temprano quedaría definitivamente saciado.

Habían pasado cuatro años desde que comenzó a notarla. Al principio apenas era perceptible. Como una voz sutil, peligrosa pero lisonjera, que susurraba palabras preñadas de veneno solo para ella. Y ella fingía no ser consciente de su existencia, pero pronto dejó de oír sus murmullos para escucharlos con una entrega total y enfermiza. O tal vez fuera como una caricia prodigada por unas manos invisibles que no tardaron en tirar de su cuerpo para anclarlo a sus miedos.

Miró a su alrededor al tiempo que percibía una gota de sudor recorrerle la mejilla. Sus compañeros asistían a la clase de madame Denize ajenos a su perturbación. Incluso Charlotte parecía haber olvidado por unos instantes que debía hacerle la vida imposible y se había concentrado en el inicio de la nueva asignatura. Era un alivio, pero no duraría. Su buena suerte, si es que la tenía, nunca duraba.

La luz procedente de las añejas arañas colgantes serpenteaba en el suelo de parqué. Los contrastes de la Sala Tchaikovsky saltaban a la vista: artesonado salpicado de querubines, barras metálicas, piano de cola con evidente desgaste en las teclas, un equipo de música de alta gama... Y a ambos lados, unos espejos enormes que le devolvieron una imagen que la inquietó. Pensó en uno de sus héroes literarios, Atreyu, y no pudo evitar sentirse en su piel. Los espejos de aquella sala de ballet se transformaban cada día en la Puerta del Espejo Mágico, una de las pruebas que el protagonista debía superar para continuar su viaje. Una prueba en la que el cristal reflejaba el verdadero interior de las personas. Christine sabía que su interior no podía mostrarle nada bueno en aquel momento.

Otra vez el hormigueo en las piernas. Otra vez el frío colándosele en las venas. Otra vez aquella maldita y terrible sensación.

Durante esos cuatro años no había querido darle un nombre. Pensaba que, de hacerlo, le conferiría el poder de ser más real, más poderosa. E, incluso así, no consiguió desprenderse de sus garras. Estaba cosida a ella. Era su rehén. Nada más despertar la notaba enroscarse en su pecho. Se vestía oyendo sus ecos siseantes en cada recodo de su mente. Se preparaba la mochila guiada por sus hilos de titiritero. Desayunaba con aquel huésped ronroneando en su estómago.

Caminaba sintiendo cómo su magnetismo negro la instaba a regresar a casa. Y cuando llegaba a la Schola Cantorum sabía que no había vuelta atrás. Aquella sensación insidiosa se había adueñado de su cuerpo y de sus emociones. Seguía sin ponerle nombre. Pero Christine tenía muy claro cómo definirla.

La sensación le gritaba que huyera. La sensación la había convencido de que no debía estar allí. La sensación había ramificado, y sus raíces, sedientas, le absorbían la vitalidad y la dejaban a merced de sus propias inseguridades.

Christine era temblor. Era abismo. Era miedo. ¿Cómo podía ser que algo que amaba desde niña se hubiera convertido en la fuente de sus pesadillas? Sabía que su peor enemigo era ella misma. Y, sin embargo, no conseguía reunir la fuerza suficiente para vencerlo.

Se palpó el moño para asegurarse de que ningún mechón de cabello escapaba y realizó los últimos estiramientos. Unas palmadas enmudecieron los murmullos de los estudiantes. Madame Denize comenzó a explicar lo que harían aquella tarde de otoño en la clase de ballet contemporáneo. Era una mujer de mediana edad, expresión severa, pero sonrisa dulce. Siempre con el cabello oscuro recogido en un moño perfecto, siempre con la mirada certera e impenetrable. Christine solía compararla con un cisne negro. Esbelto, hermoso a su manera y al mismo tiempo cargado de frialdad. Una elegancia hierática que pocas veces demostraba su belleza al bailar. Y es que madame Denize no practicaba sus clases con el ejemplo. Era bien sabido por los alumnos de la escuela de música que aquella profesora había sido bailarina en otro tiempo y que había alcanzado la fama hasta que el telón de su destino se precipitó sobre ella en forma de accidente.

El estigma de su cojera quedaría siempre marcado en su carrera. Sin embargo, sus clases eran las más demandadas. Una sola palabra positiva de los labios de aquella mujer podía abrir muchas puertas. Y su conocimiento del ballet moderno rozaba la genialidad.

—Bien, durante estas tres primeras semanas habéis bailado en grupo, coreografiados, como copias unos de otros. —Mientras hablaba, introdujo un cedé en el reproductor de música que había al fondo de la sala—. Sois alumnos de último curso. Demostrar que sabéis ejecutar un *arabesque*, un *battu* o un *croisé* debería ser vuestra preocupación a los diez años, no a los diecisiete. Ya no quiero ver copias. No en mi clase. El ballet contemporáneo es mucho más que aprenderse unos pasos. Es arte, es magia, es vida. Y la vida no se coreografía, ni se ensaya. La vida se improvisa, y eso es lo que vais a demostrar hoy.

Christine notó cómo la sensación que tanto temía se abría paso más allá de su maillot blanco hasta vestirle la piel con las escamas del miedo. A su alrededor, todos murmuraban optimistas, deseosos de hacerse valer.

Meg, su única amiga en la escuela, le sonrió mientras alzaba el pulgar de su mano derecha. «Será genial», parecía decirle. «Fracasarás», gorgoteaba en respuesta la siniestra voz en sus entrañas.

Fuera, los ropajes del atardecer vestían las calles de París con sus tonalidades violáceas. Christine intentó relajar los músculos. Su cuerpo le suplicaba que se perdiera en la ciudad, que enterrase las zapatillas junto a sus sueños inalcanzados y se adentrara en el crepúsculo para jamás volver. Sin embargo, los acordes de una melodía lograron que sus pensamientos regresaran.

—¿Alguien reconoce la música o intuye quién es la intérprete? —preguntó la profesora.

La mayoría negó con la cabeza. El corazón de Christine le vibró entre las costillas. Por supuesto que la conocía. Su padre solía interpretarla años atrás mientras ella bailaba entregada por completo a los acordes del violín. El vídeo oficial, colgado en YouTube, mostraba a la propia compositora como la protagonista de una escena un tanto peculiar: se despertaba encerrada en un sótano de paredes grises y puertas tapiadas. La joven intentaba escapar en vano hasta que, en su desesperación, descubría a sus pies numerosas cajas de diversos tamaños. Todas ellas guardaban bombillas y velas... salvo una, en cuyo interior reposaba un hermoso violín. Triste y vencida, la chica colocaba el instrumento en posición y comenzaba a tocar, como si únicamente así pudiera desterrar el pánico que le producía su cautiverio. Poco a poco, por arte de magia, las velas se encendían prendidas mediante un aliento invisible, las bombillas refulgían sin electricidad alguna. Y la violinista, embriagada por aquel milagro, seguía tocando hasta que su lóbrega cárcel de muros desnudos se convertía en un vergel de luces.

Madame Denize esperaba a que alguien respondiera. Pero Christine no dijo nada. Su garganta contenía la emoción, la sensación le triplicaba los nervios.

—Me sorprende que nadie haya escuchado esta composición de la joven violinista Lindsey Stirling, *The song of caged bird*. —Madame Denize paró la música y dio una sonora palmada—. Comencemos entonces. ¿Christine? Tú serás la primera. Sedúcenos, intenta hacernos sentir lo que la música te transmite. Libera tu cuerpo.

La joven se situó en el centro. Todas las miradas se clavaron en ella. Las notó una a una. Incluida la de Charlotte.

El adagio del violín pareció sacudir el aire a su alrededor. Tan triste, tan desolador que la sensación se carcajeó desde lo más profundo de sus pensamientos.

Por unos instantes tuvo el presentimiento horrible de que su cuerpo no reaccionaría, de que el frío que lo invadía la congelaría y se vería multiplicada en los espejos como una muñeca de cuerda... para siempre. Cerró los ojos y pugnó por concentrarse. La parte más instintiva que todavía conservaba activó todos sus músculos obligándola a iniciar una cadencia suave. No podía pensar, abandonarse a su mente. Si lo hacía, estaría perdida. La música no pertenecía al cerebro, sino al corazón. Y el suyo estaba marchito. Hueco por dentro. Era la sombra de una sombra.

El violín acentuó el ritmo iniciando un intenso crescendo. Christine trató de seguirlo, de capturar su esencia. Y en ese convencimiento, bailar para atrapar la música, se vio acorralada. Ningún bailarín perseguía un acorde. Los hacía suyos, los poseía, los acunaba con movimientos nacidos de la pasión más pura.

Alzó los brazos, estiró la columna y extendió los dedos para acto seguido realizar un giro. La música ganaba en intensidad, absorbía su terreno... Y la sensación se tensaba en su pecho, vibrante como las cuerdas del violín que resonaba en la sala. Le recordaba su cobardía, le reprochaba su falta de energía, la ensordecía hasta perder la noción de sí misma.

Sintió que era ella la que estaba secuestrada en el sótano del vídeo. Veía con total nitidez los muros grisáceos, las ventanas tapiadas con ladrillos, el polvo revoloteando hasta convertirse en polillas... Los rostros de sus compañeros comenzaron a desenfocarse a su alrededor, el rictus de madame Denize se enturbió, los querubines desaparecieron entre los destellos de las arañas. No conseguiría crear luz. Las bombillas y velas que se encendían para la violinista no relucirían para ella.

Nunca lo harían.

Permanecería encerrada en aquel zulo toda su vida.

Nadie oiría sus gritos.

Nadie la recordaría.

Nadie... Jamás...

Su pulso disparó todo su cargador de adrenalina y durante unas milésimas de segundo creyó, dominada por un pánico incipiente, que las compuertas de la sala se abrían de par en par para vomitar una cascada de agua donde el violín se convertía en un recuerdo lejano.

Y de repente cayó al suelo, jadeante, todavía asustada. Se dio la vuelta justo para ver la sonrisa burlona de Charlotte y supo lo que había ocurrido. Apretó los dientes. La zancadilla no la eximía del fracaso en el que se había sumergido.

Un rumor de susurros se extendió, sombrío y nervioso, en el aire cargado de olor a resina y sudor.

—Christine... —Madame Denize negó con la cabeza. Su voz transmitía decepción—. Hace cuatro años que estudias en este centro. Tus anteriores profesores afirman que tienes potencial... Pero ¿quieres saber qué es lo que he observado yo en tan solo tres semanas de clase?

La joven se levantó con la mirada enrojecida. No lloraría. No delante de madame Denize. No delante de Charlotte. Se mantuvo en primera posición. Cuerpo erguido. Alma encogida.

—Eres perfecta en tu técnica. —Los ojos negros de la maestra de ballet le recorrieron el cuerpo. Desde la punta de los pies hasta la postura de la cabeza—. Pero eso es todo. No veo vida en tus movimientos, no transmites pasión, ni deseo... Bailas mecánicamente. Eres una autómata, Christine. Nada más.

Se oyó una risita a sus espaldas. Christine se sintió febril. A punto de fracturarse por dentro.

—Tal vez tengas potencial, pero no ganas. Vas a tener que esforzarte mucho si quieres terminar tus estudios aquí. Piensa si de verdad quieres que el ballet sea tu vida o enfréntate ya a la posibilidad de renunciar. —Madame Denize extrajo el cedé y dio una nueva palmada—. Se acabó la clase. Mañana continuaremos, y espero que el siguiente bailarín no me defraude.

Ni siquiera fue consciente de que los demás abandonaban la sala, ni de cómo Meg le daba una palmada en la espalda con actitud cariñosa. Se sentó en el parqué y se quitó las zapatillas para comprobar que sus pies necesitaban más de una tirita.

—Gran exhibición la de hoy, Christine.

Charlotte bebió un sorbo de agua de su botellín y rio mientras se despeinaba los bucles rojizos con los dedos.

—Me ha encantado, en serio.

—Déjame en paz.

—No te hagas la mártir ahora. ¿Acaso has olvidado nuestro trato?

Christine se mordió el labio inferior. Los ojos le escocían de nuevo.

—Veo que sí, pero te conviene tenerlo muy presente, ¿me oyes? Me importa bien poco que tú solita te cargues tu carrera como bailarina, pero como tararees una sola nota en clase de canto, te juro que lo lamentarás.

Palpitaciones de silencio.

—Soy la hija del director de esta escuela. Es decir, alguien importante, y no una perdedora como muchas de las que estáis aquí. O te mantienes en el coro, que es donde te corresponde estar, o ya puedes ir despidiéndote de tu preciada beca. Qué pena, ¿no? ¿De dónde sacaría tu abuelita el dinero para que su niña sea toda una artista?

Christine cerró los puños hasta clavarse las uñas en las palmas. Justo antes de dar media vuelta y dirigirse hacia la puerta, Charlotte escupió una última advertencia.

—Una sola nota en solitario y *au revoir*, Christine.

Las lágrimas conquistaron sus ojos. Tristeza líquida que se le precipitaba por las mejillas hasta posársele en los labios.

La sensación decía la verdad. La sensación era más real que aquel sabor salado que le quemaba la lengua. La sensación volvía a ganar.

Cuando salió al pasillo caminó en dirección contraria al resto de los alumnos, que acudían solícitos a sus respectivas asignaturas. Algunos afinaban los oboes, otros repasaban unas escalas, reían, flirteaban, soñaban...

Recogió la mochila en la taquilla del vestuario. No asistiría a clase de canto, haría novillos una vez más. Si seguía faltando, perdería la beca. Cerró los ojos, preocupada. Esa beca era un último intento de luchar por un sueño que ya comenzaba a estar tan destrozado como sus pies de bailarina. Pero solo sentía deseos de huir.

El odio y el miedo no tienen un límite definido, se trenzan, burbujeantes y encendidos, hasta convertirse en uno. Christine era consciente de ello, y aun así su valentía daba siempre un paso atrás hasta refugiarse en las sombras. En su oscuro seno se hacía pequeñita, casi invisible. Pero al menos en las sombras el miedo no conseguía alcanzarla.

Percibió una vibración leve en el interior de la mochila. Extrajo el móvil. Un mensaje de un número desconocido había llegado a su buzón de mensajes.

Rue D'Enfer
Tombe de la musique
23 h
Kta dans le coeur

Por primera vez desde hacía semanas, Christine se permitió sonreír.

Contrapunto

Erik

La canción de Nightwish abraza mis sentidos. Podría haber conectado los cascos, pero me apetecía escucharla en todo su esplendor. Quiero que cada nota inunde hasta el último recodo de este lugar y sentir cómo el corazón se me estremece al unísono.

A veces creo que solo vivo a través de la música, que existo por y para ella. Y esa certeza es todo cuanto me hace sonreír. No tengo mucho más a lo que aferrarme. He aprendido a olvidarme del mundo, a fingir que no existe. Si cierras los ojos, aquello que te atemoriza sigue estando ahí, al acecho, preparado para golpear de nuevo..., pero si levantas un muro que te proteja la mente, puede que el miedo desaparezca y con él todas tus flaquezas.

El odio es un miedo difícil de derrotar, incluso con un muro protector, o si eres un fantasma, como yo. Sé de lo que es capaz. Durante toda la vida he sido esclavo del odio viscoso e incomprensible que anidaba en los demás. Y aunque muchas de mis decisiones me hayan llevado a él, ahora me siento en paz. Yo también soy capaz de odiar.

El odio quema, incendia lo que toca, abrasa en un círculo de destrucción interminable. ¿Acaso importa si a veces me dejo contagiar por las mismas llamas que me han devorado?

Christine

Solían gustarme los cuentos. Así que... tal vez debería comenzar con uno. Mi favorito es el de la niña que vivía en una burbuja. La historia cuenta cómo la niña nació en un hogar lleno de felicidad. Sus padres la habían concebido con amor y con amor fue recibida en sus brazos.

La educaron con cariño, besos y promesas de que los sueños siempre se hacían realidad, y la niña aprendió que la magia, la esperanza y la bondad no eran conceptos extraños en un mundo que ya no creía en ellos. En su corazón creció la fe en los finales felices, en los deseos a la estrella fugaz, en soplar dientes de león, en hablar con la luna y en el ángel de la música... A la niña que vivía en una burbuja le encantaba el cuento del ángel. Todas las noches anhelaba verlo junto a su cama y aguzaba el oído para escuchar, aunque solo fuera una vez, aquella voz pura y bellísima que, según sus padres, solo podían percibir los pocos merecedores de ella. El ángel protegía, el ángel enseñaba, el ángel hechizaba con una música gloriosa destinada únicamente a aquellos que creyeran en sus prodigios. Y la niña creyó. Creyó con todas sus fuerzas.

Sus padres la convencieron de que podía ser lo que ella desease, de que las barreras estaban hechas de arrepentimiento y que los que luchan por sus verdaderos sueños son los que siempre vencen. Y la niña, que se había enamorado de la música que nacía del violín de su padre y de la voz tan hermosa con la que su madre inundaba de aplausos los escenarios, decidió seguir sus pasos.

El ángel la guiaría... ¿Qué podía salir mal?

Erik

La música me ha hecho más fuerte. La música es capaz de tomar tus sentimientos entre sus manos, hechas de acordes, alzarlos hasta el cielo y sanarlos. Si existe dios, debe de estar hecho de partituras. Aunque dudo que un dios que tolere la rabia y la soledad pueda ser real.

La soledad atormenta. La rabia consume. Una combinación letal que siempre está a mi alcance. Como un delicioso fruto prohibido: atrayente en apariencia, la perdición si te atreves a probarlo. Una pequeña sacudida en el muro de mi mente, y la ponzoña se filtraría por mi cuerpo hasta anegarlo por completo.

La rabia te consume día a día, te atrinchera bajo sus barrotes candentes y desea con sus lamentos que enloquezcas poco a poco hasta que no quede nada en ti que no sea un yugo de amargura. Y te aseguro que ese yugo jamás te permitirá respirar ni comer. Se nutre de la poca vitalidad que atesoras, y el temor a perderla es mayor que cualquier dolor que puedas experimentar.

Y, créeme, no quiero pasar por eso de nuevo. No quiero sentir la muerte en mi interior. Ni el miedo ni la angustia son comparables a sentir que estás muerto cuando aún eres capaz de respirar...

Bajo un poco el volumen. No me gustaría perturbar a la oscuridad. No soy un pobre diablo atrapado en las redes de la locura. La oscuridad puede ser un amparo reparador, pero sería un imprudente si pensase que no está viva.

Christine

Dejándose llevar por la leyenda del ángel y el apoyo de sus padres, la niña comenzó a tomar clases de ballet y canto. No era consciente de que en la familia el dinero escaseaba, y fue a las mejores academias y sorprendió con su talento a profesores y jurados de varios certámenes. Estaba convencida de que el ángel la protegía bajo sus alas. Todo saldría bien, albergaba una luz especial dentro de sí que nunca se apagaría.

Pero mientras que sus amigos fueron creciendo y dejando atrás juegos y creencias infantiles, ella siguió acunando un corazón inocente. El mundo giraba a su alrededor para mostrarle todos sus colores, incluido el negro; sin embargo, la niña solo distinguía el azul celeste de sus ilusiones. Las estrellas eran poderosas, la luna contestaba a sus deseos, el ángel de la música parecía hablarle al oído.

Ningún daño podía alcanzarla. La maldad solo existía recluida en las películas y los informativos. La maldad era algo lejano... O eso creía la niña.

Erik

Qué pronto dejamos de creer en los monstruos que surgen de la oscuridad. De algún modo, los adultos acaban perdiendo el miedo que los hacía temblar cuando vinieron al mundo. Ese miedo a lo desconocido que siempre habita en la negritud más absoluta, ese miedo que nos convence de que hay un ser terrible bajo la cama dispuesto a llevarnos consigo si osamos echar un solo vistazo, una criatura repugnante tras la puerta o un espectro infernal apostado en el armario. Te acuerdas ahora, ¿verdad? Seguro que tú también has sentido ese sobrecogimiento al apagar las luces, ese aliento de hielo en la nuca al intentar dormir, esos latidos persistentes en el aire como ecos desesperados de tu propio corazón.

La oscuridad ha sido siempre temida, respetada. Una diosa caprichosa que ama y mata a los que la escuchan. Grabé a fuego en mi memoria la frase de un escritor que en el crepúsculo de su vida dijo que la luz cree viajar más rápido que ninguna otra cosa, pero que está equivocada: «No importa lo rápido que la luz viaje... siempre se encuentra a la oscuridad primero, y esa oscuridad ya la estaba esperando». Antes de nacer pertenecemos a las tinieblas, y una vez aquí nos olvidamos de que, al fin y al cabo, siempre seremos parte de ellas. ¿Crees que ya no tienes por qué temer a los monstruos que te acosaban en la infancia? ¿Que eran meras fantasías engendradas por la noche? Te equivocas. Recuerda que incluso la rosa más blanca hace sombra.

La oscuridad es un ser vivo. Y yo soy uno de sus monstruos.

Christine

Cuando la muerte sobrevino sobre sus padres en un amanecer frío y neblinoso, el mundo que pululaba alrededor de la niña se abalanzó sobre ella.

Un accidente de coche y dos estrellas más en el firmamento.

Por primera vez supo que morir era algo no solo desgarrador sino muy real, lejos de una felicidad que ya suponía eterna. No hubo luto, no hubo duelo. Porque simplemente no lo permitieron. Los familiares, que hasta aquel entonces habían tejido sus respectivas vidas en aparente armonía, entraron en la suya armados con reproches y quejas que la niña no entendió. Fueron ellos quienes la bautizaron como «la niña que vivía en una burbuja», condenaron sus sueños y criticaron su falta de visión y responsabilidad.

Nunca debió entender que la vida era solo amar y sonreír. Nunca debió seguir el camino que llevó a sus padres a naufragar. Si ellos habían fracasado con la música, la música también la hundiría a ella. Bailar y cantar no eran sinónimo de una vida adinerada y plena, sino solo un pasatiempo, un absurdo antojo de juventud que debía terminar. Todo en lo que creía formaba parte de un espejismo que sus padres habían contribuido a crear. Todo en lo que creía... no era sino una gran mentira.

La niña lloró tanto que se secó por dentro.

Los cuentos ya no prometían finales alegres, la estrella fugaz dejó de brillar, los dientes de león se marchitaron, la luna se burló de sus lamentos... y el ángel de la música, su mayor fantasía, su tesoro más preciado, le dio la espalda como traición a su credulidad. Únicamente su abuela materna permaneció a su lado y le hizo jurar que seguiría luchando por esos sueños en los que tanta pasión había depositado.

Nunca más supo de sus familiares, pero el daño ya estaba hecho. La niña se convirtió en un reflejo borroso de lo que una vez fue. Su inocencia se rompió en mil fragmentos que perdieron el fulgor para transformarse en inseguridad.

Veía el miedo en todas partes. La acechaba en cada mirada, en cada palabra, en cada gesto. No volvió a pisar una sala de ballet con firmeza, no volvió a cantar por el placer y el amor que sentía al hacerlo.

La niña cortó los hilos de oro que la unían a sus esperanzas, permitió que el apodo con el que la habían señalado penetrase hasta lo más profundo de su corazón y dejó de creer en todo, incluso en ella misma. Se encerró definitivamente en una burbuja y nunca más quiso salir de ella...

Los cuentos a veces son reales.

Tanto que desearías no protagonizar uno de ellos.

3
Un espejo de cenizas

«Su padre murió y, de pronto, ella pareció haber perdido con él su voz, su alma y su genio.»

GASTÓN LEROUX,
El fantasma de la ópera

Siempre dudaba unos segundos antes de introducir las llaves en la puerta de casa. Se había convertido en una costumbre, en algo que hacía a propósito. Tal vez se quedara allí una vez más, jugueteando con el llavero, para dejar morir unos minutos en el reloj y saber que otras doce horas que había pasado despierta pronto verían su fin. Un día más tachado en su calendario mental. Un día que se desgranaría en semanas, meses... ¿y para qué? ¿Los dejaría volar como había permitido que volaran aquellos cuatro años? ¿Permanecer ante la puerta, con su silueta recortada contra toda clase de sombras, la ayudaría a engañar al tiempo? ¿Y si aquella carrera estúpida contra una clepsidra imaginaria se acababa antes de lo esperado para descubrir que sus temores seguían más ávidos que nunca? Decían que el tiempo era sabio, que ganarlo suponía una ventaja y perderlo una insensatez. Christine solo anhelaba invertirlo para retroceder, y eso solo podía ocurrir en su memoria, un territorio hostil donde corría el riesgo de sepultarse en sus arenas movedizas y nunca más pisar la realidad.

Regresar tras las clases era, en cierto sentido, una liberación, y la Schola Cantorum, situada cerca del Barrio Latino, solo distaba un par de calles de la pequeña rue Danton, lugar donde se hallaba, en uno de los edificios más antiguos de París, el hogar de su infancia. Pero cuando atravesaba la plazoleta y veía luz en el último piso, señal de que su abuela estaba preparando la cena, un agujero negro se instalaba en su estómago y se preparaba para succionar cualquier atisbo de serenidad.

No podía dejar de pensar que estaba engañando a la única persona que confiaba en ella, que la amaba y que tenía fe en los sueños por los que habían luchado sus padres. Los mismos que debería enarbolar ella y de los que solo resistía un antiguo eco a punto de extinguirse. Lo último que deseaba era defraudar a su abuela. Y, sin embargo, paradójicamente, creía que lo hacía una y otra vez.

Sacrificar las ilusiones también suponía sacrificar una parte de su ser... Ese bucle absurdo era una guerra perdida de antemano que estaba decidida a perpetuar hasta que toda su energía se consumiera.

Acarició el borde dentado de la llave antes de suspirar. El aroma a flan casero recién hecho inundaba el lóbrego pasillo exterior como si quisiera envolver la realidad del mundo con la dulce promesa de que al abrir la puerta la aguardarían el consuelo, la seguridad y un buen abrazo.

Y Christine, incapaz de expresar nada al cantar, semejante a un maniquí gélido cuando se calzaba las zapatillas de ballet, compuso su mejor sonrisa, se pellizcó las mejillas para darles color, doblegó el agujero negro que sentía en el pecho, irguió los hombros y entró dispuesta a jugar a los espejismos una vez más.

—*Ma petite Christine!*

Valerie salió de la cocina para recibir a su nieta mientras se limpiaba las manos en su delantal estampado de mariposas diminutas. Christine dejó la mochila en el sofá del salón y la abrazó aspirando las notas de vainilla y caramelo que le impregnaban la piel.

—¿Cómo ha ido todo hoy?

Como cada tarde, la joven vio el brillo inocente en los ojos de su abuela y compuso una mueca de feliz despreocupación.

—Bien, como siempre.

A veces, las palabras duelen como la espina de una rosa al clavarse en la palma de la mano; y, aun así, se pronuncian deseando que quienes las escuchan solo vean los pétalos... hermosos e inofensivos.

—Hoy madame Denize ha querido que bailara un solo.

Valerie aplaudió con entusiasmo.

—¡Oh, cariño, qué orgullosa estoy de ti! ¡Seguro que lo has hecho de maravilla!

Llevaba cuatro años escondiéndose entre mentiras y no le había sido fácil. Tampoco lo había sido aceptar que esas mentiras no iban a convertirse en verdades a fuerza de repetirlas.

Su mente seguía retándola a maquillar la realidad para continuar aquel circo donde el escenario era su vida. Sus ojos, sin embargo, habían desistido de aquella pantomima sin que ella misma se percatara.

—He... estado brillante, abuela. ¡Tendrías que haberme visto!

Valerie permaneció unos instantes en silencio. Su rostro, perlado de dulces arrugas, de constelaciones de pecas, estaba bañado por el fulgor de la ternura. Se sentó en el viejo sofá e hizo un gesto a su nieta para que se colocara a su lado.

—Yo tampoco he tenido un mal día, *chérie*. ¿Sabes qué me ha pasado hoy? Vamos, ven, te lo contaré. —Dio una palmadita cariñosamente en la rodilla de la joven y carraspeó con aire teatral—. Iba de camino a la panadería, ya sabes que a veces el bueno de Claude nos guarda los trozos de pan que se parten al hornearlos... Bueno, pues, ¡¿a que no adivinas lo que me he encontrado en el suelo?! ¡Un billete de lotería! ¡Y premiado!

Christine sonrió. Con una sonrisa algo triste, pero muy sincera.

—Así que... no lo he dudado un segundo, *ma petite*: he ido a Saint Honoré y he comprado los vestidos más bonitos que he visto... ¡con zapatos y bolsos a juego! —Valerie se retocó de forma coqueta la trenza canosa que le caía sobre el hombro derecho—. Y antes de irme, la dueña de la *boutique*, muy amable, me ha hablado de la agencia de viajes del final de su calle. Agencia El violinista de oro, ¿puedes creerlo?

—Abuela... —Christine no podía parar de reír.

—Sí, sí, ¡de verdad! Y no veas lo simpáticos que se han vuelto cuando les he enseñado mi nueva Visa Platino... Total, que he reservado dos vuelos con destino a Nueva York, un crucero por el Cairo para ti y uno para mí con rumbo a las islas griegas, donde seguro que me echaré un novio guapo y listo. ¿Qué te parece? ¿Acaso no he tenido un día espectacular?

—¡Y tanto!

—Ahora dime, cariño. Seguro que a ti también te ha pasado algo maravilloso.

Christine percibió cómo las lágrimas que le habían nacido de la risa intentaban invertir sus intenciones. Las sorbió todas y trató de sonar divertida. La pista de su circo personal abría una vez más las puertas para una representación privada.

—Pues, verás..., cuando madame Denize me ha pedido que bailara el solo... no tenía ni idea de que un productor de Broadway estaba de incógnito en la sala para cazar nuevos talentos...

—Oh, eso suena prometedor...

—¡Y ahora viene lo mejor! Después de bailar, se ha quedado tan entusiasmado conmigo ¡que me ha pedido que protagonice un nuevo musical!

—¿Y qué le has dicho?

Christine le guiñó un ojo aparentando un gesto presumido.

—¡Que sí, por supuesto!

—¡Ya sabía yo que hoy sería un día especial! Por eso he preparado el flan con cerezas amarenas que tanto le gusta a mi nieta.

Aquel postre era una sutil tentación que trenzaba los recuerdos de Christine con otros más felices. La casa volvía a estar revestida del perfume de los cumpleaños, de las navidades, de las risas, los bailes, las bromas...

La joven acarició el móvil, que llevaba en el bolsillo de los vaqueros, y se levantó.

—Abuela... es que esta noche... he quedado con Meg para... ensayar en su casa. Vamos a hacer... un dueto... Y me quedaré a dormir...

—¡Haberlo dicho antes! ¡Te prepararé dos raciones para llevar! —Valerie ladeó su sonrisa y en las mejillas se le formaron dos hoyuelos idénticos a los de la madre de Christine—. Me alegra que tengas amigos, cielo...

Meg, sin saberlo, había sido protagonista de mil pequeñas y grandes coartadas. Era una buena amiga, sí. Y a pesar de que Christine había aprendido a desconfiar de las personas, la consideraba un punto de apoyo en la Schola con quien, en ocasiones, compartía esperanzas y miedos. Meg era la única estudiante de color aquel curso, y para ella también resultaba difícil hacerse un hueco entre las numerosas primas donnas que pugnaban entre sí por sobresalir a toda costa. Sin embargo, en su caso la ilusión no pendía de un hilo. Quería divertirse, apurar la vida hasta el último sorbo, disfrutar, aunque tropezara en cada ensayo. Y Christine, que había perdido su propia estela, seguía inconscientemente la de su amiga para ver si lograba alcanzar un poquito de esa luz que le concedería la alegría sin condiciones.

Cuando entró en su habitación, cerró la puerta tras de sí y se dispuso a extraer todo lo que guardaba en la mochila. Por nada del mundo se perdería la misteriosa cita a la que la habían invitado a través de un mensaje. Sin embargo, debía ir bien preparada.

Dejó el maillot blanco sobre la cama y lo sustituyó por un frontal; guardó los calentadores en un cajón e introdujo unos planos protegidos por una funda transparente; sacó las zapatillas, el neceser, las medias y el cuaderno de partituras y en su lugar encajó un par de botas de goma, dos botellines de agua y un paquete de pilas. Al terminar, sintió que la presión que le atenazaba el pecho remitía hasta permitirle respirar con cierta libertad.

Echó un vistazo rápido al dormitorio mientras cerraba la cremallera. Se había deshecho de los peluches dos años atrás, de las fotos enmarcadas, donado sus libros juveniles y tirado sus primeras composiciones musicales. A esa encarnizada batalla contra el pasado solo sobrevivieron la colección de cedés de música clásica, el póster firmado por Sarah Brightman y un cuadro enmarcado de la Ópera Garnier. La habitación constituía un cascarón vacío. Una madriguera tan desprovista de calidez como sus ojos azules antaño preñados de sueños.

A veces se sorprendía a sí misma sentada en la cama, las

paredes blancas como única diana visual, sus pensamientos pululando en torno a lo que se sentiría al no sentir. Se preguntaba si la ausencia de emoción alguna sería realmente una liberación o por el contrario supondría justo lo que estaba notando en los recovecos de su corazón en esos instantes. Entonces, solía tomar en las manos la cajita que sus padres le habían regalado cuando cumplió cinco años y la besaba con un fervor extraño. Tenía forma de cofre y en su madera rojiza había incrustadas dos alas de nácar que emulaban las plumas de un ave... o de un ángel invisible.

Christine aguzó el oído para asegurarse de que su abuela seguía en la cocina y cogió la cajita con dedos trémulos. Las plumas de nácar refulgían como escamas de sirena. Su corazón susurraba que la abriese; su mente, en cambio, le devolvió toda una serie de advertencias. Los pasos de Valerie comenzaron a escucharse en el pasillo.

Impulsada por una decisión casi involuntaria, guardó la caja en la mochila junto al resto de las cosas y se volvió justo a tiempo para ver cómo su abuela entraba en el dormitorio con un táper envuelto en papel de plata. La eterna sonrisa había desaparecido del rostro de Valerie.

—¿Sabes...? En realidad, no me ha tocado la lotería... —dijo con voz suave, midiendo cada palabra.

Su nieta bajó la mirada y se retorció las manos. Las palabras comenzaron a ahogársele en la garganta.

—Mi día ha sido un desastre...

—Ni he reservado esos viajes...

—No ha venido ningún productor de Broadway...

El juego de espejismos al que Christine siempre se sometía había tirado por ella los dados y ganaba la partida. Todo su presente estaba supeditado al placer insano de un destino al que ella acudía bajo la promesa de volver a barajar unas cartas que para su desgracia estaban trucadas desde el principio. Siempre existía una posibilidad de vencer. Una entre un cosmos de oscuridad.

Valerie abrazó a su nieta con delicadeza, como si esta fuera una niña asustada que pudiera decidir huir en cualquier momento. Y, en el fondo, así era. Christine quería encogerse hasta quedar reducida a un latido, al eco de un aliento, a la sombra que ya era. El abrazo se intensificó y la joven, vencida, apoyó la cabeza en el hombro de su abuela mientras los brazos, inertes, le caían a ambos lados del cuerpo en señal de rendición absoluta.

—¿Y si mis padres se equivocaban...? —gimió muy bajito atragantándose con las lágrimas—. No valgo para esto, abuela... No valgo para nada... Yo...

—Chiiis. —Valerie negó con la cabeza—. ¿Es eso lo que piensas de verdad, *ma belle*? ¿O es lo que han conseguido que pienses?

Por un momento, Christine creyó que iba a romperse en millones de fragmentos opacos de dolor.

—Puede que tuvieran razón... Ya no soy la que era. Ya no soy nadie...

—Mírame a los ojos. Vamos, mírame.

Su abuela descubrió unas pupilas titilantes; el fuego que una vez había abrasado el alma de su pequeña ahora la había reducido a cenizas a merced del viento.

—Sigue adelante. Hazme caso. Sigue siempre adelante, la esperanza no es para los que se rinden.

—Tal vez ya lo haya hecho.

Valerie contrajo los labios mientras la tomaba de la mano.

—Ven.

Al final del pasillo, tras una puerta que nunca se abría, estaba el dormitorio de sus padres. Un lugar sagrado que no se profanaba pero tampoco se olvidaba. El vestigio de lo que una vez fue, la prueba de que el tiempo puede estar tejido de belleza y crueldad. Hacía cuatro años que Christine pisó por última vez aquella estancia. Y, aun así, la recordaba con todo lujo de detalles: la cama de matrimonio estilo asiático, el estuche con el violín de su padre junto al tocador de su madre, los discos de vinilo bien ordenados, el pequeño piano de pared... y las innumerables fotografías diseminadas por todas las paredes como teselas de un mosaico vital.

Cuando entró, obligada por su abuela, quiso cerrar los ojos y mantenerlos así hasta que dolieran, hasta que la oscuridad se lo tragase todo y se llevase aquella habitación más allá de los confines de los recuerdos, al lugar que le correspondía. Pero le fue imposible. El corazón le pidió a gritos que su vista abarcara cada rincón minúsculo, que absorbiera el lío de emociones que se desplegaba ante ella con una explosión casi demencial.

Deseó poder estar lejos, muy lejos de allí. Ser una ermitaña perdida a quien las huellas del pasado no podrían encontrar. Y, al mismo tiempo, luchó contra el impulso de arrojarse al armario de sus padres y aspirar el perfume de su ropa, tocar de nuevo la maravillosa madera barnizada del violín, coger el último pintalabios que utilizó su madre, abrazar esos cojines de colores sobre la colcha y llorar... llorar hasta quemar capa a capa la amargura que la atenazaba.

Valerie logró que se sentara en el tocador de su madre. Estaba creado a semejanza de un camerino, con pequeñas bombillas de una luminosidad anaranjada que decoraban el arco del espejo.

Christine desvió la vista deliberadamente.

—Sé que no quieres mirarte —dijo su abuela con voz temblorosa—, sé por qué no hay un solo espejo en casa salvo este...

Un relámpago de culpabilidad sacudió a la joven y tuvo que apretar los dientes para no gritar.

Era cierto. Hacía unos meses que, con gran sigilo, había ido retirando todos los espejos: primero los de su habitación, luego el ovalado que descansaba en un rincón del salón, el del set de maquillaje que le regaló Meg las pasadas navidades... y, por último, el del baño; un accidente había dejado su superficie tatuada de grietas. El espejo mágico de Atreyu no era la prueba de un personaje ficticio después de todo. Era su prueba también. La evidencia de que no conseguiría llegar más allá.

—No puedes, ¿verdad? No puedes mirarte. Pero te estás engañando, esta sigues siendo tú.

Valerie le acercó una foto en la que aparecía una niña de doce años. Su sonrisa iluminaba la imagen, sus ojos transmitían pasión y anhelo, sus gestos denotaban felicidad, la tensión de su cuerpo desprendía energía. Solo era una niña riendo ante una fotografía inesperada. Nada más. Pero lo era todo.

«Eres la niña que vive en una burbuja, ¡lo serás toda la vida!»

Las pupilas de Christine viajaron de su yo infantil a su yo actual en décimas de segundo y, como en todos los viajes, no regresaron igual. Los pies de su memoria habían realizado aquel recorrido en tantas ocasiones que ni siquiera la impactó ver sus ojeras, su rostro pálido en exceso, los hoyuelos que compartía con su madre y su abuela en ella desvanecidos, su expresión vacía de vida, su cuerpo mudo, incluso la voz mutilada urgiéndole cicatrizar en la garganta.

«¿Crees que llegarás a ser alguien? ¿En serio? ¿Igual que tus padres? ¡Sueña, es lo único que tendrás: sueños volando en esa cabecita consentida!»

Prorrumpió en sollozos. Odiaba en lo que se había convertido. Un fantasma trémulo que vagaba acarreando en los tobillos demasiadas cadenas para soportar el peso.

«¡Nunca lo lograrás! ¿Me oyes? ¿Cantar? ¿Bailar? ¿Qué clase de trabajo es ese? ¡Despierta de una vez! ¡No se vive de ilusiones! ¡Los sueños solo son sueños!»

—Sigues siendo tú —repitió Valerie con cariño.

—¡No! ¡Esa Christine ya no existe!

Se levantó a toda prisa y tras darle un beso fugaz a su abuela, murmuró:

—Lo siento...

Corrió hacia su habitación, se colgó la mochila al hombro y salió a exponer sus lágrimas al frío nocturno de París. La ciudad parecía dar vueltas a su alrededor. Los transeúntes eran espectros, las torres de Notre Dame dos vigías amenazantes, el sonido del tráfico se transformaba en una cacofonía hiriente. Siguió avanzando a toda velocidad creyendo ver en los charcos bajo la luz de las farolas el reflejo de su niñez corriendo a su lado, observándola con aquellos ojos grandes y brillantes que le preguntaban a cada instante qué había sido de ella.

Al llegar al Puente Saint-Michel se detuvo. Tragó saliva y se secó las lágrimas de las mejillas con el dorso de la mano. La catedral, justo ante ella, se erguía como un coloso merodeador en la oscuridad del reino que sufría desnudo y convulsionado a sus pies. Inspiró profundamente y contuvo el aire en los pulmones mientras extraía de la mochila la cajita con forma de cofre. En la noche, sus alas de nácar no refulgían. Se le antojó un trozo de madera que había perdido la magia en sus propias manos. Miró a ambos lados del puente. Solo vio a una pareja de enamorados unos metros más allá. Cuando se besaron, volvió la cabeza y se inclinó hacia el Sena. No recordaba que alguna vez le hubiera resultado hermoso. Bajo el negro hechizo de la noche, sus aguas componían una música demasiado aciaga, su color le pareció dueño de la tristeza más gris, del oscuro más frío, de la sombra más feroz.

Abrió la caja y expulsó lentamente el oxígeno retenido. En su interior reposaban unas plumas. Diversas plumas que había ido coleccionando a lo largo de su vida. Casi todas blancas, algodonadas, perfectas.

«El ángel de la música deja muchas pistas para ti, Christine...» El repiqueteo del río se transformó en la voz de su padre, tan nítida que creyó notar su presencia. «¡Mira! De sus maravillosas alas a veces caen plumas tan bonitas como esta. ¿Nos la quedamos, cariño?»

Y así, sus deseos infantiles se vieron alimentados por el convencimiento de que el ángel realmente velaba por su bienestar. Una pluma de cisne en el Bois de Boulogne, una de pato en los Jardines de Luxemburgo, una de ganso que su madre le trajo de un viaje a Holanda, otra de gaviota junto al Puente Nuevo...

—Nunca habéis sido especiales —murmuró Christine—, valéis tanto como yo.

Alargó una mano y volteó la cajita. Las plumas, acunadas por la brisa, iniciaron un vals nostálgico, fúnebre, hacia el corazón del Sena, donde se posaron como último recordatorio de lo que una vez fueron para hundirse atrapadas en su corriente. Christine se estremeció, cerró los ojos con fuerza y esperó no volver a pensar que ella debía correr la misma suerte que aquellas plumas.

4
Huesos en la noche

«Delante de ellos, la oscuridad se movía.»

Gastón Leroux,
El fantasma de la ópera

Le había resultado bastante sencillo desencriptar el extraño mensaje que había recibido esa tarde. Para la mayoría de los turistas, hablar de París era hablar de romance, luz, color, avenidas amplias, parques de cuento de hadas... Pero lo que muchos ignoraban, incluyendo a los propios parisinos, era que bajo sus pies confiados se extendía un mundo completamente distinto. Un mundo al que muy pocos querrían acceder y que, de hacerlo, supondría arriesgar algo más que el miedo a lo desconocido. Christine conocía el miedo demasiado bien, se enfrentaba a él cada día, se encogía ante su presencia. Sin embargo, el suyo poseía un nombre, un rostro que se sabía de memoria, unos ojos en los que precipitarse. Los espejos lo reflejaban a traición, como un recordatorio de que ese pavor, esa zozobra, esas dudas, anidaban en ella misma.

En cambio, lo desconocido... disparaba su adrenalina, lograba que las piernas le dejasen de temblar, le permitía atravesar el espejo de sus temores y, al igual que Alicia, llegar hasta los confines de otro lugar lleno de una incertidumbre mágica.

Rue D'Enfer o «calle del infierno». Una dirección de nombre tétrico... e inexistente en pleno siglo XXI. Aquellos que le habían enviado el mensaje la estaban retando a demostrar sus conocimientos.

Bajó caminando por el bulevar Saint-Michel hasta llegar al Observatorio. Una vez allí, torció unos metros a la izquierda, situándose cerca del Cementerio de Montparnasse, y esperó una señal. Miró el móvil: las once menos cinco de la noche. No pudo evitar pensar en su abuela. Lamentaba haberla dejado preocupada y solo deseaba que no llamase a casa de Meg, o estaría perdida.

Una brisa gélida le alborotó la melena y la obligó a refugiarse en un portal. Se felicitó por haberse abrigado bien, pues allí adonde se dirigía, la temperatura nunca subía de los diez grados.

—Vamos —musitó presa de la impaciencia—, ¿dónde estáis?

A aquellas horas, la calle estaba prácticamente desierta. El silencio lo cubría todo, transgredido de vez en cuando por la sirena de una ambulancia a lo lejos. Hundió el rostro en el cuello de su anorak y miró a su alrededor. A diferencia de otros puntos de la urbe, esa zona se sumía en las tinieblas cuando el sol se ponía. Únicamente la Torre de Montparnasse relucía en la distancia asemejándose a un monolito enorme.

De pronto, una furgoneta roja se detuvo frente a ella y apagó el motor. Christine sonrió. El momento había llegado por fin. Las puertas traseras se abrieron y dos figuras emergieron del vehículo haciéndole todo tipo de gestos para animarla a subir. Reconoció las coletas de Zoé y el brillo de las gafas de Nico, el muchacho asiático. Corrió hacia ellos y entró en la furgoneta. Como siempre, el interior olía a cigarrillo, sudor y chicle de menta. Lazan, con su largo flequillo teñido de azul y su mirada reptiliana, estaba al volante; en el asiento del copiloto iba un chico nuevo. Christine le echó un vistazo rápido antes de preguntar:

—¿He dejado de ser la novata?

—Parece que sí, cisne. Y eso que también habíamos invitado a un posible nuevo integrante, pero o bien se ha rajado o no ha sabido encontrar la rue D'Enfer. Bah, algunos no están preparados para atravesar el Averno, ¿eh?

—Toma. —Zoé le pasó cuatro linternas frontales—. Comprueba que funcionan, incluyendo la tuya.

La chica se dirigió entonces a Lazan:

—No me extraña que no haya venido. El mensaje que has enviado no era precisamente sencillo.

—Ni siquiera yo he pillado el significado aún —intervino el desconocido volviéndose.

Tendría la edad de Christine, tal vez uno o dos años más. Sus ojos, grises, brillaban de expectación en la semioscuridad. Lazan soltó un sonoro suspiro mientras hacía crujir los nudillos.

—Tú has sido lista, cisne, ¿por qué no se lo explicas?

Christine comenzó a preguntarse qué hacía allí el chico nuevo, si habría pasado algún tipo de prueba, como tuvo que hacer ella, y, en el caso de no ser así, quién diablos era. Comprobó con rapidez que las linternas se encendían y pasó a revisar los botiquines.

—Bueno... la rue D'Enfer no existe como tal desde el siglo dieciocho, cuando hubo un derrumbamiento y muchas casas y carruajes se precipitaron en un socavón de más de treinta metros...

—Llamado exactamente así porque el agujero recordaba la entrada al infierno —añadió Nico atareado en plegar cuerdas.

—Eso es —asintió Christine—. Se dice que, desde entonces, el rey y todo París se involucraron en preservar el submundo de la ciudad y que, años después, la calle pasó a llamarse Denfert-Rochereau.

—Que es donde estamos ahora —concluyó Lazan—. Las catacumbas existen básicamente desde la Edad Media, tío. Con la piedra que extraían de ellas, no solo se construyeron edificios y catedrales, como Notre Dame, sino que poco a poco, casi sin querer, fueron creando un mundo subterráneo...

—Y luego está el asunto de los más de seis millones de cadáveres que hay en su interior... —apuntó Zoé con malicia.

—¿Seis millones?

—Digamos que, en el siglo diecisiete, una peste devastadora asoló París, y ya te puedes imaginar cómo olían los cementerios que quedaban justo en el centro de la ciudad.

—¡A Channel número cinco! —rio Nico.

—Por eso —continuó Lazan— las autoridades decidieron trasladar los esqueletos de varios cementerios a las catacumbas... Espectáculo visual garantizado.

El nuevo hizo un gesto de comprensión y se pasó una mano por el pelo castaño, como si de repente temiera algo.

—No nos ocurrirá a nosotros, ¿verdad? Me refiero a que la ciudad no se vendrá abajo.

Zoé soltó un bufido de exasperación, Nico emitió una risita burlona y Lazan, el líder indiscutible del grupo, chasqueó la lengua. Christine esbozó una sonrisa al tiempo que se quitaba las zapatillas de deporte y se ponía las botas de agua.

—No es a los derrumbamientos a lo que más debes temer, créeme —dijo Lazan con ironía, propinándole un golpe suave en el hombro.

En ese momento, Christine supo que el novato y él eran amigos desde hacía tiempo.

—¿A qué te refieres? ¿Qué peligros hay allí abajo aparte del de terminar aplastado?

Christine se recogió el cabello en un moño improvisado.

—Veamos —dijo tratando de sonar misteriosa—, si te quedas sin agua, mueres; si te quedas sin pilas ni linterna... mueres; si te lesionas de gravedad...

—Lo he pillado... Mueres.

El rostro del chico reflejó una ansiedad evidente.

—Sí, la palmas porque además no hay cobertura —añadió Zoé—. Si te ahogas o te golpeas la cabeza, no podríamos llamar a nadie.

—Oye, me estáis asustando.

—Por no hablar de los murciélagos. —Christine luchaba para no reír. Las ratas, los bichos...

—Joder.

—Pero será la experiencia más alucinante de toda tu vida.

—Es lo mismo que le he prometido yo. —Lazan parecía exultante.

—Por cierto, ya sabes las normas, ¿no? —agregó Nico.

—¿También hay normas?

—Punto número uno: nada de dejar basura —detalló Christine.

Zoé, que había llenado varias cantimploras de agua y una adicional de Coca-Cola, las señaló antes de decir:

—Lo que llega abajo, tiene que volver arriba, chaval.

—Punto número dos —Christine se colocó el frontal—: bajo ningún concepto hables de arriba.

—Os referís a «arriba» como si fuera otra dimensión.

—Y lo es —asintió la joven—, por eso aquí todos tenemos apodos.

—La libertad, tío —apuntilló Lazan—, la libertad de no saber quién eres en el mundo de la luz. Abajo nadie te cuestionará. Esto no es un deporte, chaval, ¡es una aventura extrema! O amas el riesgo, o lo pasarás bastante mal. ¡Valientes *only*!

—Entiendo... ¿Y tú te llamas «cisne»? ¿Ese es tu apodo?

Christine soltó una carcajada.

—Nah, es solo una broma que nos gastamos entre nosotros —confesó Lazan.

—Soy Odette, encantada.

El nuevo sonrió.

—Ajá, Odette, como la protagonista de *El lago de los cisnes* —dijo, y a continuación permaneció unos segundos dubitativo—. Yo soy Mercury. Ahora entiendo por qué al subir a la furgoneta no me habéis dejado presentarme... Esto parece una logia secreta. Y, en fin, ¿cuál es la tercera norma?

Nico guardó un par de mapas en su mochila y contestó solemne:

—No confíes en nadie.

—¿Y eso?

—Allí a donde vamos hay gente de todo tipo —explicó Lazan—, gente que está tan loca o más que nosotros. Teniendo en cuenta que lo que hacemos es ilegal... digamos que conocer una entrada, un camino, un pasadizo, es información privilegiada y es mejor que no se sepa demasiado porque la policía siempre está al acecho. Además, siempre te pueden mentir.

—Lo mejor es permanecer con tu grupo —intervino Zoé.

Un coche de la policía se detuvo en un semáforo cercano. Lazan hizo un gesto imperativo con la mano y todos se quedaron quietos, a la espera. Cuando el disco cambió a verde y el coche siguió su camino, el grupo respiró aliviado.

—Vámonos ya —ordenó Lazan—, no quisiera tener a los cata-ops pisándonos los talones. Y, recordad, hay que ser rápidos y silenciosos, ¿de acuerdo? Yo iré delante.

—¿Por la entrada de siempre? —preguntó Zoé.

—Sí, yo me encargo.

Salieron sintiéndose fugitivos. Ladrones del mundo de la luz que solo ansiaban deshacerse de ella por unas horas, ocultarla como se ocultan a veces el temor o los recuerdos. Unos segundos después, se congregaron en torno a una boca de alcantarilla.

—Es esta.

Tras señalarla con un dedo, Lazan extrajo una barra de hierro e hizo palanca hasta abrirla. La agilidad y rapidez con que sucedió todo dejó boquiabierto al nuevo miembro del grupo. Christine se fijó en sus zapatos, unas deportivas blancas de marca.

—¿No traes botas de agua? —preguntó muy bajito.

Mercury negó con la cabeza.

—Lazan no me dijo que trajera nada en concreto...

—¡Menos cháchara! Si queremos bajar, debemos hacerlo ya —dijo Lazan, que, como había prometido, lideró la marcha, seguido por Zoé y Nico.

Al llegar el turno de Christine, esta pareció quedarse hipnotizada observando la abertura. El vello de la nuca se le erizó como si con solo mirarla le hubiese producido una descarga eléctrica. Aquellos instantes eran los más hermosos. La mente explosionaba llena de colores nuevos, casi desconocidos; el corazón vibraba de valentía; los dedos cosquilleaban por la expectación. La boca de alcantarilla abierta se asemejaba a un pequeño agujero negro que absorbiese la realidad. Y la niebla que siempre habitaba en sus ojos, el frío que pululaba en sus sentidos, la amargura que le doblegaba los labios..., todo moría allí abajo. Su ser se transformaba, y las tinieblas la tatuaban de arrojo, la liberaban para mudar en una Christine nueva, renacida de sí misma. Vida en el reino de la muerte. Se humedeció los labios, saboreando el momento, y comenzó a descender por la escalera vertical.

Alzó la vista. Mercury bajaba tras ella un tanto tembloroso. Le había tocado la tarea de cerrar la alcantarilla y no se lo veía muy seguro.

«¿Para qué habrá querido venir? —se preguntó la joven—. No parece uno de nosotros sino más bien... un modelo sacado de la revista *Vogue*.»

La voz de Lazan interrumpió sus pensamientos.

—¿Lleváis todos los frontales encendidos?

—¡¡¡Sí!!! —corearon al unísono.

—Bien, no os separéis. Iremos primero a las esfinges, después torceremos hasta alcanzar la sala de cine. ¡Vamos allá, aventureros! ¡Muy pocos pueden decir con orgullo que han estado aquí!

Christine conocía el primer tramo del trayecto y sonrió al verse de nuevo en aquel túnel de techo abovedado que los obligaba a inclinar la cabeza. En las rugosas paredes podían distinguirse diversos grafitis de otros caminantes de la oscuridad que habían querido dejar su impronta en los muros subterráneos. Notó unos golpecitos en el hombro.

—¿Qué son los cata-ops?

Mercury caminaba tras ella, con las manos palpando las paredes, como si temiera tropezarse. Christine le echó un vistazo. En su mirada encontró verdadera curiosidad.

—Nosotros, los amantes de las catacumbas, nos hacemos llamar «cataphiles». No sé muy bien quién inventó el nombre —rio por lo bajo—, pero fue muy ingenioso. Y, a su vez, a los policías que patrullan estos pasajes se les llama «cata-ops». Legalmente solo se puede visitar una pequeña parte de los más de trescientos kilómetros que hay de catacumbas. Todo lo demás está prohibido desde los años cincuenta. Si nos pillan...

—Nos multarán, ¿no?

—¡Con cien euros! O puede que lancen algún gas lacrimógeno para que no huyamos...

—Cuando salgamos de aquí, Lazan me va a oír...

—¡Eh, los de atrás! ¡Cuidado, a partir de aquí llueve!

La voz de Zoé los devolvió a la realidad. Christine y Mercury escucharon unos leves chapoteos. El aire a su alrededor se había tornado denso y estaba impregnado del hedor a agua estancada.

—¿«Llueve»?

Christine lo sujetó de un brazo y le señaló los pies.

—Es una especie de jerga. Quiere decir que vamos a adentrarnos por un túnel anegado.

—Por eso me has preguntado por las botas de agua —suspiró él.

—Me temo que vas a mojarte un poco... Tal vez tengamos suerte y solo sea hasta las rodillas.

—¿Eso es «un poco»?

Christine rio con ganas al tiempo que sentía cómo el frío de la corriente subterránea se le colaba a través del calzado. Mercury se quedó mirándola. Los haces de luz de su linterna cruzaban de vez en cuando el rostro de la joven y le dibujaban varios mechones rubios bailando en las mejillas y los labios entreabiertos, rosados y finos.

—Se nota que todo esto te encanta... —dijo un tanto divertido—. ¿Eres gótica o algo así en la vida real?

Avanzaban a paso lento pero firme, siguiendo en fila india al resto. El agua, de tono parduzco, preñada de barro, ascendía cada vez más.

—¿Acaso esto no es también la vida real? —dijo Christine, que se ajustó la mochila a los hombros—. No, no soy gótica, es solo que...

Pensó cómo podía describir lo que aquel lugar significaba para ella. Y no le resultó sencillo. Al principio, cuando contactó con Lazan a través de internet y visitó el submundo por primera vez, quería enfrentarse a la muerte. No solo verla a través de los millones de calaveras y esqueletos que poblaban la mayoría de los pasajes, sino sentirla. Mirar de frente a la nada, desgarrarse ante ella, comprender que la última inocencia de su vida estaba tan extinguida como aquella negrura, sumergirse hasta rozar con la yema de los dedos el límite de sus miedos y entonces... tomar impulso. Y cuando salió a la superficie de su propio lado de la noche se sintió extrañamente hermosa, salvaje, liberada de su jaula personal.

A partir de aquel día, sus viajes a los subterráneos se convirtieron en algo necesario. Allí no existía el miedo al fracaso, el recuerdo de sus padres, las humillaciones, el tono decepcionado de sus profesores, las amenazas de Charlotte. Allí solo quedaba ella. Y eso era más que suficiente.

—Ya, la libertad, como ha dicho Lazan, ¿no?

La respuesta que Mercury se dio a sí mismo sonó meditabunda, y Christine se percató de la doble intención.

—Tú también buscas lo mismo...

Él se encogió de hombros, pero su rostro denotaba cierta tensión. El agua comenzaba a llegarles a los muslos.

—Tal vez.

—¡Chicos, hemos llegado a las esfinges! —La exclamación de Nico les sobrevino por sorpresa.

Estaban tan concentrados en no caerse que habían olvidado dirigir las linternas al frente. Junto a ellos se hallaban esculpidas dos mujeres desnudas, de pechos y melenas abundantes y sonrisa hierática. En su rictus de placidez se advertía una especie de amenaza que los dejó petrificados por unos instantes.

—Son preciosas —murmuró Zoé.

—Y sobrecogedoras —apuntó Mercury, un tanto agradecido de que el caudal de agua por fin comenzase a menguar.

—Supongo que por eso las llamamos «esfinges» aunque no tengan cuerpo de león y alas de pájaro... ¡Adelante, sigamos! —dijo Lazan antes de hacer amago de girar a la derecha.

—Espera —lo cortó Christine—. ¿Y esa sala?

Indicó un cartel que había dibujado en la roca, donde se leía en letras blancas:

SALE DES REFLETS

Lazan se cruzó de brazos.

—¿Qué ocurre con ella, cisne?

—Sería más rápido ir por allí.

—Y también una imprudencia. —Lazan destilaba nerviosismo—. No se me ocurrirá atravesarla.

—Pero en los mapas he visto...

—Vaya, ¿ahora te has convertido en Renny Macleod, el cata chiflado que se tatuó el mapa de las catacumbas en todo el cuerpo? ¡Los mapas no dicen nada! —Ante el asombro de Christine a su reacción, prosiguió con vehemencia—: ¿Sabes qué corredores están inundados? ¿O cuáles se han derrumbado recientemente? ¿O los que están malditos?

La joven puso los ojos en blanco.

—Oh, vamos, ¡¿no creerás en leyendas urbanas?!

Nico enfocó la linterna hacia Christine.

—En serio, Odette, deberías hacerle caso... Incluso las esfinges están aquí como advertencia.

Lazan levantó las manos en señal de fingida rendición.

—¡Adelante! ¡Entra si quieres en la Sala de los Reflejos! Yo solo digo que tres catas han desaparecido ya en estos ocho últimos meses tras meterse por ahí.

—¿Y cómo lo sabes? —protestó Christine.

—Mira, cisne, puedes hacerme caso o no, pero si entras, jamás saldrás.

Todos la miraban con ansiedad, esperando una respuesta. Sus rostros, en la penumbra, le parecieron espectros al acecho.

—De acuerdo... Está bien.

La expresión de incertidumbre en los ojos del líder se disipó hasta recuperar su socarronería acostumbrada. Chasqueó los dedos y volvió a torcer a la derecha. El grupo permaneció en silencio, una súbita preocupación se había cernido sobre ellos. Sus respiraciones, antes regulares y serenas, ahora sonaban entrecortadas. Mercury interrogó con la mirada a Christine, pero supo inmediatamente que estaba tan confusa como él.

Atravesaron un túnel cuyas paredes estaban revestidas de esqueletos. Ni una calavera solitaria se encontraba entre los restos. El novato se estremeció. Contemplar aquel osario y ser consciente de que cada tibia, cada esternón, cada rótula pertenecía a un cuerpo diferente le resultó abrumador. Tantas vidas llenas de sueños, de temores, tantas personas que albergarían una historia encerrada para siempre en sus propios huesos... enterradas allí, unas con otras, como símbolo de que la muerte, igualadora, nunca cejaba en su empeño por destruir. Era espantoso y al mismo tiempo hechizante hasta el punto de que no podían apartar la vista.

—*Et voilà!*

Lazan, unos metros más allá, extendió los brazos, dándoles la bienvenida a la sala de cine. Una exclamación de alivio recorrió las gargantas de los recién llegados. Por un momento, las catacumbas habían dejado de ser un lugar cargado de adrenalina para convertirse en un laberinto entretejido de leyendas. Sin embargo, aquella sala les devolvió la ilusión perdida.

Zoé señaló entusiasmada un mural enorme pintado en la pared lateral izquierda, donde podía apreciarse el rostro lleno de arañazos de Eduardo Manostijeras. Christine, por su parte, se emocionó al ver una imagen de Enjolras, el héroe revolucionario que había creado Victor Hugo para *Los miserables*. Enarbolaba una bandera roja en la que habían escrito *Do you hear the people sing?*, la canción que el personaje interpretaba en el musical. Entre ambos murales había una modesta pantalla de cine seguida de diez filas de sillas metálicas aderezadas con toda clase de grafitis chillones.

—Los cata-ops quisieron cerrar esta sala clandestina, pero ¡no contaron con la resistencia de los cataphiles! —rio Lazan, visiblemente más calmado.

—Es impresionante... —musitó Mercury, que lamentó no haber traído su móvil para hacer fotografías a todo cuanto lo rodeaba.

—Mirad —lo interrumpió Nico—, hay velas apagadas en el suelo. —Tomó una de ellas y la palpó con cuidado—. Todavía están calientes.

—Lo que significa que hay más catas por aquí —dedujo Christine— y que no han pasado hace mucho.

—Claro, ¿por qué creéis que vamos a la *Tombe de la musique*? —Lazan les mostró una amplia sonrisa cómplice—. Porque hoy hay una fiesta allí, chicos. ¡En marcha, ya queda poco!

Un corredor los aguardaba para engullirlos en sus fauces de piedra. Christine se fijó en una inscripción que había grabada en la roca:

RUE D'ENFER, SOUS LE MUR DES CHARTREUX, 1781

Eran ya las dos de la madrugada y seguían avanzando por la misma calle. Pensó, un tanto asustada, que perderse entre aquellos pasadizos sin un guía era condenarse a una muerte segura. Tal vez no debería haber dudado de la capacidad de Lazan. Quizá sí fuese cierto que existían tramos malditos después de todo...

—¡Mierda! —El grito de Mercury los sobresaltó a todos.

La luz de su linterna apuntó directamente a un ojo gigantesco. Un ojo de pupila azul surcado por todo tipo de venas enrojecidas que ocupaba buena parte del muro lateral. Christine se echó a reír.

—¡Parece una de las formas del payaso de la novela de Stephen King!

Mercury se frotó las mejillas con la palma de las manos.

—¡Qué susto, maldita sea!

Poco a poco, el eco de unas voces y una guitarra llegó hasta ellos como en un sueño. Por alguna razón el cerebro no podía relacionar aquel lugar inhóspito con risas, vida y música.

Cuando desembocaron en la *Tombe de la musique*, Christine no pudo evitar quedarse boquiabierta. La sala estaba llena de otros grupos cata que se habían sentado en torno a una mesa de piedra a cenar y compartir experiencias. Frente a ellos se desplegaba el emblema de aquel enclave: unas notas de Chopin esculpidas en una partitura de roca caliza.

Algunos catas se levantaron para abrazar a Lazan y dejar sitio a los nuevos integrantes de aquella cena bajo tierra. Christine reconoció a Sally, otra amante de las catacumbas con quien había coincidido en visitas anteriores, y a Mercury, que no se separaba de su lado, se sentó junto a ella. Era una chica de unos treinta años, el pelo negro siempre trenzado y un solo pendiente de aro en la oreja izquierda.

—¿Tenéis hambre? —les preguntó con su característica voz ronca.

Christine volvió a fijarse en la mesa: a la luz de numerosas velas que conferían un aspecto fantasmagórico, los catas habían dispuesto platos de embutidos, queso, patatas fritas, tomates cherry y varios botellines de licor.

—Uau... —musitó Mercury al tiempo que se decantaba por un trozo de queso brie.

—Me gusta esta sala —dijo Christine observando a los demás bromear, tomar fotos y tararear canciones de David Bowie al son de una guitarra acústica—. Aunque me hubiera encantado ver la de los reflejos...

Sally se atragantó y, tras secarse los labios, dejó la cantimplora sobre la mesa.

—¿Aún sigues con eso? —soltó Mercury.

Bajo la cálida luminosidad de las velas, su rostro se había tornado más aniñado, su mirada más pícara, su sonrisa más confiada.

—Sí, es que cuando Lazan ha insinuado que no entráramos bajo ningún concepto...

—Has querido hacerlo a toda costa —terminó él.

—Pues Lazan tiene razón —intervino Sally toqueteándose el pendiente—, es muy peligroso, Odette, de verdad.

—¿Tú también? —Christine bebió un sorbo de Coca-Cola—. Venga, creía que eras valiente y que no dabas crédito a cuentos de salas malditas.

—No tiene nada que ver con la valentía. —Sally bajó la voz—. Oye, no debería contarte esto porque es un tema tabú por aquí, pero...

—¿Pero?

—Últimamente están sucediendo cosas extrañas en las catacumbas de este lado del Sena.

—¿A qué te refieres? —preguntó Mercury.

—¿A los tres catas desaparecidos? —agregó Christine.

Sally comprobó que los demás permanecían ajenos a la conversación y asintió.

—No han sido solo tres... Hará un mes, un cata experto publicó en sus redes que iba a adentrarse un poco más allá que de costumbre y..., bueno, hace poco encontraron su cámara de vídeo abandonada en un túnel, no muy lejos de aquí. El vídeo está intacto y lo que se ve no es nada bueno.

Christine parpadeó, un tanto escéptica.

—Si no me creéis, las imágenes están en YouTube. Otros catas las subieron para disuadir a los que entran en esta zona solos.

—Encontraron la cámara, pero... ¿y a él? —quiso saber Mercury.

—Ni rastro. Y no es el único. —Sally se inclinó hacia ellos—. Hace una semana, dos críos de trece años bajaron a las catacumbas y salieron dos días después sin recordar qué les había ocurrido. Los periódicos dijeron que presentaban síntomas de deshidratación pero que se encontraban en perfectas condiciones, eso sí. La policía afirmó que estaban en estado de *shock*.

El silencio se instaló entre ellos tres y puso punto final a la conversación. Sally comenzó a hablar con su compañero de mesa evitando así tratar cualquier tema relacionado con ese asunto. Christine, que permanecía en el suelo, se removió al sentir que, de repente, las inseguridades de la superficie revoloteaban en torno a ella dispuestas a embestirla.

—Si te sirve de algo, no me creo ni una palabra —le susurró al fin Mercury como contándole un secreto—. Todo eso de las desapariciones no son más que rumores que se inventan para que la atmósfera de este lugar no pierda la magia. Por mi parte, yo estoy deseando salir ya, prefiero el París que conozco.

—¿Por qué has venido entonces? —preguntó ella con interés.

—Lazan me enredó para que lo acompañara. Es muy bueno cuando se trata de convencer a los demás, ya lo sabes. Le comenté que estaba agobiado con los estudios, con mi padre... y me dijo que aquí se esfuman todos los problemas, que este sitio es capaz de resetear el cerebro.

Mercury hizo un gesto con la mano extendida hacia su cabeza, y Christine le descubrió un pequeño tatuaje en la muñeca.

—Una clave de sol.

—Sí. —Él se encogió de hombros—. Me apasiona la música.

—Por eso has elegido ese apodo —dijo sonriendo la joven, que no dejaba de mirarlo a los ojos aunque él los rehuyera—, por Freddie Mercury.

—No es muy original, ¿eh? Pero me gusta Queen y una vez mi padre...

Christine le puso un dedo en los labios.

—Nada de hablar de arriba, ¿recuerdas?

Él asintió muy serio, y cuando la joven dejó de rozarlo añadió:

—No me importa hablar de mí, no con los amigos.

—¿Y yo lo soy?

—Amiga de catacumbas, al menos.

El cata que rasgaba las cuerdas de la guitarra, al otro extremo de la mesa, cambió los acordes. En ese preciso instante, Christine se puso tensa. Todo su cuerpo se cargó de electricidad. Su corazón relampagueó en el pecho. Aquella melodía... como una ofrenda a sus recuerdos... un latir herido...

—Me llamo Raoul.

No lo escuchó. No podía oír nada que no fuera la música, las notas temblorosas a través de las cuales la guitarra se lamentaba con voz de plata. Y nadie se percataba de ello salvo Christine. Nadie atendía al ruego que suscitaba la melodía. La iban a dejar marchitarse tras los murmullos, las carcajadas, los sorbos de licor.

—¿Odette?

Christine se embebió de sus notas, de su lenguaje sin palabras. Cerró los ojos, dejó que el mundo desdibujase sus contornos gastados y sintió cómo los pétalos de su interior se estremecían, pugnando por abrirse y resplandecer. Su corazón descargó un relámpago más antes de lanzarse al vacío aterciopelado que le ofrecía la música.

♪

Contrapunto

Erik

Mis sentidos tardan en percatarse de que la voz que resuena en los confines de mi mundo es real. Ha llegado hasta mí como un súbito destello de luz y su fulgor ha logrado que cierre los ojos con fuerza. ¿Es una ilusión producida por permanecer tantas noches bajo el yugo de mi propia música? ¿O una trampa de mi mente para atormentarme tras años de soledad?

Tal vez esté soñando. Tal vez despierte de un momento a otro y descubra que todo es una fantasía. Y en cambio deseo con todas mis fuerzas que no sea así.

Necesito, de verdad necesito, que esa voz pertenezca a la realidad. Reconozco la canción. *El vals oscuro*. Es una composición simple, pero en esa sencillez radica la intensidad de su belleza.

Mi cuerpo acusa el impacto. La voz atenaza mis músculos, tortura mis emociones. Se halla ribeteada de ecos, su timbre deslumbra entre las sombras y encuentra en ellas el camino para atravesar mi cordura. Noto cómo los dedos se me crispan, cómo la lucha que se debate en mi interior arremete contra todas y cada una de las normas por las que me he regido durante tanto tiempo. Sin embargo, siendo la humanidad sorda para mí, yo no puedo serlo con la voz que ha tomado posesión de mis sentidos. Me es imposible no atender su súplica. Posee una tonalidad cristalina, pura, desnuda y blanca por completo. Pero, al mismo tiempo, sé que es una voz que sufre. Percibo su miedo, su sed de ser luminosa y morir lentamente en el intento.

¿Quién es la chica que canta en mis dominios? ¿Por qué su voz parece mandarme un mensaje de dolor? Miro a mi alrededor, mi hogar bajo tierra, como si todo cuanto me rodea fuera nuevo para mí, y el temor de volver a convertirme en un ser que anhela y siente, que llora y se aovilla, es tan fuerte que un escalofrío me recorre el cuerpo.

Soy un fantasma.

Soy un vacío.

Soy el delirio de un dios caprichoso.

Y, aun así, tengo que verla. Tengo que saber quién es la dueña de la voz que está trastocando mi mundo.

Christine

El vals oscuro.

Todavía puedo ver, como un espejismo del ayer, a mi padre tocar esta melodía con su violín cuando los problemas o la tristeza lo asaltaban. Era un bálsamo. Si algo lo preocupaba, esta canción tenía el poder de consolarlo. En ocasiones solía tocarla por verdadero placer, y mi madre se le unía con aquella voz tan prístina que aún conservo con celo en mis recuerdos. Mi abuela sonreía y yo los miraba a todos embobada, sin saber que aquellos momentos tan hermosos y al mismo tiempo tan íntimos se convertirían en imágenes que poco a poco irían tornándose borrosas.

El miedo es una constante en mi vida. Sentirlo cada segundo ya forma parte de mí. Aun así, existe otra clase de miedo que ni siquiera me atrevo a confesar. Vivo aterrada por la idea de que algún día no recuerde sus voces, su música, el tacto de sus rostros y sus manos, su perfume, incluso su risa cuando me llamaban cariñosamente «Christy». Tengo grabaciones, por supuesto. Pero verlas o escucharlas supone rasgar la poca estabilidad que me queda. Tal vez este miedo a perderlos definitivamente haya hecho que reaccione ante la música que el guitarrista ha comenzado a ejecutar. Ha sido puro instinto. Un impulso lacerante que ha nacido desde el corazón para desembocar en mi garganta.

He cerrado los ojos. No quiero ver nada, solo deseo cantar hasta purgar la avalancha de sensaciones que esta melodía me provoca. Y, de repente, tengo la certeza de que mi voz no alza el vuelo. No tiene alas. Quizá las desplegó hace mucho y el mundo, con sus continuas bofetadas, se las haya arrebatado.

Soy una niña.

Soy un vacío.

Soy el delirio de mi propio pasado.

Y si ya no puedo sentir nada al cantar... no quedará nada de mí en un futuro.

Raoul

Lo desconozco todo de esta chica. No sé quién es, cómo se llama, qué hace realmente aquí, bajo tierra. Ni siquiera comprendo por qué ha empezado a cantar cuando ha escuchado esta melodía.

El guitarrista continúa tocando como hipnotizado, supongo que se estará preguntando qué ocurre, igual que todos los que estamos en esta sala.

Y, una vez más, sin saber la razón, no puedo evitar fijar la vista en ella. Le he confesado mi nombre real, pero parece sumida en una especie de trance del que no la quiero despertar.

Es preciosa. No tiene esa clase de belleza exuberante y pasajera a la que ya estoy acostumbrado. Su hermosura surge del interior, tan aparentemente delicada..., pero de una fuerza latente que desearía tocarla solo para saber qué se siente. Su rostro, ovalado, pálido, misterioso... Esa mirada azul que atraviesa sin querer la mía... Es una criatura de fantasía cuyo halo es casi mágico. Me gustaría conocerla. Y que ella me conociese a mí.

Por el modo en que canta, intuyo que ama la música. Quizá pueda comenzar a indagar tirando de ese hilo. Querría decirle que mi padre es dueño de una discográfica importante, que mi relación con el mundo de la fama, los cantantes y las luces de neón viene de la infancia. Pero tengo la sensación de que ese viejo truco no me va a servir con ella.

No sé quién es..., pero espero que no sea difícil averiguarlo.

Erik

Con mi acostumbrado sigilo, me he deslizado más allá de mi morada, atravesando corredores y túneles con la apariencia que solo debe tener una sombra. En esta noche en que los malditos cataphiles han invadido mi territorio, me arriesgo a exponerme y romper el desconocimiento que estos infelices tienen sobre mí.

Nunca han conseguido saber de mi existencia. Recuerdo que hace años, cuando era un niño, uno de los policías subterráneos me hizo una fotografía a traición. Para mi suerte, la instantánea salió desenfocada y, aunque durante varios meses circularon toda clase de rumores en internet, me mantuve a salvo.

Ahora, electrizado por esta voz, debo hacer un esfuerzo sobrehumano por concentrarme y elegir cuidadosamente mis movimientos. No quiero pensar lo que supondría dejarme ver, pero es un riesgo que hoy merece la pena asumir.

La voz me guía, me posee..., es un canto de sirena peligroso del que no pretendo escapar y que me conduce a la *Tombe de la musique*. No cruzo el umbral de la sala. Sería un suicidio. Me arrastro a través del pasadizo adyacente hasta alcanzar una pequeña abertura entre los muros. En el momento en que observo la escena, una sacudida me embiste el pecho.

La voz ha comenzado a cantar el estribillo, y su dolor me traspasa hasta dejarme sin aliento. Es esa chica. Permanece de pie mientras todos la miran con asombro. Nadie parece darse cuenta de que el rictus de su rostro refleja sufrimiento, de que sus manos se aferran al anorak con ansiedad, de que sus ojos cerrados tiemblan para contener el llanto. Cada palabra se convierte en herida a través de sus labios.

Dios...

Tiene un don prodigioso. ¡Y, sin embargo, su voz se está muriendo ante mí! Su espíritu se extingue en mis oídos amordazado por una tristeza absolutamente devastadora. A esta chica le ocurre algo. Y yo soy el único que puede percibirlo porque, más allá de nuestra piel, de nuestra carne, nuestras voces beben de la misma llaga.

Quiero irme, obligar a mi cerebro a borrar todo cuanto estoy viendo y escuchando. Me envuelvo en la capa y apoyo la frente en el muro. A estas alturas no tiene sentido huir. Soy consciente de que esta voz me perseguirá mientras viva. De que incluso en sueños me acariciará con su alma rota. Si tan solo me permitiera aliviar su dolor, abandonarse a mi cuidado... No. No merezco soñar con esa posibilidad.

Soy un espectro.

Soy un monstruo.

Soy...

Christine

A veces tengo la impresión de que he perdido la capacidad de soñar. Mis padres construyeron un palacio de sueños precioso donde me cobijé del mundo exterior como la niña sonriente y confiada que era. Pero no me advirtieron de lo que ocurriría si ellos desaparecían. Si ese palacio se cerraba bajo mil llaves conmigo en su interior.

Ya no tengo fuerzas para buscar esos sueños perdidos. Ni siquiera encuentro mi sonrisa. No es una búsqueda fácil. Una sonrisa es algo intangible, hermoso como un deseo e igual de efímero. Una sonrisa puede practicarse, perfeccionarse y, aun así, no ser sino la mentira de una alegría fingida. Intentar recuperar la mía es bucear contra corriente en un océano infinito. Cuando creo haberla vislumbrado entre los naufragios de mi memoria, la vuelvo a perder. Y cuando por casualidad observo alguna de las fotografías tomadas hace años que la abuela atesora con mimo en el salón, sé que la sonrisa que aparece en mi rostro enmarcado jamás regresará. La he perdido. Como Peter Pan perdió su sombra o Cenicienta su zapato.

Ni siquiera recuerdo la última vez que sonreí de verdad. Curvar la comisura de los labios no es suficiente. Necesito sentir felicidad de nuevo, necesito crear una nueva sonrisa que no se evapore al cerrar los ojos. Creo que por esa razón he traído la cajita de alas de nácar conmigo a estos subterráneos. Quizá si me permito poner un solo pie fuera de ese palacio de antiguos sueños, deje todo atrás por fin.

Cuando mis compañeros cataphiles abandonan la sala, me siento avergonzada de lo que acabo de hacer. Supongo que me he convertido en una vergüenza andante. No existe remedio para eso. Mercury me hace un gesto para que los siga y yo asiento diciéndole que los alcanzo en un segundo.

He robado una servilleta de la cena clandestina y con una celeridad sigilosa, escribo en el papel antes de guardarlo en la cajita. La contemplo por última vez mientras la deposito en el altar con las partituras de Chopin. No podré olvidar las palabras que he dejado encerradas a merced de la oscuridad. Se retuercen en mi cabeza como una pesadilla.

Lo siento, lo siento mucho...

El ángel de la música nunca ha existido.
Tampoco yo.

5

El despertar de la soñadora

> «El canto se volvía más claro..., las palabras resonaban inteligibles..., se distinguió una voz..., una voz bellísima, dulcísima y cautivadora.»
>
> GASTÓN LEROUX,
> *El fantasma de la ópera*

El vestuario, a aquella hora de la tarde, siempre era un punto de encuentro caótico entre los estudiantes de la Schola Cantorum. Las normas dictaban que no podían hacer ruido, gritar o comer, pues se trataba de un lugar dedicado no solo al aseo sino también a lograr la concentración previa que debían tener para asistir a las clases siguientes. Pero casi nadie las cumplía y aprovechaban el momento para charlar animadamente o criticar a los profesores.

Tras la clase de ballet clásico y después de una breve ducha, Christine se había dirigido allí con la cabeza baja, mirando de forma evasiva al suelo. No quería vestirse demasiado rápido y salir al pasillo. Podría toparse con madame Denize y ver la mirada de decepción del día anterior. Ya había faltado a clase de canto dos veces aquella semana. No podía hacer novillos de nuevo. Tenía que darse prisa en cambiarse y ser puntual.

Meg estaba sentada a su lado, en uno de los bancos comunes, quitándose las horquillas del pelo. Christine no desviaba la vista de sus zapatillas de punta mientras revisaba las suelas y los rasguños. Sin embargo, mientras lo hacía, sintió los ojos de Charlotte en la nuca. Se preguntó si su risa estridente iba dirigida a ella o solo cotilleaba con su corrillo de amigas. Recordó su último viaje al subsuelo parisino de la noche pasada. Era todo tan distinto allí abajo...

—Eh, te toca canto, ¿no? —Meg sostenía dos horquillas entre los labios y su voz sonó con una nota cómica—. A mí Historia de la música... Monsieur Feraud me tiene harta con sus exámenes sorpresa. Un día de estos, pienso hacerle boicot y entregarle una preciosa hoja en blanco. La sorpresa se la llevará él, te lo aseguro.

—No te quejes, madame Mauclair también es muy exigente. —Christine suspiró imperceptiblemente cuando vio que tendría que remendar las puntas otra vez—. Puede hacernos repetir la misma estrofa durante toda la hora. Un solo fallo y vuelta a empezar.

Meg se alborotó los exuberantes rizos negros de su cabello.

—Ojalá me hubieran admitido en la Ópera Garnier hace años. A mí lo que me gusta es bailar. Mauclair dice que cuando canto los cristales de las ventanas corren peligro —rio con aquel tono jovial que tanto la caracterizaba.

Christine sonrió a su vez. Ojalá su humor fuera tan bueno como el de su amiga. Tras quitarse las medias, se puso una sudadera gris, unos vaqueros y las deportivas. Cuando abrió la taquilla para dejar sus cosas, la sangre se le escarchó en las venas. En el interior reposaba una rosa. Sus pétalos, de un carmesí intenso, estaban frescos, incluso podía percibir su aroma sin acercarse a ellos. Controló la respiración y trató de seguir la conversación de Meg:

—Tú al menos tienes claro tu objetivo...

—¡Ser la nueva Misty Copeland, por supuesto!

Su amiga se contoneó frente al gran espejo que cubría la pared. Con mucho cuidado de que Meg no la viera, acercó el rostro a la flor y descubrió que en su largo tallo había enrollado un pequeño papel blanco.

—Una bailarina negra en el American Ballet, mi rostro en todas las marquesinas de la Gran Manzana y los focos del Lincoln Center cegándome... —La voz de Meg continuaba risueña a sus espaldas—. ¡Eso sí sería triunfar a lo grande!

Christine tomó la nota y, ocultándola de posibles ojos curiosos, la leyó entre los cuencos de sus manos.

El ángel de la música sí existe. Solo debes creer.

Por unos segundos sintió que las piernas no la sostenían.

Guardó el mensaje junto a la rosa y cerró la taquilla con rapidez. Acto seguido apoyó la espalda en ella en un intento pueril de esconder aún más el secreto que albergaba.

Miró a su alrededor. ¿Quién podía saber acerca de la existencia del ángel? ¿Alguna vez lo había mencionado en voz alta sin darse cuenta? Tenía que tratarse de una broma. Una broma cruel hecha con premeditación..., ¿verdad?

Sus ojos se encontraron con los de Charlotte, que sonreía desdeñosa. No. Era imposible que ella supiera de su ilusión infantil. Imposible.

—Oye, ¿y qué me dices de ti? —Meg se volvió hacia ella—. Nunca me has contado por qué estudias aquí.

Christine vio cómo Charlotte abandonaba el vestuario rodeada de su séquito y relajó un poco los músculos. Si quería permanecer serena, debía olvidarse de la rosa. A sus diecisiete años no podía comenzar a pensar que su tristeza la había llevado a rozar la locura... ¿O sí?

Se volvió y, al igual que su amiga, se topó con su imagen en el espejo. Sin ser demasiado consciente de ello, la melodía de una de sus canciones favoritas, interpretada por Bruce Springsteen, se coló en sus pensamientos al tiempo que se acercaba hasta casi rozar el cristal con la punta de la nariz.

Sí, estaba terriblemente cansada de ella misma. De sentirse igual al despertar que cuando se iba a dormir. Cansada de la vida que vivía.

Como el protagonista de la canción, se obligó a mantener la mirada clavada en su reflejo. Su pelo, sus ojos, su rostro..., todo era una máscara cosida con enorme esfuerzo sobre su piel para que nadie pudiera asomarse a su interior. Sopesó la pregunta que le había hecho Meg, y las voces de sus recuerdos acudieron solícitas a la llamada.

«No vales para esto, Christine, no vales para nada.»

Se mordió el interior de las mejillas y el sabor metálico de la sangre inundó sus sentidos.

«Estudia Derecho o Empresariales, esas sí son carreras de verdad. ¿Es que no lo entiendes?»

Un peso conocido se le instaló en el estómago. Empezaba a costarle respirar.

«No vales y punto.»

Por alguna razón extraña creyó notar el perfume de la rosa en el aire y los latidos de su corazón se dispararon al ser consciente de que tal vez estuviera perdiendo el poco juicio que le quedaba. Recompuso su careta con forma de sonrisa y finalmente contestó:

—La verdad es que no lo sé aún... Ya me conoces, ¡soy un espíritu libre!

—¿Vas donde te lleva el viento, mi querida Pocahontas? —bromeó Meg—, pues domina tu espíritu ya y date prisa o llegarás tarde a canto.

Como para secundar sus palabras, sonó el timbre que anunciaba el cambio de clase.

Las dos amigas se despidieron, y Christine aceleró el paso hasta desembocar, junto a un grupo de estudiantes, en la Sala Kraus. El mural que ocupaba por entero la pared principal volvió a emocionarla. Allí estaban dibujados un buen número de celebridades del ballet y el canto: Martha Graham, la bailarina que coreografiaba sus propias obras concediéndoles un tinte violento, apasionado...; José Limón, el bailarín mexicano fundador de su propia compañía, donde la concentración y pureza de sus gestos eran las claves de su método; Kiri Te Kanawa, la maravillosa soprano mítica por su belleza vocal y física, y el gran Alfredo Kraus, tenor al que debía su nombre aquella sala. Saber que nunca sería como ellos les confería, de alguna forma, un poder casi sobrenatural.

Todos los alumnos de aquella asignatura ya estaban en sus respectivas posiciones. Christine se colocó en su sitio de siempre, cerca de la ventana, junto a Pierre y Gustave. Verlos besarse cada día con una entrega tan hermosa la obligaba a preguntarse si en algún lugar existiría realmente un amor como ese destinado para ella. Se pasó una mano por la nuca. Tal vez toda la nostalgia que sentía, ese anhelo de echar siempre de menos algo, fueran, en el fondo, deseos de amar.

Paseó la vista por el resto de los integrantes de la clase, procurando no establecer contacto visual con ninguno. Era extraño ser consciente de que hasta hacía bien poco no había sentido esa necesidad de encontrar a alguien a quien querer. Su adolescencia casi se hallaba trenzada a su infancia, y mientras el resto de las chicas y los chicos de su edad despertaban hacia otra clase de inquietudes, ella había permanecido adormecida, hechizada por unas zapatillas rosa de ballet y unas partituras.

Y ahora, de pronto, estaba descubriendo que comenzaba a cuestionarse a sí misma, a preguntarse cómo sabría un beso, qué sensación le provocaría una caricia hecha por unas manos que no fueran las de su familia, qué sentiría al ser deseada por unos ojos que brillaran solo para los suyos. Pero las interrogantes no duraban demasiado. Su lado dormido no conseguía despertar, y aquellas dudas volvían a acumular polvo en el desván de su memoria, como un viejo piano sin afinar. A veces pensaba que nadie conseguiría pulsar la tecla de sus emociones y que la sensación de estar medio viva se extendería hasta la eternidad. La vibración del móvil en los vaqueros la sobresaltó.

Ya sabes, perdedora, NI SE TE OCURRA CANTAR.

Alzó la vista. Charlotte le hizo un gesto casi imperceptible con la lengua y volvió a su posición justo antes de que madame Mauclair cerrase la sala.

La joven apagó el teléfono. Puede que la profesora tampoco notara esta vez que únicamente movía los labios camuflada entre el coro. Como todos los años, la academia los sometía a un pequeño examen al inicio de curso para evaluarles la voz. Todos afirmaban que tenía potencial, que la tonalidad que poseía era de una belleza extraordinaria y que, si la cuidaba y se esforzaba al máximo, podría lograr grandes cosas. Y, sin embargo, al cabo de unas semanas de clases, la inseguridad regresaba, los miedos la encadenaban y la sombra de Charlotte cada vez se hacía más amenazadora. Había entrado en un bucle interminable.

—Bien, clase. —Mauclair se ajustó las gruesas gafas de pasta al tiempo que ordenaba las partituras—. Hoy seguiremos con *Once upon a December*.

La exclamación unánime de aburrimiento no disuadió a la profesora. Sonrió con indiferencia dejando al descubierto la separación de sus dos dientes frontales y negó con el dedo índice.

—¿Hoy es catorce de julio? ¿Toca revolución? Creo que no. Esta canción os tiene que quedar perfecta, será una de las que interpretaréis en la gala de Navidad, así que nada de quejas. Ya sabéis que esa gala es muy importante, pero... este año lo será aún más. Nuestra academia ha sido seleccionada para albergar un *talent show*.

De nuevo, una exclamación unánime se alzó en la sala.

—¿Conocéis el programa *Fame is in you*? Ajá, lo suponía. Los profesores lo sabíamos desde que comenzó el curso, pero ahora es vuestro turno para brillar. Ya sabéis cómo funciona, ¿no? Todo se muestra en internet. Seréis vosotros quienes subáis vuestros vídeos, audios, fotos, etc. con vuestros progresos. Y en la gala demostraréis si sois merecedores del premio final.

Charlotte soltó un gritito.

—¡El pasaporte a la fama! —explotó sin poder contenerse.

—Bueno, algo así —confirmó madame Mauclair—. Vendrán cazatalentos de toda Europa. Así que es vuestra oportunidad.

Todos habían oído hablar de la gala de Navidad, pero ningún profesor les había confiado los detalles, y los rumores comenzaban a circular por la Schola Cantorum como un reguero de pólvora. Unos decían que actuarían en el Palais Royal, otros, en la Ópera Comique, incluso el Museo D'Orsay se encontraba entre las apuestas. Ahora, la gala cobraba unas dimensiones gigantescas.

Christine adoraba la canción *Once upon a December* y no le hubiese importado repetirla un millón de veces. Sin embargo, su papel en aquella clase era permanecer muda. Muda. Como el títere que ya era. Y no le apetecía en absoluto formar parte de la vida *online* de ese *talent show*. Ojalá tuviera la fortaleza que irradiaba Anastasia, la hija del zar Nicolás, la gran protagonista de aquella melodía cuyas notas habían saltado de la película de animación a los escenarios de todo el mundo.

Charlotte dio un paso al frente, con la cabeza bien alta, segura de que una vez más encarnaría a la última de los Románov con su voz sublime. Siempre conseguía los papeles principales, y muy pocos osaban entorpecer su camino al éxito.

—Charlotte, *chérie*... —Madame Mauclair la miró por encima de las gafas—. Tenía pensado hacer algo distinto en la clase de esta tarde.

El parpadeo de la joven diva destiló un asombro afligido.

—Quisiera averiguar si tenemos otra voz en este grupo que desee ser Anastasia hoy. ¿Alguna interesada?

La sala se quedó en silencio.

—¿Ninguna valiente? Vamos, chicas, ahora más que nunca es un trampolín que...

No supo por qué hizo lo que hizo. Tal vez fuera un impulso de valor inusitado. O tal vez la enajenación propia de un kamikaze. Todos se volvieron para ver la mano alzada de Christine.

—Bravo, *mademoiselle.* —Mauclair parecía sinceramente entusiasmada—. Me sorprende tu determinación, Christine. Pensé que habías dejado de estar preparada para cantar.

—Y no se equivocaba, profesora.

La voz de Charlotte sonó con un amenazador tono estridente.

—Charlotte...

—No, créame, Christine es un caso perdido.

Extrajo el móvil del bolsillo central de su sudadera y pulsó la pantalla.

—¡Puede comprobarlo usted misma!

Alargó el brazo para que los estudiantes vieran las imágenes. Se trataba de un vídeo subido a YouTube. En él aparecía Christine sola en los vestuarios. El vídeo tenía buena calidad de imagen, aun a pesar de los constantes vaivenes de la cámara. Se notaba que había sido grabado a escondidas. De repente, la joven abrió la boca. Podía intuirse claramente que se disponía a cantar, pero, en lugar de una voz, el audio del móvil restalló con toda clase de sonidos de animales.

La clase entera contuvo la respiración para instantes después estallar en carcajadas. Los labios de Christine parecían moverse en sintonía con mugidos de vaca, graznidos de aves, rebuznos, maullidos y gruñidos de cerdos. Madame Mauclair trataba en vano de acallar las risas y confiscar los teléfonos que ya habían comenzado a grabar el instante para subirlo a las redes.

—¡Charlotte, para eso inmediatamente!

—Pero, profe, ¡si queda el relincho final!

La cacofonía resonaba en la sala junto con las risotadas de sus compañeros en una vorágine de humillación que logró convulsionar los pobres cimientos de su mundo. Sus manos le cubrieron la boca al tiempo que el fuego de la vergüenza ascendió hasta abrasarle el rostro.

—¡Mirad! —bramaba la creadora del vídeo trucado—, ¡canta como una ballena agónica! ¡Debería estar en una granja, entre el estiércol, y no aquí con nosotros!

Christine echó a correr. El corazón le retumbaba en los oídos, le vibraba en las sienes, lo cubría todo con los truenos de su eco.

Entró en la Sala Tchaikovsky sabiendo que a aquellas horas estaría desierta. Los espejos que disfrazaban las paredes le devolvieron la imagen de la desolación. No importaba dónde mirase, o cuántas veces se volviese. El reflejo de sí misma la hería con un cuchillo más mortífero que cualquier metal. El cuchillo del miedo, de la ansiedad, de la autocompasión se hundía en sus entrañas para dejarla exhausta y pulverizar su última voluntad de luchar. Se abalanzó sobre uno de ellos e impactó los puños contra el cristal al tiempo que profería un alarido de rabia.

—¡Papá...! ¡¿Por qué no me dijiste que no valía?! —gritó ahogándose con el llanto—. ¡Mamá...! ¡¿Por qué simplemente no me confesaste que no sería capaz?! ¡Ellos tenían razón, maldita sea! Tenían razón... en todo... Podría haberlo dejado, ¿sabéis? Pero ¡os lo prometí, se lo prometí a la abuela! ¡Y ahora me doy cuenta de que las promesas no sirven para nada!

Le fallaron las piernas. Y cayó sobre el parqué sin dejar de sollozar. Siempre se sentiría sola. Aunque estuviera rodeada de gente. Su soledad radicaba en sí misma y había hurgado hasta perforarle las defensas. Como la violinista encerrada en aquel sótano. Ahora lo sabía con certeza: no existía la luz para ella; se quedaría en los confines de su propio sótano y jamás saldría. Se marchitaría deliberadamente lejos de todo cuanto conocía y tiraría el candado de su prisión para que nadie la encontrase. ¿No era eso lo que el mundo quería?

De repente, el sonido de un claxon tronó en la calle. Como en un trance, Christine se levantó y, muy despacio, arrastrando los pies, se dirigió a una de las ventanas. Con rostro inexpresivo miró la plazoleta de la calle a través del cristal. Solo distinguió las siluetas de algunos estudiantes que salían de la academia. Ni siquiera pestañeó. Por su mente no dejaba de cruzar un pensamiento... un único pensamiento. ¿Y si terminara con todo de una vez? ¿Y si solo así se evaporase el dolor? Calculó la distancia de los tres pisos que separaban aquella ventana del suelo. Era suficiente. ¿Acaso alguien la echaría de menos?

El recuerdo de su abuela la hizo dudar. Pero la desesperación era más fuerte y pudría cualquier destello de esperanza. Alzó una mano y la dejó suspendida en el aire. Tal vez aún estuviera a tiempo de obedecer a sus tíos. Tal vez renunciar a sus sueños por tener una vida estable no fuera tan malo después de todo. Tal vez dejar de ser ella misma no fuera mala idea. Tal vez debería vivir estando ya muerta por dentro.

Muchos de sus profesores les repetían que si ahora se relajaban, si no resistían la dureza de las clases, las broncas, los ensayos, las rivalidades y abandonaban su carrera, solo serían como los demás. A ella eso no le suponía un problema ni una ofensa. Ser como los demás también significaba ser feliz. Sus profesores se equivocaban. Ahí no radicaba la clave de ese miedo que la corroía por dentro.

Durante años, sus tíos le habían gritado tantas veces que no servía para nada que al final había acabado por creerlo y aceptarlo. Tenía tanto pavor de seguir adelante sabiendo la mentira en que se había convertido su vida que temía sentirse vacía de cualquier sentimiento y continuar respirando. Ser una zombi sin nombre ni valor alguno. Saber que la tumba aguardaba en los límites de un camino cuya bifurcación nunca debió tomar. Un epitafio más entre tantos.

¿Y si su cuerpo solo fuera un cascarón vacío? ¿Y si a su mente ya no le quedaban fuerzas? No era sencillo cerrar los ojos a los sueños. Tampoco sentir, a golpe de humillación, que no valía demasiado.

Sin ser consciente de ello, su mano aferró la manilla de la ventana. Cerró los ojos.

Y entonces... una voz distante... una voz que procedía de todas partes y de ninguna. Una voz que procedía de otro mundo, nacida de sus sueños más lejanos.

Dejó escapar un suspiro entrecortado.

Era *El vals oscuro*, sí, el vals de su infancia. Y, sin embargo, nunca antes lo había escuchado así. La voz poseía una ternura divina, sobrecogedora, catártica. Fluía a su alrededor, se colaba con extrema delicadeza en su mente, revoloteaba como una viajera del aire, intensificaba su preciosa ebriedad para beber toda la oscuridad que anidaba en su pecho. Era la portadora de una música que consiguió obrar una magia alquímica: las lágrimas nacidas de la ansiedad más punzante se transformaron en lágrimas de exultación. La belleza de cuanto estaba escuchando traspasaba todos los muros que componían su coraza y la invitaba a sentir sin censuras, a experimentar una liberación que erizó cada poro de su piel.

Christine hubiera jurado que la voz la acariciaba con delicadeza, que podía sentir su roce placentero en los labios y en los párpados hinchados por el llanto. Un beso invisible pero extrañamente anhelado, y supo que, de alguna manera, lo esperaba desde hacía mucho tiempo.

No existía nadie en el mundo terreno que poseyera aquella voz nacida de los sueños más arcanos, del fuego primigenio que insuflaba vida donde antes solo residían cenizas. Él había acudido.

¿Era una voz masculina? ¿Femenina? Poco importaba. No tenía duda alguna. Se había convertido en merecedora de su presencia, de su conocimiento, de su poder infinito.

Era él. Dios mío. Era él.

No volvería a sentir que la muerte sostenía los hilos de su existencia entre sus dedos de titiritero. Una sonrisa trémula se meció en sus labios, que aún conservaban el sabor de las lágrimas. Bajó la cabeza en señal de humilde devoción y se separó de la ventana lentamente sintiéndose, al fin, ingrávida.

Despierta.

Viva.

6

Si la casualidad amase al destino

> «Nunca se ve al Ángel, pero se deja oír por las almas predestinadas. Ocurre en el momento en que menos lo esperan, cuando están tristes o desanimadas.»
>
> GASTÓN LEROUX,
> *El fantasma de la ópera*

Había dormido con la cajita entre los brazos como un niño duerme con su peluche o su libro preferido. Las alas de nácar refulgían bajo la luz de una vela titilante. La oscuridad era su compañera, una guardiana fiel a la que se sentía unido por lazos más fuertes que los de la amistad o el amor. Y, sin embargo, aquella noche había decidido dormir al amparo de una llama. Pequeña, insignificante en aquel cosmos cuajado de sombras, pero igualmente poderosa. E incluso con aquella temblorosa chispa de luz, se despertaba a intervalos, asustado, vencido por una angustia que se resistía a abandonarlo.

Desde niño había convivido con las tinieblas. Estas habían conformado no solo su protección sino también su modo de vida. A veces no se es consciente de que la luz más fuerte no puede ser derrotada con un leve soplo. A veces se desconoce que esa luz emana de uno mismo y provoca más miedo que la noche cerrada. Él lo sabía, sí, muy en el fondo siempre lo había sabido. Pero los barrotes del odio y la rabia mantenían doblegado cualquier otro sentimiento.

Hasta ahora. Aquella voz lo había cambiado todo. Si esa chica no se hubiera atrevido a bajar..., si no hubiera cantado... Odiaba las casualidades. Solían ser muy peligrosas y en raras ocasiones no estaban ligadas al destino.

Las palabras escritas en aquella servilleta se repetían sin cesar en su mente. A través de ellas había averiguado tres cosas: la primera, aquella chica amaba la música. Estaba seguro de que tenía un vínculo muy fuerte con ella, pues, de no ser así, el mensaje carecería de sentido; la segunda, que hasta hacía poco había albergado la creencia en un ángel. Una leyenda que él intuía haber leído en alguna parte, una leyenda que la chica quería apartar de su vida como algo muy querido de lo que debiera despedirse para continuar su camino. La tercera era la más compleja. La dueña de aquella voz que aún envolvía cada uno de sus latidos se hallaba invadida por un gran dolor, tal y como él había vislumbrado. La nota la componían dos simples líneas, pero bastaban para comprender que la joven estaba rota. ¿Quién sería? ¿Qué le habría ocurrido para dejar ese cofre allí? ¿Era una especie de despedida? ¿De ofrenda? Una parte de él prefería no conocer las respuestas. Pero otra le suplicaba para que las averiguase.

No. De ningún modo. Si comenzaba la búsqueda corría el riesgo de precipitarse en la obsesión. Debía olvidar la voz de aquella chica, borrarla de sus recuerdos o estaría irremediablemente unido a ella para siempre. No podía permitir que el dolor que le transmitió la pasada noche al cantar se convirtiera en un nexo demasiado poderoso entre ambos. Ella desconocía su existencia; volvería al mundo de la superficie y seguiría con su vida. Así debía ser. No había nada más que pensar. No obstante, tenía que arreglar un pequeño problema allí arriba. Así que, después de todo, tendría que ascender.

Dejó la cajita sobre la mesilla y tomó la carta que su madre le había hecho llegar la tarde anterior. Torció los labios en un gesto de rabia. Vaya, parecía que el muy querido y apreciado director de la Schola Cantorum, monsieur Jacques Lheulier, había decidido despedir a madame Denize. Y, por supuesto, ironías aparte, la cojera de la maestra bailarina no tenía nada que ver en el asunto... ¿O sí?

¡Ah, qué admiración sentían todos en aquella academia por su insigne director! ¡Qué sutileza obviar que su hija conseguía destacar en cada asignatura sin pestañear! ¡Cuánta devoción le profesaban los maestros cuando monsieur Lheulier escupía órdenes en su confortable despacho y ellos bajaban la cabeza, asintiendo como buenos corderitos! ¡Menuda visión de futuro! ¡Cuánta sabiduría y buen hacer había en el mundo del ballet y del canto!

Jacques Lheulier había conseguido el cargo hacía un año gracias a sus contactos en el ayuntamiento y, desde entonces, en la Schola Cantorum abundaban los desastres. Él nunca había intervenido en las gestiones de la academia, aunque, por supuesto, estaba al corriente de todo cuanto sucedía. El director representaba la pasión por el dinero y el desprecio por el arte. Y su hija, Charlotte, saboreaba cada uno de sus triunfos tras suplicar a su papi durante horas. Los profesores callaban mientras los alumnos sufrían la pérdida de calidad en sus clases y los abusos de aquella pequeña diva cuyo talento era más que cuestionable para ojos y oídos expertos.

Aquella carta de despido había sido la gota en colmar el vaso. No permitiría que madame Denize abandonase el centro. Y si para ello debía tomar las riendas, que así fuera.

Suspiró antes de ajustarse la máscara negra a los contornos del rostro. Puede que no fuera necesario llevarla en aquella ocasión, pero no correría ningún riesgo y menos con los cataops vigilando de vez en cuando sus dominios. Con un único gesto, se puso la capa sobre los hombros y se la afianzó en el pecho. Al principio no le gustaba especialmente llevar aquel atuendo propio de una ópera clásica, pero había aprendido, a fuerza de malas experiencias, que abajo, en el submundo, la capa, junto con el resto de la ropa oscura, le proporcionaba una protección extra. Bajo ella, adquiría el aspecto de una sombra huidiza, de un espejismo rápido que, en caso de ser descubierto, podría dar la apariencia de un efecto óptico. Al parpadear, la sombra habría desaparecido y él seguiría a salvo.

Dobló la carta y la introdujo en uno de los bolsillos interiores. Se detuvo unos instantes para fijarse en las rosas rojas que su madre solía llevarle cada semana. Las depositaba en aquel jarrón de cerámica que tenía una grieta en la superficie. Su madre tenía otros recipientes, pero siempre prefería ese. Solía decir que había leído acerca de un símbolo así en una novela antigua y que le parecía un detalle precioso que un jarrón poseedor de una tara tan grande y fea pudiera contener las flores más hermosas. Cogió una de las rosas con una idea en mente. Quizá al nuevo director de la academia le interesase saber que su centro estaba súbitamente maldito. Un fantasma tomaría posesión de la Schola Cantorum, y sus designios, a partir de entonces, serían ley.

Un poco de temor, unos reflejos fugaces de su máscara en los espejos, histeria entre el alumnado, rumores desatados y algunas notas amenazantes serían suficientes para tener a monsieur Lheulier a su merced. Había aprendido que el mundo no se regía por el respeto y la bondad. ¿Por qué sus propios métodos para conseguir lo que quería debían ser diferentes?

Sonrió con malicia tras la máscara al salir de su guarida y adentrarse en los túneles que conformaban el laberinto subterráneo de París. El eco producido por sus botas de cuero al pisar la gravilla reverberaba a su paso. Le pareció que los muros temblaban ante su presencia, que la negritud se doblegaba bajo su vista de felino y se hinchió de poder.

Poder... No podía tener libertad, amistad, amor, ni siquiera orgullo. Pero sí poder. Cada vez era más complicado hacer oídos sordos a su llamada. Había permanecido mucho tiempo recluido, evitando cualquier contacto con la raza humana. Pero su paciencia tenía un límite. Ahora, sin tan siquiera esforzarse, con tal solo chasquear los dedos, la Schola Cantorum sería suya. Y, ¿quién sabe? Quizá fuera solo el comienzo.

Elegía cada corredor con seguridad, sin titubear, sin detenerse. La noche le pertenecía. Una placa en el muro lateral derecho le advirtió que dejaba atrás el bulevar Saint-Michel. Escogió el pasaje paralelo y siguió adelante hasta alcanzar la rue Saint-Jacques. Por unos segundos, alzó el rostro. ¿Cuántas personas estarían en aquel preciso instante caminando sobre su cabeza, ajenas a su existencia? ¿Cuántos de aquellos afortunados se sentirían felices, se besarían, correrían tras el autobús, maldecirían su suerte, irían de compras o simplemente pasearían? Qué sencillo era el mundo de arriba. Qué difícil para los que, como él, vivían en el infierno.

De repente se detuvo y palpó la pared. Sus dedos experimentados encontraron en la penumbra una piedra que sobresalía. La pulsó y, acto seguido, una compuerta se abrió en lo alto.

—Como es arriba es abajo —susurró para sí complacido.

Subió por una estrecha escalerilla oxidada y contuvo la respiración al desembocar en los sótanos de la Schola Cantorum. Allí se guardaba parte del atrezo de las galas, el equipo de seguridad y de mantenimiento, un viejo piano de pared, cuadros de antiguas glorias de la música... Y su elemento favorito: una pared falsa.

Había tenido muchos años para crear una segunda Schola Cantorum a su antojo: la academia, gracias a él, albergaba en su esqueleto estructural un sinfín de trampillas, espejos de doble cara, pasajes que terminaban en los vestuarios, salas de profesores, despachos, conductos de aire trucados, paredes huecas, tabiques ocultos construidos con ladrillos de ventilación... El sueño de un prestidigitador hecho realidad en una escuela de música.

Aquel día la visita sería breve. Dejaría la rosa junto a un mensaje muy claro para Jacques Lheulier y regresaría a casa. Nada de interesarse esta vez por cómo avanzaban las clases de canto, nada de entretenerse en disfrutar de los ensayos de ballet contemporáneo.

Optó por el pasaje oculto que conectaba la Sala Roland Petit con la zona de los despachos. Aquella sala, dedicada al ballet clásico, estaba llena de estudiantes que ensayaban *El pájaro de fuego*. Los observó a través del cristal sin que ellos advirtieran su presencia. Por la música, adivinó que repetían una de las últimas escenas, cuando el príncipe Iván es asediado por los monstruos servidores del brujo Kaschei. Solía torturarse a sí mismo observando a aquellos chicos. Sus rostros eran perfectos, sin ningún tipo de tara que los marcarse... como a su jarrón... o como a él. Sus movimientos eran ágiles pero inseguros, sobre todo los de la joven que interpretaba al pájaro. Su técnica era impecable, sin embargo...

—¡No puede ser...! —murmuró dando un paso atrás—. ¡Es ella!

Imposible. Estadísticamente, ¿cuántas probabilidades había de que se topase con aquella chica justo allí?

—La casualidad ama al destino después de todo —musitó posando una mano enguantada sobre la cara interna del espejo.

La joven se movía con temor, la cara contraída, los pies dubitativos. No poseía la gracia ni la actitud etérea de un ave mítica, sino el temblor propio de un polluelo que no quiere abandonar el nido. La melodía iniciaba un crescendo endiablado, y el pájaro de fuego debía terminar su solo. Se mordió el labio inferior tras la máscara. Aquellas piruetas transmitían... ¡nada! «Nada», esa era la palabra. No había en ellas pasión ni alegría, solo la ausencia de emociones. Sus brazos, al intentar imitar el aleteo mágico de unas alas invisibles, parecían más propios de una niña intimidada.

Tal vez sí mostrase una emoción, pero no la adecuada: su cuerpo irradiaba el mismo dolor que su voz. Rezumaba miedo, tristeza. Un crisol de negatividad volvió a sacudirlo por dentro y lo obligó a tensar los músculos como respuesta.

—¡Christine! —señaló monsieur Tibaud, el maestro de ballet clásico—. ¡Concéntrate!

La mano que apoyaba sobre la cara interna del espejo palpó inconscientemente la superficie, ávida por traspasarla.

—Christine... —pronunció su nombre saboreándolo como un buen vino.

La música terminó, y con ella, la danza de la joven, que se dobló sobre las rodillas, exhausta. Monsieur Tibaud palmeó dos veces y reunió a los estudiantes para los consejos de final de clase. La chica permanecía tras el grupo, reacia a formar parte de él, como si intentase pasar desapercibida. «Un fantasma entre los vivos.»

Él comenzó a respirar con dificultad, el oxígeno no le alcanzaba los pulmones. Se quitó la máscara con un gesto angustiado e inhaló profundamente mientras sentía que unas frías perlas de sudor le cubrían la frente y le recorrían la espalda.

—Un fantasma entre los vivos... —repitió su pensamiento en voz alta, consciente de que con esas palabras se abría una brecha en su interior, una especie de reconocimiento sobrecogedor que se incrementaba cuanto más tiempo sus ojos se mantenían clavados en la joven del maillot blanco y el cabello rubio.

La veía retorcerse las manos, notaba su pánico como quien nota la lluvia helada caer sobre su cuerpo. Volvió a apoyar la mano sobre el espejo y trató de serenar los latidos de su corazón. El nexo de obsesiva unión que tanto había temido que se produjera se revelaba a su alrededor, forjaba sus lazos sobre el fuego de lo imposible y los ataba con los mismos hilos que entretejían su dolor.

Y entonces lo supo.

Ambos habían nacido en el mismo compartimiento de un sepulcro vital: él en el horrible, ella en el aciago. Sus existencias estaban formadas por tinieblas de distinta clase: las tinieblas de Christine se hallaban en su interior; las suyas, en el exterior. A su modo, eran una pareja de espectros, y entendió que estaban predestinados a encontrarse... Que escuchar su voz la noche anterior había sido un aviso previo a verla en aquel momento y que, por mucho que la esquivase, volvería irremediablemente a caminar tras su estela.

Se colocó de nuevo la máscara y palpó la rosa que llevaba en el bolsillo interior de la capa junto con el pequeño papel que iba a convertirse en la nota destinada a monsieur Lheulier. Tomó su pluma estilográfica y escribió dos líneas con rapidez antes de precipitarse por el corredor que torcía a la izquierda. Si no se equivocaba, los vestuarios femeninos estarían vacíos. Pero solo tenía cinco minutos antes de que sonase el timbre que anunciaba el cambio de clases. Con un movimiento preciso empujó uno de los espejos y este giró sobre sí mismo dejándole espacio suficiente para entrar en el vestuario. Agradeció que los antiguos directores de la academia hubieran tenido la idea de que cada alumno señalara su respectiva taquilla con su nombre. Cuando encontró la que buscaba, una sonrisa de triunfo se hizo real en sus labios. No tuvo problemas con la combinación. Sus habilidosos dedos habían realizado prodigios mucho mayores bajo tierra.

El interior de la taquilla de Christine desprendía un suave olor a melocotón, quizá fuera su colonia. Cerró los ojos un instante, permitiendo que el aroma se grabase en su memoria. Al dejar la rosa con el mensaje enrollado en el tallo tuvo la incomprensible sensación de que todo cuanto creía conocer estaba a punto de invertir su orden. No quiso detenerse a pensar si aquel presentimiento significada algo bueno o no.

Una fotografía semioculta bajo una sudadera le llamó la atención. La tomó con cuidado. En la imagen se veía a Christine de adolescente junto a los que supuso que serían sus padres. La madre le daba un beso en la mejilla mientras el padre sonreía tras unas gafas tintadas estilo aviador. La joven guiñaba un ojo a la cámara, visiblemente feliz. Aquel rostro alegre había cambiado tanto... Guardó la instantánea, regresó tras el espejo y activó el mecanismo que lo cerraba justo antes de que sonara el primer timbre.

Se sentía ebrio de adrenalina. Ni siquiera recordaba la excitación de actuar guiado por los impulsos. Su vida estaba encadenada al yugo del odio y la oscuridad. Aquello era nuevo para él. Alzó el mentón. Quería verla al descubrir la flor. Necesitaba comprobar la reacción en su mirada.

Allí estaba, caminando con la cabeza baja, amedrentada por la energía que destilaban el resto de los alumnos. Pasaba entre ellos encogida, sin mirar a nadie ni a nada en concreto. ¡Ahora comprendía por qué había pasado desapercibida para él en sus visitas a la academia! ¿Cómo era posible que ninguno de sus compañeros se interesara más por ella? ¿Acaso los profesores no veían su desánimo? ¿Qué diablos le ocurría? La contempló mientras saludaba a otra estudiante y comenzaba a desvestirse. Su expectación llegó al clímax cuando Christine abrió la taquilla. El rostro de la joven palideció, sus labios perdieron color, sus manos se crisparon. La vio mirar a su alrededor, asustada, creyendo que alguna de las alumnas, probablemente Charlotte, sería la artífice de aquel despropósito.

—Tranquila... —dijo a media voz—, no estás sola. Siénteme, estoy a centímetros de ti. Lee la nota de nuevo, y cree... ¡Cree!

—Oye, ¿y qué me dices de ti? —escuchó que le preguntaba la amiga, ajena por completo a la turbación de la joven—. Nunca me has contado por qué estudias aquí.

Christine se volvió y dio un par de pasos hasta situarse frente al espejo sin saber que al otro lado alguien contenía el aliento. Sus ojos parecieron posarse sobre los suyos y, por un instante, se sintió mareado. Notó con total conciencia que en aquel preciso segundo su mundo cambió. Para él, para ella, para el destino de la academia y de sus integrantes. Fue como vislumbrar un destello del futuro para después disolverse en miles de partículas que jamás recordaría. Tuvo la pueril necesidad de tocarla, pero sabía que no los separaba la superficie de un espejo. Los separaba un cosmos.

La mirada de Christine se mantuvo firme, como prendida en la suya, pero él descubrió que la mente de la joven estaba muy lejos de allí. La tensión de sus mandíbulas, el brillo que anticipa una tragedia en sus ojos, su pecho respirando con dificultad... Conocía tan bien lo que ella sentía que se debatió entre la ternura y la rabia.

—La verdad es que no lo sé aún... Ya me conoces, ¡soy un espíritu libre!

Lo afligió el tono de su voz, que no le contase a su amiga lo que verdaderamente le ocurría, que su sonrisa fuera una máscara alegre. La siguió hasta la Sala Kraus. Allí no había espejo alguno, pero sí un mural de personalidades cuyos ojos él había manipulado años atrás. Nadie notaba nunca que en muchas ocasiones solía presenciar los ensayos de canto tras las pupilas de Kiri Te Kanawa.

Cuando madame Mauclair explicó que participarían en un *talent show* y preguntó si alguien quería interpretar aquel día a Anastasia, deseó que esa chica despertara. Contuvo una sonrisa al verla levantar la mano. No se explicaba aquella súbita seguridad en sí misma, pero lo entusiasmó. Aunque nada podría haberlo preparado para el cruel espectáculo que sobrevino después. Ninguno de los estudiantes escuchó el puñetazo que dio tras el mural ni vio cómo la joven abandonaba apresuradamente la clase para refugiarse en la Sala Tchaikovsky. Si se aunara todo lo puro que todavía conservaba, pensó al verla golpear con desesperación el espejo, si su propia alma adoptara forma humana... sería ella. Y ante sus ojos de espectador invisible, la muerte inició su baile de cortejo. Conocía bien su sonrisa horrenda, su candor engañoso, esa canción vieja que tañía acompañada de delirios. La muerte sabía hacer su trabajo. Muchas veces se había quedado apostada en la puerta de su dormitorio subterráneo, mirándolo con sus ojos llenos de monstruos. Había sentido tantos años su presencia que distinguió cada una de sus caricias sobre el cuerpo de la joven. Le estaría susurrando palabras de felicidad engañosa, la estaría desnudando de sus miedos, prometiéndole sueños sin fisuras, arropándola bajo su niebla encantada... Y ella se doblegaría con el fervor de los desesperados.

Lo descubrió en su mirada, desprovista de toda luz. Christine danzaba al son de la música más sombría sin notar los rasguños de la guadaña que portaba su compositor. Cuando la vio aferrar la manilla de la ventana, supo que no había vuelta atrás. La joven creía en un ángel de la música. Y su fe era tan grande como para despedirse dejando una ofrenda en las catacumbas o haberse desestabilizado al leer la nota en su taquilla. Era una idea enloquecedora, pero la muerte llevaba ventaja y se reía sabiéndose ya victoriosa.

Cerró los ojos e inspiró profundamente.

Incluso el demonio más abominable fue una vez un ángel...

Contrapunto

Christine

Estoy loca.

No es una pregunta o una duda fruto del desvelo a estas horas de la madrugada. Es una afirmación que me llena el cuerpo con una energía completamente nueva que me hace sonreír, porque aunque la locura me haya consumido, prefiero mil veces vivir así que en el mundo de los cuerdos.

Esta es la primera noche del resto de mi vida. La primera noche que no siento los pasos de la ansiedad acosarme desde el minuto en que me lavo los dientes y me meto en la cama. La primera noche que mantengo los ojos abiertos gracias a la felicidad y no al miedo. La primera noche que el silencio no es temible, sino un arrullo. La primera noche, desde hace cuatro años, que los temblores y las sacudidas no me encadenan a su ciclo interminable de agotamiento. La primera noche que no tengo que salir a hurtadillas para darme una ducha de agua hirviendo y calmar los nervios ante la llegada inminente del amanecer. La primera noche que no noto cómo la tráquea se cierra y debo hacer un esfuerzo titánico por respirar un oxígeno que yo misma parezco negarme. La primera noche que me siento renacer como un verdadero pájaro de fuego, un pequeño Fénix, cuyas alas aún son de suave plumón pero que ya percibe la fuerza en su interior. Y lo que es más importante: está dispuesto a usarla.

Sí, debo de estar loca para haber hablado con un ángel y aceptado su propuesta de darme clases en privado cuando la jornada en la academia termine. En la otra orilla de la locura otra realidad es posible...

Tal vez siga sumida en un cuento y la niña de la burbuja haya encontrado por fin su camino. Siento una lágrima y ya no está preñada de incertidumbre, solo de esperanzas.

Esta será la primera noche del resto de mi vida.

Erik

La noche. De nuevo, la noche.

La textura espectral de la oscuridad me acompaña mientras deslizo los dedos sobre las teclas del piano. Ni siquiera abro los ojos. A estas horas, cuando el mundo duerme y los fantasmas resurgen, solo necesito la música. Cuando era niño no creía en los fantasmas, qué ironía. Ahora soy uno de ellos. La rabia y el miedo son capaces de transformarlo todo, los buenos sentimientos se pudren, las personas cambian. El miedo no cuenta cuentos ni recita poemas donde glorificarse. El miedo, además, es informe, puede cambiar su aspecto a voluntad. Primero, arrastra tu nombre a un abismo gris para después borrarlo. Va empujando tus ilusiones hasta un desfiladero y las tira sin compasión. Así de simple. Y cuando crees que no te queda nada surge el odio y reemplaza lo poco que sobrevivía en ti. Te reduce a un ser despreciable, y ves pasar los días mientras te hundes y hundes hacia lugares que no querrías conocer.

La melodía que yo mismo he compuesto asciende vertiginosamente al ritmo de mis pensamientos y un rostro femenino ocupa cada recodo de mi mente. Sé lo que esa chica sentía. Y lo sé porque yo también soy hijo de ese mismo miedo. Dejo que la música se apodere de mí, tire de mi pecho, inunde mis sentidos... y en cada nota, en cada compás, la veo a ella. Es imposible no vislumbrar esos ojos cautivos de mil inseguridades. El crescendo se acentúa y con él la vorágine que me consume. Soy consciente de que ahora su vida está en mis manos y eso me aterra. Un ángel... Dios mío, en eso me he convertido para salvarla. En un ángel hecho de muerte.

Gracias a mi voz, a la magia que creo con mis cuerdas vocales, he podido acceder a ella, acunar su sufrimiento hasta adormecerlo temporalmente. Pero no dejo de pensar que he cometido una locura. Me ha confesado de una forma casi reverencial lo que le ocurrió en el pasado. La pérdida de sus padres, la humillación familiar, sus sueños rotos.

Podría haberlo evitado. Podría haberme callado y haber dejado que su vida siguiera su curso. ¡La chica tiene el potencial suficiente para brillar, para dejar boquiabierto a todo París! Y, en cambio, la he contemplado ante mí como una niña a la que han golpeado tantas veces que solo desea desaparecer.

Aporreo las teclas, enfurecido, y el terrible sonido que emerge retumba en mis dominios. Debería acabar con los que le han arrebatado los sueños y, de paso, la personalidad. Esa chica es fuerte, mucho más de lo que piensa. Pero le han hecho tanto daño que lo ha olvidado.

Yo no voy a abandonarla. Lograré que alce el vuelo de nuevo, le haré recordar lo que es la verdadera pasión, erigiré para ella un mundo de música como nunca antes haya experimentado.

Solo tengo mi voz para guiarla en este viaje que ambos comenzamos, pero si debo ser un ángel de la música para conseguir que su miedo deje de estar constelado de gritos y promesas falsas, que así sea.

7

El ángel que destierra la medianoche

«Mientras tanto, las horas de las lecciones entre la voz y yo transcurrían en un divino delirio.»

GASTÓN LEROUX,
El fantasma de la ópera

Christine no podía creer que la voz del ángel llevara ya tres semanas formando parte de su vida. Acudía con normalidad a las clases y al finalizarlas, cuando el resto de los estudiantes abandonaban la academia, se reunía solícita con su maestro en la Sala Tchaikovsky.

El ángel de la música era muy estricto, exigente hasta en los detalles más nimios. Y, aun así, cada una de sus palabras rezumaba ternura. Entre ellos había nacido una unión que iba más allá de la complicidad o el respeto. A veces, Christine pensaba que el ángel conocía los rescoldos que encendían su mente, que entendía cada uno de sus temores y se ofrecía como escudo contra sus dudas eternas. La acariciaba sin tocarla, la fortalecía a través de la música. Sus lecciones suponían un reto y, al mismo tiempo, un deleite para los sentidos, y Christine regresaba a casa extasiada, con el único deseo de volver a escuchar esa voz divina que la había rescatado de ahogarse en sus propios miedos.

Por expresa petición de su maestro, no había revelado sus progresos a nadie. Ni a sus profesores, ni en redes sociales, donde iba a tener que mostrar su valía en el programa *Fame is in you*. La joven seguía manteniéndose en un segundo plano, como si nada hubiese ocurrido. «Hay que esperar... Confía en mí», le decía la voz, y Christine confiaba en ella con fe ciega. Aquella tarde, en el vestuario, se hallaba sumida en esos pensamientos cuando Meg le dio un codazo cariñoso.

—Estás más sonriente que de costumbre, sabes que me he dado cuenta, ¿no?

Christine cambió el maillot por una camiseta de tirantes y asintió.

—¡Veo que no se te escapa una! Sí, me siento muy bien...

—¡Mejor que nunca, querrás decir! Vas por los pasillos como si esto fuera *Walking Dead*...

Su amiga imitó los movimientos propios de un zombi.

—Vamos, dime la verdad. ¿Te has enamorado?

Christine se echó a reír, pero su corazón respondió martilleándole el pecho.

—En serio —continuó Meg mientras se ponía el abrigo—, esto solo puede ser cosa de Cupido... ¿Nos vamos a tomar algo y me cuentas quién es él o ella?

—Me encantaría, pero estos días me estoy quedando a ensayar un poco más.

Eso mismo le había dicho a su abuela. Una verdad a medias, piadosa, que no hacía daño a nadie.

—¿Y Gerard te deja?

Meg se refería al conserje. Todos sabían que al finalizar la jornada Gerard cerraba la Schola Cantorum, incluida la verja de entrada. Christine simuló peinarse ante el espejo para ganar algo de tiempo. ¿Cómo podía confesarle a su amiga que las puertas de la academia se mantenían abiertas misteriosamente cuando ella salía de noche?

—Eh... Sí, sí, le pedí permiso y espera un par de horas antes de echar la llave.

Meg resopló.

—A mí me entraría claustrofobia si pasase más tiempo aquí... Además, no me sentiría muy segura.

—¿Qué quieres decir?

Los ojos de su amiga reflejaron asombro.

—¿De verdad no te has enterado? —Acto seguido bajó la voz, aunque ya no había nadie en el vestuario—. Están ocurriendo cosas muy extrañas en la academia. Hay un fantasma. ¡Un Fantasma de la Ópera!

Christine tragó saliva. ¿Y si alguien sabía su secreto, la razón real de que quisiera permanecer más tiempo allí?

—¿Cosas muy extrañas? —repitió fingiendo inocencia mientras se ajustaba la camiseta—. ¿Voces o algo así?

—¡Si solo fuera eso! El lunes, Sophie y Madeleine, las mellizas, juraron haber visto un cadáver atravesando los espejos de la Sala Roland Petit...

—¿Un cadáver? Venga, Meg...

—¡Como lo oyes! Una figura de negro con una calavera por cabeza... Dicen que no pueden dormir desde entonces. Y, espera, aún hay más. El martes, Charlotte salió de clase de monsieur Feraud gritando como una histérica.

Christine miró a su amiga con un mohín cómico.

—Ya, ya sé que Charlotte siempre quiere dar la nota —se explicó Meg—, pero es que eso fue diferente. No habla del tema, pero sus amigas confesaron que alguien le había puesto una rata muerta en el pupitre.

—Claro, como Charlotte no tiene enemigos...

—Christine, entre nosotras, ¿realmente crees que un alumno, por muy furioso que esté con ella, se hubiera atrevido a hacer eso? Incluso los profesores han iniciado una especie de caza de brujas para que el culpable confiese, pero ya te digo yo que no sacarán nada en claro. Y ellos también deberían tener cuidado.

—¿Los profesores?

—¿No te han llegado los rumores? ¡¿En qué planeta vives?! ¿En uno con muchos baobabs y una rosa en el centro? —Meg chasqueó la lengua, entre divertida y escéptica—. En los pasillos se aseguraba que iban a despedir a madame Denize.

—¿Por qué? ¡Es una leyenda viva del ballet!

—Ni idea. Solo sé que al final no lo han hecho. Es más, parece ser que le han subido el sueldo. Y, justo ayer, el director Lheulier aparece con un brazo escayolado. Se comenta que se cayó por las escaleras que conducen al sótano. ¿Casualidad? ¡Ni de broma!

Christine amagó una sonrisa.

—Demasiados rumores para que todos sean ciertos.

Meg tomó una de sus manos y la sujetó con fuerza.

—Si vas a quedarte ensayando hasta tarde..., bueno, al menos prométeme que tendrás cuidado, ¿vale?

Christine la abrazó con cariño. Se sentía conmovida por la preocupación de su amiga; ojalá pudiera contárselo todo. Lo que le estaba sucediendo era tan maravilloso que cada día le resultaba más difícil no compartirlo con ella o con su abuela.

—Te lo prometo —aseveró al fin—, si veo a esa calavera andante, serás la primera en saberlo.

Ambas se echaron a reír, pero en las pupilas de Meg titilaba el destello del temor. Al despedirse, Christine se mantuvo expectante en el vestuario. Respiró hondo varias veces y miró al techo. Pocos minutos más tarde, todas las luces de la Schola Cantorum se apagaron una a una, como una figura hecha de piezas de dominó accionada por una mano invisible.

El centro entero se vio absorbido por las tinieblas. Sonrió cuando el vestuario quedó a oscuras y salió sin hacer apenas ruido. Una densa penumbra impregnaba el pasillo central, únicamente salpicada por la luminosidad procedente de la última puerta: la perteneciente a la Sala Tchaikovsky.

Recordó las lecciones anteriores mientras se dirigía hacia allí. Tal vez su ángel le hiciera repetir los ejercicios para fortalecer el diafragma, o puede que le enseñase más acerca de cómo debía respirar para relajar los músculos, de los cuidados de la laringe...

La felicidad no tenía forma, la felicidad era una voz celestial, la felicidad se concentraba en el sonido del tiempo dentro de aquella sala. Una vez dentro abrió la boca con estupor. Ante ella, esparcidos, había varios objetos. El primero, a unos tres metros de donde se encontraba, era una solitaria zapatilla rosa de punta; diez metros más allá, tres maniquíes decorados de forma estrafalaria la señalaban con aire amenazante, y al fondo, directamente bajo la luz de una de las arañas de cristal, una caja... una caja conocida. Se quedó inmóvil, impactada por cuanto veía.

«Acércate, Christine. No tengas miedo. Nunca tengas miedo...»

La voz sonó con una majestuosidad deliciosa dentro de su cabeza. En aquel momento sintió una emoción profunda. Cada noche, mientras dormía, cerraba los ojos con el temor de que todo hubiera sido un sueño. Escuchar de nuevo aquella voz poderosa y ardiente como el fuego, balsámica como un beso de nieve en invierno, le recordaba que todo era real. Hizo lo que le pedía y avanzó dos pasos.

—No lo entiendo —dijo, y contempló de nuevo cada uno de los elementos—, ¿para qué es todo esto?

«La caja es muy importante para nuestra clase de hoy, Christine. Tú me la entregaste en ofrenda, pero es a ti a quien debe volver.»

Notó el repunte de un escalofrío. Las palabras del ángel siempre estaban repletas de símbolos que ella solo podía descifrar a medias. A veces le parecía reconocer las palabras de sus padres, otras las de su propia conciencia, otras era la música, ese lenguaje universal que se inspira en las emociones del ser humano. Se fijó en la caja, estaba lejos, casi al final de la sala. Las alas de nácar brillaban como para arañarle un profundo sentimiento de culpa. Había abandonado aquel objeto en el subsuelo parisino noches atrás, y ahora estaba allí, multiplicándose en todos los espejos. El ángel, una vez más, la dejaba perpleja.

En respuesta a su mutismo, la voz celestial continuó.

«Quiero que les hables.»

—¿Qué...?

«Cada uno de estos objetos está colocado lejos de ti por una razón específica. Mi deseo es comprobar cómo proyectas la voz, qué límites estás dispuesta a cruzar con ella.»

Christine asintió levemente. Cantar no solo significaba transformar el aire en sonidos armónicos, sino abarcar con ellos todo el espacio posible. Comprendía la intención de su maestro, pero no el método en sí.

«Noto que dudas, Christine.»

—Lo siento, es solo que...

«Tu falta de confianza en ti misma y en tu mentor resulta decepcionante.»

La joven apretó los puños. La voz había sonado neutra, muy distinta de la belleza con que solía envolverse.

—Lo último que quisiera es decepcionarlo, maestro.

Confiaba en él con total entrega. Y, sin embargo, tuvo que admitir que su ángel estaba de nuevo en lo cierto cuando afirmaba que seguía sin creer en ella misma. Seguía sorprendiéndose al comprobar que su mentor era capaz de penetrar en su alma.

«No tienes que entender lo que te pido, solo sentirlo dentro. Cantas con la técnica que te han inculcado a base de repeticiones, pero tienes un don, y tu potencial exige un esfuerzo que a los demás les está vedado. Por eso te he elegido. Por eso necesito que te liberes de tus sombras y te enfrentes a ellas. La música está en ti, la música, como yo, está en todas partes: es felicidad y también dolor. Pero el dolor por sí solo consume, Christine. No permitas que te arrastre hasta apagar tu luz. Recuerda: ni siquiera tus peores enemigos, ni las pesadillas más horribles, pueden hacerte tanto daño como la tristeza que te paraliza.»

Ella tendió las manos abiertas a su benefactor invisible.

—Por favor, deme su confianza, sus alas... No le fallaré.

«Lo sé, porque la música que duerme en tus sueños espera a ser despertada, y tú tienes la magia para lograrlo. —La voz sonaba satisfecha, alegre—. Ahora no te muevas de donde estás. Coloca el cuerpo en posición, relaja los pulmones... y habla. La zapatilla de ballet te ha formulado una pregunta desde el momento en que has entrado en la sala. Y debes contestarla.»

Miró la zapatilla, cuyos lazos parecían serpentear en el suelo, y tuvo que parpadear varias veces para convencerse de que no se movía. Solo era un calzado envuelto por el halo de la luz artificial y la sugestión.

—¿Cuál es su pregunta?

«¿Qué es la música, Christy?»

La joven dio un leve brinco. La zapatilla había verbalizado la pregunta como alguien vivo. La voz que había surgido de ella se asemejaba a la de un niño. Inocente, casi traviesa, anhelante de respuestas. Fascinada, Christine se aclaró la garganta y controló la respiración a través de su diafragma para utilizar la parte superior del pecho y no forzar las cuerdas vocales.

—Es la forma en que...

«¡No!»

La voz del niño, ahora un tanto enfadado, se interpuso entre la zapatilla y ella, como si de verdad se hallara presente en los escasos metros que los separaban.

«La música no es ninguna forma, Christy. No solo expresa sentimientos, los provoca. No busca emociones, las crea y las entrega. La música es un mendigo que sin recibir nada lo da todo. ¿No es increíble? Y si la música puede ser una maga tan poderosa, Christy... ¿por qué ya no crees en ella?»

La joven se acarició el labio inferior pasando de la inseguridad a los nervios.

—Yo amaba la música. Era mi razón para sonreír. Incluso para existir.

«¿Y qué ocurrió? Habla más alto, Christy, casi no puedo oírte...»

La pureza de la voz infantil le recordó su propia infancia y por fin supo que era eso lo que el ángel pretendía hacer aflorar. Presionó con suavidad el diafragma y respondió algo azorada.

—Me la arrebataron. Me obligaron a dejar de creer en ella, y cuando la perdí me perdí también a mí misma.

Nunca lo había dicho en voz alta, y tras responder, una avalancha de vergüenza y rabia amenazó con desestabilizarla.

«¿Te refieres a nosotros, niña mimada?»

Se volvió hacia los maniquíes, repentinamente asustada. Tenían los brazos en alto y cada uno de sus dedos articulados la señalaban a ella. Distinguió los ropajes con los que iban ataviados: eran los mismos que utilizaban los monstruos de *El pájaro de fuego*. En la soledad de la sala, aquellos cuernos retorcidos en aquellas cabezas sin rostro, las enredaderas que cubrían los cuerpos de tela y las alas membranosas cosidas a sus espaldas se le antojaron grotescos. Eran unos disfraces que solían utilizar en los ensayos, pero de pronto habían adoptado unas dimensiones sobrecogedoras.

La voz delicada del niño que cobraba vida a través de la zapatilla de ballet se había transformado por completo para descubrir el tono grave de un adulto.

«¿Acaso no vas a contestarnos? Es tan típico de ti hacer oídos sordos...»

Christine ahogó un gemido. La voz se había desdoblado hasta convertirse en tres ecos bien diferenciados que tronaron en toda la estancia.

«... tan típico que quieras seguir con esa estúpida idea de alcanzar tus sueños, cantar, bailar...»

Una carcajada triple sacudió los cimientos de su entereza. Aquello era una prueba. Ante sí tenía unos simples maniquíes, no a sus tíos. La losa de la ansiedad comenzó a oscilar sobre su pecho dispuesta a desplomarse encima de ella una vez más. Una prueba del ángel... Una prueba...

—Me destrozasteis, yo era feliz...

«¡No te oímos! ¡Eres tan débil e inútil que ni siquiera tus berrinches de niñita llegan a nosotros! ¡No vales para nada!»

Las tres figuras se burlaban de ella reflejadas en todos y cada uno de los espejos formando un angustioso caleidoscopio.

—¡¡¡Os odio!!!

Christine desbloqueó la laringe, controló el diafragma y, sin inclinarse apenas, estalló:

—¡Odio en lo que me habéis convertido, odio vuestra falta de fe en mí! ¡Odio vuestras humillaciones, que me despertéis por la noche para preguntarme si estoy bien cuando en realidad son excusas para seguir hundiéndome! ¡Odio a la gente como vosotros, vacía, sin otra necesidad que herir a los que los rodean! ¡Idos de mi vida! —Respiró entrecortadamente mientras se volvía hacia el último objeto: la cajita de sus padres—. Perdonadme —dijo intensificando la voz para que llegara al extremo más alejado de la sala. Quería ser escuchada. Necesitaba ser escuchada—. A veces siento que os he decepcionado... —Apretó los puños y luchó por relajar la presión que notaba en la garganta—. No quería abandonaros, abandonar la caja... Solo pretendía desterrar lo que una vez fui. Pero ¡sigo siendo yo! La abuela tiene razón. Y ahora sé que estáis aquí, conmigo. Vuestros sueños son y serán los míos. Lo prometo.

Cuando relajó el diafragma, rompió a llorar. No emitió un solo sonido. Se mantuvo inmóvil, dominada por sus propias emociones. Sus lágrimas perlaron el suelo. Aunque reinaba un silencio espectral, Christine percibía que el ángel seguía ahí. Sentía su presencia como si de él emanara una corriente que electrizara la sala. Lo sabía del mismo modo que un ciego nota la presencia de otra persona.

«Estás preparada.»

Cuando la voz sonó por fin, lo hizo teñida de una dulzura infinita, y un escalofrío de alivio recorrió cada terminación nerviosa de la joven, que se secó las mejillas con la palma de las manos, todavía emocionada.

«Christine, mañana por la mañana irás a la plaza de la Ópera. Te situarás en la explanada que hay bajo la escalinata principal y cantarás. No importa qué melodía elijas, no importa que haya poca gente. El mismo cielo será tu público.»

Christine miró en derredor, pues la voz parecía estar en todas partes.

—Cantar allí... —murmuró—. ¿Como un artista callejero...?

«La música no entiende de clases, géneros, religiones o edades, mi niña... Un músico que comparte su alma con el mundo en el metro, en una plaza o en la entrada de unos grandes almacenes no convierte su arte en algo menor, sino en algo sublime.»

—¿Y las clases?

«Las clases en la Schola no importan. Tu formación bajo mi protección, sí.»

La voz transmitía un orgullo sincero por su alumna, y Christine sonrió, consciente de que, incluso siendo un ángel, rezumaba sentimientos humanos.

—Estaré en la plaza de la Ópera mañana a las once, maestro.

«No lo olvides, Christine —los labios invisibles murmuraron con ternura y tan cerca de ella que se volvió para comprobar que seguía estando sola—: eres más de lo que te han permitido ser, eres más de lo que te han dicho que eres, eres capaz de lograr las cosas más *extraordinarias que jamás hayas imaginado... Y yo estaré contigo. Siempre.»*

8

El retrato del cisne

«Solo lo preocupaba el deseo de ver a aquella cuya voz mágica le había arrasado el corazón.»

GASTÓN LEROUX,
El fantasma de la ópera

Toda la casa olía a café. Raoul solía pensar que aquel aroma denso y cargante se adhería a su ropa, a su piel, igual que lo hacía a los cuadros estrafalarios y muebles de diseño que su padre renovaba cada mes sin reparar en gastos. Aquella noche, desde luego, no era una excepción. El gran Roger Dassary, dueño de la discográfica más importante de la industria musical francesa, estaba arriba, en su despacho, dando toda clase de órdenes a Philippe mientras bebía su habitual dosis de cafeína.

Raoul se removió en su puf de cuero, aliviado de que fuera su hermano mayor el destinatario de aquellos gritos y no él.

Lo sentía por Philippe y sabía por descontado que pronto le tocaría recibir el acostumbrado sermón de su padre, pero prefería dejar la mente en blanco hasta que le llegara el turno.

Subió el volumen de la música y su habitación retumbó al ritmo de Queen.

Sus ojos grises volvieron a posarse sobre el dibujo a lápiz que descansaba en sus piernas. Lo había comenzado a esbozar hacía unas semanas, retocándolo aquí y allí conforme iba recordando más detalles del rostro que había retratado. Hizo girar el lápiz entre los dedos, dubitativo. Tal vez sus cejas fueran más pobladas. Puede que tuviera un hoyuelo en las mejillas, ¿verdad? Y ¿le había imaginado un pequeño lunar en el cuello? Le resultaba difícil acordarse, la falta de luz en aquellos horribles pasadizos subterráneos difuminaba un poco los recuerdos que tenía de aquella noche. Se pasó una mano por el pelo, revolviéndolo por completo. La chica parecía observarlo desde el papel con aquella sonrisa tan genuina, sincera, pero algo afligida, como si guardase un secreto y...

Sí, no había duda, le faltaban los hoyuelos, solo con ellos su boca estaba completa. Se disponía a dibujarlos cuando su hermano irrumpió en el dormitorio. Sin decir palabra, soltó un bufido y cerró de un portazo.

—No estaría mal que de vez en cuando llamases antes de entrar —dijo Raoul sin apartar la vista del folio.

Philippe arrastró una silla y se sentó junto a él.

—Baja la música, ¿quieres? Ya es suficiente castigo tener que escuchar a nuevos talentos y canciones machaconas todo el día.

Raoul puso los ojos en blanco e hizo lo que le pedía.

—Por eso no quiero trabajar con papá. Se supone que la música es para disfrutarla, no para que se convierta en un castigo.

Philippe se quitó los zapatos y estiró las piernas con evidentes signos de cansancio. Tenía veintiún años, solo dos más que Raoul, pero sus facciones y su complexión parecían los de un hombre entrado en la treintena. Su único parecido radicaba en el color de los ojos, el cabello castaño y el mentón algo pronunciado.

—Sí, eso ya lo sé, hermanito. ¡La música es arte, la música es vida! ¡Bla, bla, bla! Nadie sabe una mierda de lo que hay tras una maldita partitura. Estoy harto de los desplantes de cantantes que creen ser dioses, del número de ventas, de si nuestros *singles* son número uno en internet o en la radio, de las zancadillas de la competencia o de las envidias entre los miembros de una misma banda.

—Pues dile al todopoderoso Dassary que pasas del tema y punto.

Phillippe soltó una áspera carcajada.

—Lo haría de no ser porque nuestro padre no se entera de que nosotros no queremos seguir sus pasos. O no se quiere enterar, quién sabe. Y tú, no creas que te vas a librar de sus planes con la excusa de disfrutar de un año sabático. Sabes de sobra que tiene puestas en ti todas sus esperanzas acerca del futuro de la empresa.

Raoul se reclinó con un falso aire dramático.

—Ya, claro, el cuento de siempre en el que el hijo menor es el favorito... —Cuando sonrió de nuevo, el leve movimiento de sus cejas le dio un aspecto casi juguetón—. No empieces con eso, Philippe...

—Pero es que es cierto y no, no pienso repetirlo. Ya puedes disfrutar de los meses que te quedan de libertad, yo en tu lugar haría lo mismo.

Se produjo una pausa inevitable. Raoul apagó la música y deslizó la vista por la habitación. Era, junto a la de su padre, la más grande de aquel palacete de la rue Muette y desde los ventanales podía contemplarse la imponente figura de la Torre Eiffel y Trocadero.

Sin embargo, todo lo que albergaba, la mesa de billar, el televisior de pantalla holográfica importado desde Londres, las guitarras autografiadas, incluso la cama con forma de Ferrari, había comenzado a hastiarlo. Un regusto amargo le invadió la boca al pensar que si podía llevar aquella vida de lujos, viajes y conciertos era gracias a su padre. Roger Dassary había intentado borrar el mal recuerdo que les había producido a sus hijos la separación de su mujer años atrás. No fue fácil para los hermanos asumir que ella había elegido compartir su vida con un amante que no solo no era secreto, sino al que, además, los obligó a conocer semanas antes de romper con Roger y, de paso, romper también con los lazos que la unían a sus hijos. Seguía llamándolos, enviándoles regalos, mensajes y besos virtuales, pero la relación era casi inexistente. Raoul pronto entendió que, aunque detestara vivir con su padre, no tenía otra opción. De alguna manera, Philippe y él llegaron pronto a la conclusión de que los excesos de su progenitor solo eran una estrategia para que ambos continuaran su legado en Paradise Records. Philippe hubiera deseado ser escritor y Raoul estudiar Bellas Artes. No obstante, ninguno había tenido el valor de enfrentarse a su padre.

Raoul volvió a juguetear con el lápiz como si quisiera reflexionar y al mismo tiempo mantenerse ocupado en algo.

—Eh, ¿ese retrato es nuevo? ¡Déjame ver! —Philippe le arrebató el dibujo y una sonrisa pícara se forjó inmediatamente en sus labios—. ¡Es muy bueno! Vaya, vaya... ¿Quién es? ¿Una de tus amiguitas?

—¡No es asunto tuyo!

—¡Claro que sí! Siempre llevas a tus conquistas al *loft* de La Defense y Roger acaba echándome la culpa a mí. ¡Tú eres el don Juan de la familia! ¡Yo no me como un colín, pero papá me elige como blanco de sus broncas! Pues esta vez, no, hermanito. Si quieres poner en práctica otra vez tus dotes de seductor, hazlo con discreción.

—¿Quieres dejar de decirme lo que debo hacer? —protestó Raoul, malhumorado—. No soy un crío y comienzas a comportarte como...

—¿Un Dassary? —Philippe rio burlón—. Hazte a la idea de que tu apellido irá contigo hasta el final, Raoul... Toma. —Le devolvió el folio mientras se levantaba—. Nunca me entrometo en tus líos amorosos, ya me conoces. Eres de lo que no hay, pero también un buen chaval. Solo te pido que tengas cuidado y que no dejes que nuestro padre se entere, ¿vale?

—Philippe, la acabo de conocer, ni siquiera sé su nombre...

—¿Y desde cuándo eso te ha supuesto un problema, Casanova?

Su hermano le guiñó un ojo antes de salir del dormitorio. Raoul dejó el retrato sobre el escritorio de cristal negro y contempló las vistas más allá del balcón. La Torre Eiffel refulgía como si miles de luciérnagas revoloteasen a su alrededor. El gran foco situado en su cúspide barría todo París en su misión de centinela nocturno. Más allá, recortada en el horizonte, la luz nívea del Sagrado Corazón parecía hacer flotar la basílica. Una estrella en la tierra, un faro en la noche.

Esa era la ciudad que él tanto adoraba, con cada núcleo urbano siempre iluminado, llena de color, de ajetreo, de arte bañado por las luces de un museo o por el mismo sol. Tan diferente de esa otra París bajo tierra donde todo se convertía en una pesadilla pastosa e irreal. No debería haberse dejado convencer por Lazan. Aquel lugar no concedía la libertad, sino una oscuridad que te calaba hasta lo más hondo. Sin embargo, fue allí donde la conoció. Fue allí donde escuchó esa voz que ahora lo perseguía incluso cuando cerraba los ojos.

Echó un último vistazo a su dibujo antes de coger el móvil.

—Hola, Lazan, esto, quiero decir... Olivier... Sí, ya sé que no te gusta que te llamen por tu verdadero nombre, pero no estamos en las catacumbas, así que deja de hacerte el sorprendido. ¿Recuerdas hace un año cuando conseguí que te hicieras un selfi con Lady Gaga? Es hora de que me devuelvas el favor. No, no necesito gran cosa, en serio. Solo quiero saberlo todo acerca de Odette.

Contrapunto

Erik

Aquí estoy, tal y como le prometí ayer. Salir a la superficie supone un desafío que casi nunca estoy dispuesto a superar, pero ella lo merece. Creo que si le pidiera algo a su ángel, cualquier cosa, lo que fuera, removería cielo y tierra para complacerla. Pero cuando regreso a mi refugio, los remordimientos caen sobre mí con tal fuerza que temo volverme loco. Si es que no lo estoy ya.

No dejo de pensar que voy tejiendo una enorme tela de mentiras gracias a su inocencia y credulidad. Un susurro, procedente de mi subconsciente más oscuro, me tranquiliza diciéndome que esta farsa la ayuda, le devuelve la fuerza que había perdido y la hace brillar. Cada día compruebo que la felicidad la envuelve al escuchar a su maestro, que su afán de superación crece, que el terrible vacío en su mirada ha desaparecido. Y me convenzo de que, por su bien, hago lo correcto. ¿Solo por su bien?

Han pasado tres semanas, pero podrían haber sido siete horas, siete segundos. El tiempo no existe salvo cuando me amparo tras el espejo y ella aparece, sonriendo, vibrante de energía. Entonces algo se me remueve en el pecho al saber que esa sonrisa existe por mí. Para mí. Estoy abrazado a ella sin tan siquiera tocarla. Es aterrador pensar lo frágiles que nos volvemos cuando llega alguien que logra rompernos con tan solo una palabra.

Estoy jugando a ser Pigmalión, y es una partida muy peligrosa. Pero no puedo abandonar. No quiero hacerlo. Si ella me necesitaba antes, yo la necesito ahora. A veces acaricio la idea de que el día en que Christine triunfe, en que rompa las cadenas de la Schola y vuele ella sola, me sentiré tan profundamente saciado con su éxito que, como el monstruo que soy, retomaré los pasos hacia mi guarida para no volver a emerger, conformado con saber que he sido la chispa que ha avivado su llama. No puedo aspirar a más y esa convicción me golpea con rabia una y otra vez. Basta. No bajaré de nuevo a las profundidades de mi mente. Se lo debo a ella. Su alegría se ha convertido en mi prioridad, y de algún modo yo también estoy volviendo a la vida.

Me refugio bajo el grupo escultórico que tanta polémica generó hace siglos, *La danza*, y trato de pasar desapercibido entre los turistas. Me he puesto una sudadera con una capucha suficientemente amplia como para resguardar mi rostro de miradas indiscretas. Es raro. Tras tantos años en el submundo, me siento desprotegido sin la capa. Al menos la máscara me ayuda a envolverme en las sombras. Toco la piedra de la estatua y su rugosidad me recuerda a los muros que conforman mi hogar. No sé por qué elegí este sitio para la prueba a la que deseaba someterla. Quizá fuera porque siempre he sufrido la enfermedad del decorado, de lo grandioso, de lo bello. Y qué mejor enclave que la Ópera Garnier para este, digamos, pequeño examen.

Cierro los ojos y aspiro con lentitud el aire de la mañana. A través de la máscara, me llega el aroma a cruasán de una panadería cercana, el característico olor metálico de la salida del metro, incluso el perfume de la humedad del cielo abovedado de nubes blancas. Qué diferente es el oxígeno aquí arriba. Espero que no llueva. En estas escaleras que se despliegan a mis pies siempre suele haber gente haciendo fotos a la fachada del edificio, disfrutando del almuerzo o simplemente contemplando el paisaje. Ahora cuento unas diez u once personas, niños incluidos. Pero si lloviera... Me ajusto todavía más la capucha y cruzo los brazos. No permitiré que me asalten las dudas. Ella lo hará, lo conseguirá. Confío en su talento.

Miro la avenida. Contengo el aliento. Ahí está. Sale de la boca del metro junto a un grupo de personas, pero la reconocería entre un millón. Lleva el anorak blanco, y el cabello suelto le cae con suavidad sobre la espalda como un manto de oro bruñido. Me quedo inmóvil mientras la veo cruzar el asfalto hasta llegar a la plaza. Se detiene al lado de una de las farolas y observa su escenario improvisado con ojos inquietos. Tenso la mandíbula al comprobar que retrocede. Sus gestos denotan una aprensión tan fuerte que la noto perforar mi propio aplomo. ¡No, no sientas miedo...! ¡No dudes de ti misma! ¡Ten confianza!

Christine

Le prometí a mi ángel que vendría a esta plaza y cantaría... He estado concentrada todo el tiempo que ha durado el trayecto en metro, pensando que, por suerte, no sentía abrirse las acostumbradas fisuras del miedo. Sin embargo, en cuanto me he visto sola al pie de la escalinata principal de la Ópera, parece que el engranaje de mi seguridad hubiera fallado de repente. De pequeña canté en escenarios de verdad, conquisté los oídos de jueces y profesores... y mírame ahora. Incluso creo que me tiemblan las piernas. Es increíble la fuerza de destrucción que puede albergar un «no creo en ti» o un «no sirves para esto».

Me he situado bajo el amparo de una de las farolas que franquean la entrada. Miro a mi alrededor. Lo sé, soy una ilusa. Por un momento he tenido la esperanza de verlo aquí. ¡Ver a un ángel! Debo de haber enloquecido aún más si cabe.

La Ópera Garnier se yergue ante mí. Hacía tiempo que no venía por este distrito y ahora me parece mucho más enorme de lo que recordaba. Posee cientos de ojos, los de las musas, los músicos, las máscaras y los dioses que me observan con cierto aire de desdén que hace que retroceda sin querer. Es como si de un momento a otro fueran a dejar de ser de piedra y bronce para cobrar vida y gritarme que me vaya. ¡La belleza a veces puede ser intimidante! Pero, aunque quisiera huir, el peso del miedo me ha anclado al suelo. Temo que, al hacer un mínimo movimiento, me dé un ataque de pánico como los que sufría cada noche antes de que el ángel de la música apareciera en mi vida.

El ángel... Él siempre me dice que nací con un don, que mi potencial es maravilloso, que todo en mí ya era especial incluso antes de contar con él. Y yo me siento una estúpida por no poder demostrarle que no se equivoca.

No creo que pueda cantar aquí, en serio, yo no...

«¡No, no sientas miedo...! ¡No dudes de ti misma! ¡Ten confianza!»

Escucho su voz en la cabeza, tan nítida, tan real fuera de la academia que de pronto el mundo vuelve a su lugar. A detener su rotación únicamente para mí. Avanzo hasta el centro de la plaza y pongo el cuerpo en posición. Controlo el diafragma, relajo los hombros, la columna, el pulso, arqueo levemente el paladar y, cuando me dispongo a cantar, sé con exactitud qué canción representa mis emociones en este preciso instante.

Hay melodías que, al cerrar los ojos, se transforman en sentimientos. Lanzo los míos al viento para que el ángel los recoja.

Raoul

Conozco a Lazan, o más bien a Olivier, desde que éramos niños. Compartimos juegos, estudios y, cuando crecimos, las fiestas y la juerga se convirtieron en nuestro sello de identidad. Él se cansó pronto de todo eso y buscó otras formas de divertirse. Creo que yo seguí tratando de liberarme de las ataduras familiares con más alcohol, música y algún que otro escarceo. Supongo que perderse en ese laberinto de los horrores le resultará fascinante..., pero no, no es para mí.

Mi hermano dice que me conoce bien. Me pregunto si siente lo mismo que yo o a estas alturas ya ha dejado de insistirle al gran Dassary con que lo suyo no es el mundo discográfico. Ninguno de los dos tiene valor para decirle a nuestro padre que no nos gusta su forma de trabajar. Somos patéticos. Tanto dinero, nuestro apellido unido a la fama, ¿y qué? Philippe se escabulle casi todas las noches al Café Fiore, dispuesto a enzarzarse en cualquier debate literario y a dar a conocer sus poemas a los autores veteranos que allí se reúnen. Me pregunto qué quiere conseguir. Me pregunto qué quiero conseguir yo, aparte de perderme en labios ajenos para encontrar un poco de vida más allá de nuestra casa. Puede que no tengamos remedio, así que ¿para qué molestarse en sopesar lo que está bien o mal?

He colgado el retrato de esa chica junto a la cama. Tal vez sea producto de la impresión que me causó merodear por las catacumbas junto a ella, sus ojos siempre tristes en la penumbra, o tal vez de verla en ese estado casi hipnótico mientras cantaba..., no lo sé, pero lo cierto es que no puedo quitármela de la cabeza. Gracias a Olivier ya conozco su verdadero nombre y tengo su número de móvil.

Así que, bueno, Christine, ya es hora de saber un poco más de ti...

Erik

El sonido de los aplausos abrasa la plaza y penetra hasta las fibras más recónditas de mi ser. Lo ha conseguido, ha vencido al miedo, ha deshecho su mordaza. Si tan solo pudiera bajar estas escaleras y acercarme a ella para saborear aún más su triunfo... Sin embargo, debo conformarme con el orgullo que me produce verla así. La música es su alegría, su luz, su pulso... Ojalá lo fuera también yo. Dejo caer los brazos. ¡Maldita sea, no sé por qué me atormento con esta clase de pensamientos!

Leo en su expresión la felicidad más pura; leo en el brillo de su mirada que ha vuelto a darle la mano a la valentía y que ya no la dejará escapar; leo en su sonrisa que ha nacido un sentimiento nuevo dentro de ella, y el corazón me sacude el cuerpo porque ignoro cuál puede ser.

Mozart dijo que ni una inteligencia sublime, ni una gran imaginación, ni siquiera las dos cosas juntas, eran capaces de formar el genio de la música. Juraba que el alma del genio es el amor y que en él residen todas las respuestas.

Me aterra formular las preguntas que de repente me devoran. Me aterra el puente que se está desplegando entre nosotros porque sé que si lo cruzo, que si doy un solo paso más, jamás podré regresar.

Christine

Cuando dejo de cantar, la realidad toma forma de nuevo a mi alrededor. De algún modo, me he abstraído tanto en la magia de la música que solo ahora soy consciente de que la plaza se ha llenado de gente; las escalinatas, antes semivacías, de pronto están rebosantes de manos que aplauden y gargantas que gritan vítores.

¿Realmente está sucediendo? ¿Me están aplaudiendo de verdad? ¿Soy yo la causante de este alboroto en la entrada de la Ópera? ¿Los móviles y las cámaras de fotos me apuntan a mí? Dios mío... no puedo creerlo. ¿Mi voz ha conseguido todo esto? No, no ha sido solo mi voz. Es la fortaleza que he sentido, la confianza, que ha vuelto para quedarse. Durante estos cuatro años he mantenido mi vitalidad, mi energía y valor tan dormidos bajo el hechizo del miedo que no sabía que aún seguían crepitando en mi interior. La valentía puede ser algo muy frágil, ¿no? Pero siempre está ahí, pugnando por abrirse paso. Pum-pum, pum-pum, como un latido. Como la luz más pequeñita y, aun así, poderosa.

El ángel de la música tenía razón, ¡la música está viva, trasciende las palabras, une corazones! La música es... libertad, y a través de sus notas nos conectamos con el mundo. Mi maestro y yo también estamos conectados. Más allá de cualquier frontera, nuestra voz es la melodía que nos une. Él sabía que mi potencial estaba latente, listo para volver a brillar. Pero yo no. Si no fuera por la seguridad que me ha dado, no hubiera salido de mi odiada burbuja.

La gente me rodea, quiere hacerse fotos, me preguntan quién soy, dónde he estado escondida todo este tiempo... y mi único deseo es regresar a la Schola para compartir esta sensación de plenitud con él.

Hay un puente entre nosotros, lo sé. Un puente entre dos mundos. Y, libre de mis miedos, he comenzado a cruzarlo.

9

El príncipe sin corona

> «No vio a una sombra que la seguía como su sombra, que se detenía con ella, que volvía a caminar cuando ella caminaba de nuevo... En cuanto a Raoul, no se dio cuenta de nada porque, cuando tenía a Christine delante, nada le interesaba de lo que ocurría detrás.»
>
> Gastón Leroux,
> *El fantasma de la ópera*

Cuando el improvisado público la dejó sola de nuevo, aún podía sentir la piel erizada por la emoción que acababa de experimentar. Pensó en llamar a su abuela. Necesitaba decirle cuánto sentía no haberla creído, no haber valorado sus consejos pensando que solo eran los ánimos de una abuela buena y generosa que amaba a su nieta y que, por lógica, no podía ver sus imperfecciones. Ahora comenzaba a entender que quizá esas imperfecciones nunca existieron, que lo único que debía pulir era, en realidad, su propia falta de autoestima. Pero ¿cómo iba a contarle que un ángel había obrado el milagro?

Subió la escalinata y se sentó en el primer peldaño, dándole la espalda a la estatua de *La danza* y a un chico con una sudadera negra, uno de los pocos que se habían quedado por la zona tras su actuación. De acuerdo, la llamaría y le diría la verdad. Valerie fue la primera en relatar la leyenda del ángel. Se la contó a su hija, y esta, junto con su marido, tomó el testigo para entregárselo a Christine. Su abuela la creería, ¡seguro! Y aunque el ángel le había aconsejado no revelar su existencia, no se molestaría porque Valerie lo supiera. Sí, se lo contaría todo y regresaría a la Schola cuanto antes.

Se disponía a marcar cuando el móvil le sonó en las manos. Torció el gesto al comprobar que el número no figuraba en su lista de contactos.

—¿Christine?

—Sí, ¿quién es?

—Raoul, aunque puede que te suene más como Mercury.

La joven se tocó la frente con una mano. ¡Mercury! El novato de las catacumbas... ¿De dónde había sacado su número de teléfono y cómo había descubierto su verdadero nombre? Solo había una explicación...

—Ha sido Lazan, ¿no?

No pudo evitar que su tono destilara cierto enfado. Se suponía que el subsuelo era un terreno seguro, que la identidad real de cada uno se consideraba sagrada allí.

—Ha sido culpa mía —se disculpó él, aunque por su voz parecía que estuviera divirtiéndose—, digamos que lo chantajeé y no pudo negarse. Si te apetece, te lo cuento todo mientras te invito a tomar lo que quieras. ¿Qué me dices?

Christine miró al cielo dibujando una mueca de exasperación.

—Mercury, Raoul... Ahora estoy en clase y...

—¿Clase? Yo oigo ruido de tráfico. Vamos, ¿tan mal te caí hace unas semanas? No creo que Odette mintiera a su príncipe. ¿O sí?

—El hechizo de Odette se rompe en cuanto salgo de las catacumbas, y desde luego tú no llevas corona... ¿o eres uno de esos sapos encantados que no deja de dar la lata hasta que consigue un beso? Pues te vas a quedar con las ganas...

Durante una fracción de segundo se preguntó por enésima vez en aquellos meses por qué demonios había decidido adoptar el apodo de Odette. La princesa que se transformaba en cisne por el día por culpa del embrujo de un malvado hechicero que estaba enamorado de ella era la típica muchacha de cuento de hadas débil, de aspecto frágil, mirada suave y boca hecha para pedir ayuda. Una parte de Christine rechazaba esa actitud con todas sus fuerzas. Otra le decía que precisamente Odette no le caía del todo bien porque se parecía demasiado a ella. Las versiones del desenlace de ese ballet ruso eran tantas que Christine siempre solía preguntarse en cuál encajaría su propia historia. Raoul rio al otro lado de la línea.

—Puede que bajo París, con esa oscuridad, no te dieras cuenta de que en realidad no soy un sapo, sino...

—Un lobo, y Caperucita no va a caer en la trampa tan fácilmente.

—Mira, Christine, solo será media hora, ¡en serio! No querrás que en tu siguiente visita a los subterráneos este lobo no te deje tranquila hasta conseguir convencerte...

La joven abrió la palma de una mano y comprobó que estaba comenzando a llover.

—Eres de los que no se rinden, ¿eh?

—Veo que ya me vas conociendo. ¿Te espero dentro de diez minutos en el Café de la Paix, en la terraza bajo el toldo?

Christine dirigió la mirada al imponente café, situado a escasos metros de donde ella se encontraba.

—Está bien —suspiró—. Pero recuerda lo que me has prometido: media hora, nada más.

Al colgar esbozó una media sonrisa. Se libraría de él pronto, se quedaría justo hasta que dejase de llover y regresaría a la academia. Corrió hacia el Café de la Paix, situado bajo el Grand Hotel, y escogió para sentarse a una de las mesas cercanas al cristal protector. Seguía estando en la terraza, sometida al frío de finales de noviembre, pero al menos allí se sentía guarecida. Podía percibir el olor a infusión, bizcocho y algún tipo de licor, posiblemente Calvados, proveniente del interior del establecimiento. Un camarero de aspecto hirsuto con bigote al estilo Hércules Poirot le entregó la carta de bebidas, pero ella ni siquiera la miró. El objetivo era terminar aquella especie de cita cuanto antes. Apoyó el mentón sobre las manos y esperó, impaciente.

Raoul apareció bajo un paraguas multicolor atravesando la rue Scribe. Sonrió de oreja a oreja al verla y al llegar hasta ella, haciendo un gesto elegantemente practicado, cerró el paraguas, efectuó un pequeño malabarismo con él y se sentó a su lado, en una de las sillas vacías.

—Si te digo la verdad, creí que no vendrías.

El chico parecía sincero, pero Christine se tomó unos segundos para evaluarlo. Al igual que había pensado en las catacumbas, por su aspecto se asemejaba más a un niño rico de revista que a un chaval de su edad. Cabello castaño alborotado justo lo necesario para aparentar ser un rebelde sin causa, ojos vivaces, mentón algo pronunciado, camisa blanca bajo una gabardina oscura, bufanda roja con las iniciales de una marca conocida y zapatos de piel marrón, a pesar de que estaba lloviendo... ¿Seguro que era amigo de Lazan? A simple vista parecía que no tenían mucho en común.

—Me has convencido con tu amenaza de perseguirme por los subterráneos.

—Oye, dicho así suena como si un tipo salido de una película de terror te estuviera acosando. —Parecía herido, pero sonrió de forma desenfadada.

Christine se reclinó un poco más. Para ser un café de lujo, las sillas eran muy incómodas.

—¿Y acaso no me has acosado para venir aquí? —preguntó impregnando sus palabras con cierta ironía.

—¿Tengo cuchillas en los dedos o llevo una máscara a lo Hannibal Lecter? —La mirada de Raoul era traviesa—. No, no. Has venido porque sentías curiosidad. Admítelo.

Christine hizo ademán de protestar, pero él la acalló.

—Querías conocer al novato idiota que no dejaba de preguntarte qué era cada cosa allí, bajo tierra.

Lo dijo con una expresión tan seria que la joven prorrumpió en carcajadas. No había previsto aquella confesión.

—Bueno —dijo sintiéndose más cómoda—, eso no te lo puedo negar.

Él alzó las manos en un gesto de rendición.

—Así que lo dejamos en empate.

—¿Empate?

—¡Claro! Yo te he persuadido para venir y tú a cambio puedes satisfacer tu curiosidad. Ambos ganamos.

En aquel instante, el camarero los interrumpió para tomarles nota.

—Una Coca-Cola para mí, Charles.

Christine parpadeó perpleja. Como si le hubiera leído el pensamiento, Raoul le explicó:

—Es un viejo amigo de mi padre. ¿Qué quieres tomar tú?

—Un capuchino, por favor.

Cuando Charles se fue, la joven sostuvo la mirada a su acompañante.

—Si ambos salimos ganando, ¿qué ganas tú?

Raoul torció la sonrisa.

—Pero ¡bueno! —Compuso una mueca teatral—. ¿Ni siquiera vas a preguntarme cómo acabé en los subterráneos? ¡La curiosidad y las damas siempre primero!

El camarero les llevó las bebidas y desapareció por el pasillo que conducía al interior del café. Christine echó un vistazo rápido a su alrededor. La terraza se había quedado desierta, salvo por un anciano que leía con gran interés el periódico *Le Monde*.

Dio un sorbo a su capuchino al tiempo que recordaba el rostro asustado de Raoul, entonces Mercury, mientras caminaban por el subsuelo, con el agua hasta la cintura. Sin saber muy bien por qué, se rindió ante su insistencia.

—No tenías ni idea de cómo vestirte para bajar...

—Bueno, no soy diseñador de moda.

—Lazan no te asignó ninguna tarea, como revisar los materiales...

—No sabía ni qué debía haber en un botiquín.

—Y, además, por lo que dijiste y la cara que ponías, la experiencia no te gustó demasiado...

—*Touché.*

—Entonces ¿para qué te apuntaste?

—Tú misma lo dijiste. Libertad.

—Ya, pero se supone que la libertad se disfruta, no se sufre.

Christine jugueteó con la cucharilla. Raoul tomó el vaso e hizo oscilar el hielo con aire pensativo.

—Cuando Lazan me habló de las catacumbas, de la camaradería y el buen rollo que se respiraban allí, de la sensación que experimentaba al creerse en otro universo... quise probarlo.

Christine arqueó una ceja.

—Vamos —prosiguió él—, concédeme el beneficio de la duda. No soy el típico esnob que busca emociones nuevas solo por el placer de saber que puede hacerlo y los demás no.

—Buscas emociones nuevas —dijo la joven midiendo las palabras— porque estás agobiado con las que ya conoces.

—Sabes de lo que hablo, ¿eh? —Raoul compuso una sonrisa amarga.

—Tal vez. Todos tenemos problemas.

—No todos tenéis a Roger Dassary como padre.

Christine se inclinó hacia delante.

—¿El dueño de Paradise Records?

—El mismo. —Los ojos de Raoul le transmitieron cierta ansiedad—. ¿Sorprendida?

—¡Sí...! Pero no te sigo. ¿Qué clase de problemas puede tener el hijo de Dassary?

Él se encogió de hombros.

—Pretende que mi hermano y yo sigamos sus pasos. Y nosotros tenemos otros planes... El típico drama de telenovela barata.

La joven frunció los labios. Había perdido a sus padres, su abuela y ella vivían en una situación nada holgada, llegar a fin de mes era una locura y su puesto en la academia se mantenía siempre pendiendo de un hilo por una beca que nunca tenía asegurada... Ojalá todas sus preocupaciones fueran tener un padre famoso.

—Al menos está contigo... —dijo sintiéndose de repente pequeña—, los míos murieron hace cuatro años. Ahora vivo con mi abuela materna.

La pena impresa en su voz hizo que Raoul sintiera el impulso de cogerle una mano, acercarse a ella, contar una tontería..., lo que fuera con tal de verla sonreír. La noche anterior había fantaseado con proponerle que hablara con su padre, quien seguramente se interesaría en su forma de cantar, le pediría una maqueta, le prometería un *single*... Los ardides habituales que solía emplear a la hora de flirtear en las discotecas. Sin embargo, en cuanto la había visto desde la rue Scribe algo en su fuero interno le había gritado que esa vez sería diferente. Que esa chica sería diferente. Su aura de inocencia, seriedad y tristeza la convertía en una mujer difícil de alcanzar. No sabía si debía enfadarse consigo mismo o simplemente dejarse guiar por el instinto.

—Lo siento... Lo siento mucho, en serio. Te debo de haber parecido un engreído.

—Eras un lobo, ¿no? —Ella intentó rebajar la tensión—. ¿O un sapo? ¿O un príncipe sin corona que acosa a las princesas para invitarlas a un capuchino en un día lluvioso?

Se echaron a reír. De repente se sintieron a gusto, y Christine se reprochó haberlo juzgado mal. Un silencio tranquilo se adueñó de la terraza y el tiempo se cristalizó. El sonido de la lluvia sobre el toldo, el tráfico que cruzaba la plaza, las voces de los viandantes..., todo se mitigó para ellos. El Café de la Paix quedó como suspendido en una especie de paréntesis que ninguno se atrevió a abrir.

—Aquella noche... —comenzó él por fin—, quería que supieras que me encantó cómo cantaste. —Su voz tembló un poco al terminar la frase.

Parecía extrañamente nervioso. Las mejillas de Christine ardieron de vergüenza.

—No me recuerdes esa escena —contestó riendo.

—Pero ¡es cierto! Desde entonces no me he quitado tu voz de la cabeza.

Se sorprendió a sí mismo diciendo la verdad. No estaba mal: por primera vez en su vida, nada de mentiras para ganarse la confianza de alguien.

—Gracias, supongo —musitó la joven—. No sé por qué lo hice... Me siento tan maniatada en la academia que quizá me soltase un poco. Había un grupo de cataphiles a mi alrededor, pero al menos nadie me conocía...

—¿La academia? ¿Qué estudias?

—Voy a la Schola Cantorum —dijo ella desviando la vista instintivamente hacia la salida del metro.

«Debería haber regresado», pensaba sin cesar. Sus ojos se posaron en una figura. El chico de la sudadera negra que había visto en la Ópera, cuyo rostro ocultaba bajo la capucha, se hallaba parapetado en la balaustrada de piedra de la boca más cercana del suburbano. Con una pierna flexionada y los brazos cruzados, parecía observarlos desde la distancia.

«Es ese chico... Bah... Ni siquiera puedo verle la cara. ¿Cómo sé que nos está mirando?»

—Ah, la Schola... —Raoul la llevó de vuelta a la conversación—. Mi padre estudió allí unos años cuando era joven y menos manipulador. ¿Alguna especialidad?

—Canto, ballet clásico, contemporáneo, algo de teatro...

—Mmm... —Su sonrisa se ensanchó—. Una artista completa, ¿eh?

—Lo intento. No es fácil... Quiero decir, creí que sería más fácil...

Raoul comprobó que titubeaba.

—Es que... ¿te arrepientes? ¡Vales para eso, te lo dice alguien que ha escuchado a los mejores cantantes de este país!

—¡Qué halago! —rio ella—. Me refiero a que antes las cosas eran una pesadilla.

—Antes. —Las pupilas de Raoul se agrandaron.

—Sí, bueno, ahora recibo clases de un... profesor muy especial.

—¿Ah, sí? —inquirió exagerando el tono de misterio—. ¿De quién?

Christine supo de inmediato que se había metido en un lío.

—Si lo supieras, no sería tan especial, ¿no crees?

Raoul sonrió con cierta malicia. El rostro de Christine desprendía la belleza inquietante de quien guarda cientos de secretos.

—Debe de ser alguien muy importante para que te brillen los ojos así.

El rubor volvió a abrasar la piel de la joven hasta la raíz del pelo.

—T-tengo que irme. —Se levantó subiéndose el cuello del anorak—. Ya he perdido casi toda la mañana y en la Schola se preguntarán dónde estoy y...

—Me has preguntado qué ganaba yo quedando contigo... —la cortó Raoul, cuya expresión dejaba entrever una futura confesión y una intensa sinceridad.

Christine se detuvo en seco. La intimidó que la mirara de esa manera. Ya no era el Raoul engatusador de hacía unos minutos. Algo había cambiado. Quizá, al igual que ella, también llevase una máscara. Y esa máscara podía estar a punto de caerse en aquel momento.

—Me gustas, Christine.

Ella abrió unos ojos como platos.

—¡Si no me conoces de nada!

—Exacto. —La voz del joven le sonó demasiado seria, grave. Y, sin embargo, las palabras que dijo después lo cambiarían todo—: Por eso quiero que me dejes conocerte.

10

El silencio tiene forma de ángel

«Para nuestra desgracia, la voz ya estaba allí y pronto vio, por mi aspecto, que algo nuevo había ocurrido.»

Gastón Leroux,
El fantasma de la ópera

«Llegas tarde, Christine.»

Su voz había sonado más resentida de lo que él deseaba. Suponía un desafío ser un ángel. Suponía un esfuerzo tratar de no parecer contrariado cuando en realidad sentía el cosquilleo ácido de la traición hormiguearle en los músculos.

No entendía por qué estaba enfadado. Christine no había hecho nada malo, solo había quedado con un amigo, un admirador salido de la nada que además resultaba ser el hijo de Roger Dassary. Lo había reconocido al instante. ¿Cómo no hacerlo cuando su rostro perfecto salía una y otra vez en los periódicos y las revistas de música?

«Tranquilízate —se decía constantemente mientras la veía al otro lado del espejo, con aquella sonrisa azorada—. No estás celoso. No, en absoluto. No tienes ningún poder sobre ella. Piensa que eres su ángel, su maestro. Un ángel no siente, no se enamora. Un monstruo tampoco.»

Christine se retorció las manos. Eran las dos de la tarde, una de las pocas horas en que la Sala Tchaikovsky se quedaba desierta, pues casi todos los alumnos estaban en la cafetería de la academia o en el bar más cercano. Pero era consciente de que la sala también había estado vacía a las doce, y que su guardián la había esperado en vano.

—Lo siento, maestro... Una amiga de mi abuela me vio cantar por casualidad y me retuvo un rato.

«Tres horas...»

La joven percibió un cambio en la voz. Su tono seguía siendo extrañamente glacial, pero ya no resonaba poderosa en su mente o en la amplitud de la estancia. Ahora parecía provenir directamente del espejo principal...

—Sí, ¡es que se ha quedado maravillada con mi cambio! ¡Ángel, me hubiera gustado tanto que hubiera estado allí! ¡Casi no parecía yo! ¡La gente empezó a rodearme y aplaudir! Ha sido... mágico. Todavía no me lo puedo creer. Y todo gracias a usted. Le debo tanto...

Él se quedó paralizado unos instantes. Debería haber percibido cómo el orgullo y la satisfacción alimentaban la escasa esperanza que yacía dentro de sí. Toda su vida había anhelado encontrar un alma gemela, alguien con quien compartir su amor por la música, por la belleza, alguien que creyera en él. Y Christine lo hacía. Pero su fe iba dirigida a un ser ficticio.

«¡No soy un ángel! Todos estos días he sido yo quien le ha insuflado fuerzas. ¡Mis lecciones, mi voz, mi pasión... no han sido un engaño! ¡Soy real, maldita sea! ¡Sufro, sueño, tiemblo como un ser humano más! ¡Soy jodidamente real! —Apretó los puños enfundados en los guantes de cuero—. Ella ha entregado su confianza a un ángel, ha puesto sus ilusiones en sus manos invisibles, ¡y aun así le miente! ¿Por qué?» El silencio en la sala era pavoroso. Christine miró inquieta a su alrededor.

—¿Maestro...?

Uno, dos, tres latidos antes de que la voz, de nuevo cálida, se desplegara en su cabeza.

«Tu alma es muy hermosa, Christine. Hoy, en la plaza de la Ópera, los ángeles han llorado al escucharte.»

Un escalofrío de felicidad recorrió el cuerpo de la joven, cuya sonrisa, paradójicamente, se evaporó enseguida. Él la vio bajar la mirada, como una niña perdida.

—Le he mentido, maestro... —El silencio volvió a convertirse en una presencia terrible—. No he estado con una amiga de mi abuela, sino con un chico que conocí en las catacumbas. No sé por qué no le he dicho la verdad... Lo siento.

La voz tronó con la fuerza de un dios vengador.

«¡Si Raoul Dassary fuera únicamente un amigo, no me habrías mentido! (¿Qué estoy haciendo?) *Y si tu corazón ha encontrado en ese chico una debilidad tan terrena que prefieres su compañía a mi protección* (No eres un ángel, solo un maldito miserable, para ya, ¡para!) *no tengo nada que hacer salvo regresar al lugar de donde procedo.»*

Christine avanzó hacia el espejo principal y apoyó una mejilla contra el cristal frío, prorrumpiendo en sollozos.

—No, por favor... ¡Él no significa nada! Se lo debo todo a usted. ¡No se vaya, le prometo que no significa nada! —Sus manos palpaban la superficie, acariciaban cada centímetro con ansiedad en busca de un guardián al que jamás había visto—. ¡No me deje sola...!

Escuchó, como en un trance, las risas, las pisadas y las conversaciones de los estudiantes que regresaban para retomar las clases. Entonces la verdad la golpeó tan fuerte que se cubrió el estómago con ambas manos para paliar el frío que se colaba en su interior. Su ángel la había abandonado. Para siempre. Y el miedo virulento regresaría pronto para cobrarse en ella sus intereses.

Contrapunto

Erik

He regresado a mi morada. Noto cómo los ecos del vacío me gritan en los oídos. O puede que no sea el vacío después de todo..., los recuerdos también poseen voces y en la noche siempre perpetua de mi hogar esas voces se tornan despiadadas.

No estoy seguro, pero creo que la primera imagen que conservo de mi niñez es la habitación blanca y verde del hospital Cochin. Todavía puedo rememorar el maldito olor a desinfectante, medicinas y algo más que nunca pude reconocer penetrando en el agujero que tengo por nariz. Era el olor del mismo infierno para mí. Y el doctor Keliner, el demonio que lo regía. Mi madre dice que pasé los seis primeros años de vida entrando y saliendo de ese hospital.

Las piernas me temblaban cuando ella cogía las llaves de nuestra antigua casa y me pedía que me pusiera la máscara que había confeccionado especialmente para mí. Entonces las náuseas me trepaban por la garganta y vomitaba lo poco que hubiese comido porque sabía adónde íbamos.

Las operaciones, todas inútiles, a las que me vi sometido para intentar obrar el milagro en mi cara me dejaban tan exhausto que a veces solo quería dormir para jamás despertar. Cuando uno es tan pequeño desconoce que sí existen medios para lograrlo... y ahora, con veintitrés años, todavía me sigo preguntando por qué no lo hago y acabo con toda esta farsa. A veces pienso que hace falta más valor para quedarse que para irse.

Supongo que mamá anhelaba ese milagro mucho más que yo y que durante aquel tiempo depositó sus esperanzas y su dinero en Keliner. Y también supongo que necesitó esos seis años de mi vida, veinticuatro operaciones, dos muertes clínicas y quince días en coma inducido para darse cuenta de que o bien su hijo desaparecía de este mundo sin dejar rastro de su monstruosa existencia, o se resignaba a vivir con él el resto de sus días. Sigo dudando de que se haya habituado a la segunda opción.

Mi madre es como una diosa mítica. Bella y distante a partes iguales. De niño adoraba su voz, su delicadeza al caminar y esos ojos negros que brillaban como obsidianas. La idolatraba porque era la única persona que conocía que alguna vez me hubiera sonreído. Y debo decir que sus sonrisas eran escasas. Tal vez por eso las raras ocasiones en que la veía feliz atesoraba aquel momento con el mismo celo que otro niño de mi edad atesoraría su primer balón de fútbol o un videojuego nuevo. Yo guardaba esas sonrisas y al irme a dormir, cuando la oscuridad me recordaba que pertenecía a su reino, las evocaba para vencer las pesadillas que me provocaba mi propia realidad.

Mireille

Miro el vaso con cansancio antes de tomar un sorbo y dejar que el whisky me abrase el estómago. Ni siquiera me preocupa lo que puedan cuchichear mis colegas cuando descubran que me he tomado el día libre. Hoy no quiero ir a la Schola a dar clase. No puedo. Y punto.

A través de la ventana diviso a lo lejos el Palacio de Luxemburgo. Parece una pomposa tarta de boda, como la que me hubiese gustado tener a mí.

Una carcajada seca brota de mi garganta. Todavía puedo escuchar sus palabras como si fuera ayer: «Creía que te quería, Mireille. Te he seguido como un perro a todas las ciudades, en todas las giras, he mirado hacia otro lado cuando flirteabas con coreógrafos o me jurabas que no tenías tiempo para lo nuestro. Pero no esperaba que sucediera algo así. No estoy preparado para esto». Sé que cuando dijo «esto» se refería al bebé que acababa de nacer hacía escasas horas fruto del supuesto amor que nos profesábamos. Nunca más supe de Richard. Y llegado el ecuador de mi vida, ya no estoy segura de querer saberlo. Aunque no lo culpo.

Bebo de un solo trago lo que queda de licor y me desplomo sobre el sofá. Una madre debería sentir alegría al recibir a su hijo recién nacido en los brazos. Debería notar la felicidad florecer en el pecho. Debería dar las gracias, debería... amarlo con todas sus fuerzas. Y lo intenté. Dios sabe que lo intenté. Pero Dios no siempre es misericordioso, y Erik vino al mundo para anclarme bajo su yugo de monstruosidad como una prueba a la que tengo que enfrentarme todos los días.

No fue un niño buscado, pero lo hubiese querido, sé que lo hubiese amado si su rostro no tuviera el aspecto de la pesadilla más horrible. ¡Nadie sabe el desprecio que alguien puede sentir hacia uno mismo cuando lucha contra sentimientos tan opuestos y retorcidos como la pena y el miedo por su propio hijo! Llevo una carga demasiado pesada desde hace tantos años... y no creo que vaya a liberarme de ella jamás. Entiendo que Erik me culpe. Solo soy una miserable que lo ha convencido de que el mundo no es para él. ¿A quién quería salvar con esa mentira a medias? ¿A mi hijo o a mí misma?

Los recuerdos me asedian y como siempre, tienen el poder de herirme... Las caras del médico y la matrona al entregarme por primera vez al niño reflejaron tal espanto que temí que estuviera muerto y no hubieran encontrado el valor para decírmelo. A veces pienso, con gran remordimiento, que quizá hubiera sido mejor así. Ellos mismos me aseguraron que no sobreviviría. Que tales anomalías físicas eran sinónimo de una salud endeble. Pero Erik, contra todo pronóstico, luchó hasta ganarse un hueco entre los vivos.

Ojalá pudiera borrar de mi memoria el instante preciso en que vi su rostro. Los huecos oscuros que tenía por ojos se habían abierto y me miraba, o al menos creo que me miraba, con una expresión de adoración tan aterradora que durante las horas posteriores mi cuerpo no reaccionó. Las enfermeras dijeron que había entrado en estado de *shock*. No quise verlo más hasta que inevitablemente me dieron el alta y comenzó el descenso a mis infiernos.

El teléfono suena y al comprobar quién llama veo que es de la academia. Cierro los ojos y me cubro la cara con las manos. No. No pienso dar clase. Puede que Erik quiera borrar esta fecha de su mente, pero a mí me resulta imposible ignorar que hoy es su cumpleaños...

Erik

No puedo recordar cuándo mi madre me dio mi primera máscara. A veces me da la sensación de que nací con ella y, de alguna manera, sé que no estoy equivocado. Ya no soy capaz de distinguir dónde comienza o acaba mi piel, o si esta se ha adherido a la oscura tela formando un todo indivisible.

Al fin y al cabo, los rostros son parecidos a una máscara, ¿no? El mundo está lleno de almas bellísimas que llevan un antifaz para ocultar el dolor. Pero en mi caso, el antifaz no es una metáfora. Desde que tengo uso de razón es una maldita condena, una humillación que no deseo a ningún ser humano. No solo esconde mi cara, sino que disuelve la dignidad que aún me queda. Y, sin embargo, al quitármela, me siento desvalido, expuesto. ¡Ese es el poder que posee! La bilis me sube hasta la garganta en cuanto me la pongo y mi visión se ampara tras esas dos aberturas, pero si no la siento protegerme la piel, me fallan las fuerzas. ¡La odio! ¡Joder, cuánto la odio!

No sé si mi madre es consciente de la pesadilla en la que vivo, de la dependencia que me creó, de lo asquerosamente insultante que es esto. Y lo peor es que la comprendo. ¿Quién, en su sano juicio, querría ver todos los días a un engendro y saber que es su hijo?

Cuando todavía vivíamos en nuestro piso del bulevar Saint-Michel y ella tenía que irse por alguna circunstancia, me aovillaba al pie de la puerta de entrada hasta que regresaba. El temor a que me abandonase era tan real que al escuchar cómo introducía las llaves en la cerradura, solía romper a llorar en silencio agradeciendo a quienquiera que escuchase mis ruegos que podía ver a mamá un día más. Estaba seguro de que una noche no volvería, de que me dejaría a mi suerte y entonces el mundo exterior me descubriría y me devoraría como una gran alimaña que solo engulle lo que es diferente. También desconozco si mi madre se percataba de mis lágrimas porque nunca se detenía más de dos segundos a mirarme. Siempre me decía con su gélida voz de cristal: «¿Y tu máscara, Erik? Sabes de sobra que no me gusta que te la quites». Estaba tan harto de escuchar esas palabras que durante una de mis convalecencias en el hospital Cochin me la quité, me quité también los goteros, desconecté el electrocardiógrafo y me escabullí por los pasillos como un duende que solo quiere volver a la seguridad del hogar, donde es más fácil soportar el miedo y la pena.

Aún puedo oír los gritos de las enfermeras y algunos pacientes mientras se apartaban de mi camino a toda velocidad. Había salido de la habitación de aislamiento, casi no conocía otras alas del hospital y mis pasos me llevaron hasta una puerta, unos metros más allá del aparcamiento trasero. La puerta estaba abierta y, llevado por la desesperación, entré sin saber que detrás me aguardaba un lugar como ningún otro que hubiera imaginado. Tras una escalera descendente, túneles y túneles subterráneos, desplegados en un laberinto interminable, se extendían ante mis asombrados ojos de niño. No había ni un alma, y la cálida luz de las antorchas artificiales embelesó mis sentidos. Me adentré despacio, conteniendo la respiración, saboreando cada recodo. Aquello debía de ser un enclave mágico, un portal a otro universo fascinante, como el armario de Narnia o el andén 9 y ¾ que conducía a Hogwarts. Creo que allí, rodeado de corredores en penumbras y con el sonido de la gravilla bajo mis pies como única compañía, fue la primera vez que sonreí de verdad.

No había gritos, ni miradas asustadas, ni personas que pudieran hacerme mucho daño, tal y como mi madre solía amenazarme. Solo paz y oscuridad... Pero no llegué muy lejos. Un hombre con un casco blanco y un bigote muy negro me devolvió al hospital, donde mi madre y Keliner me esperaban como quien espera a un preso huido de la cárcel. Mucho después supe que aquellos parajes subterráneos eran propiedad de la asociación Carrières de París.

Aquel lugar se convirtió en uno de mis recuerdos más preciados. Lo protegí en mi memoria hasta que tomó la forma de los sueños. Cada noche me desvelaba intentando reproducir en mi cabeza todos los detalles que recordaba. Pero al final comencé a pensar que lo había imaginado, que algo tan hermoso no podía existir.

Sin embargo, los sueños son caprichosos y la vida una jodida ruleta rusa. Y es cierto que no volví a rememorar mi descubrimiento... Hasta que una noche mi destino cambió.

Mireille

Mi carrera como bailarina ya se había ido a pique antes de la noche en que nuestras vidas convulsionaron. Y hace tiempo que dejé de preguntarme si Erik fue el culpable del fin de mi éxito.

Todos creyeron que me había vuelto una excéntrica, que ya no quería viajar ni bailar por puro esnobismo y, por supuesto, nadie, ni siquiera la prensa más amarilla, supo nunca la verdadera razón de mi cojera. Había dejado de estar unida al ballet para estar atada a un monstruo que dependía de mí por completo. Un niño que se había ulcerado en mi vientre y que había venido al mundo con un rostro deforme y una inteligencia sobrecogedora.

Me sirvo el segundo vaso de whisky mientras observo con melancolía los libros de las estanterías. No siempre han estado ahí marchitos, guardando polvo. Cuando Erik tenía solo cuatro años lo descubrí hojeando un ejemplar particularmente voluminoso sobre arte y arquitectura universal. Pensé que no debía darle importancia hasta que, ilusionado, comenzó a hablarme de diferentes tipos de edificios, arcos, materiales, estilos... En ese momento el serpenteante repunte de un mal presagio hormigueó en mi estómago.

Después se interesó por los libros de música, historia, por la literatura, incluso solía pedirme libros sobre magia. Estaba sediento de saber y eso era algo que no podía negarle. Su educación corrió de mi cuenta. ¿Cómo iba a llevarlo al colegio? Me parecía demasiado arriesgado, pero seguía siendo mi hijo, y al menos quería ahorrarle el sufrimiento de exponerlo como un engendro de feria. Todavía me pregunto si hice bien. Dios mío, todo son dudas, preguntas y remordimientos. Le hice prometer que no saldría a la calle y que, en la medida de lo posible, siempre llevaría puesta la máscara... ¡Cuánto me he fustigado a mí misma por ello!, ¡cuánto me he odiado!, ¡cuántas lágrimas me costó ordenárselo! Era incapaz de confesarle a un niño que su propia madre, que nunca lo besaba, ni lo acariciaba, que evitaba el contacto con él como si estuviera maldito, no podía, simplemente no tenía fuerzas, para verle la cara.

Ese sentimiento ominoso se hizo realidad el día en que lo escuché cantar. Es cierto que desde muy pequeño tuvo la voz suave y melódica, pero, aun así, nada podía haberme preparado para oírlo interpretar una sencilla melodía infantil. Su tono, la coloración, hermosa y etérea, de su timbre eran un embrujo que sometía cada una de mis emociones a su entero dominio cautivador y las tensaba al máximo.

Luché con toda mi energía para lograr que jamás fuera consciente de su poder. Pero creo que no lo conseguí. Si alguien, alguna vez, tiene la suerte o el infortunio de escucharlo, bien podría pensar, y quizá no esté equivocado, que es la voz de un ángel en la tierra...

Erik

Contemplo mi preciado piano. Tengo la sensación de que el instrumento me mira suplicándome que pose las manos sobre él y lo reviva una vez más. Hoy no puedo. Ninguna nota saldrá de mis dedos o nacerá en mi mente. El recuerdo de las palabras que el ángel de la música ha espetado a Christine sigue candente en el aire.

¿De verdad había pensado que podría acercarme a ella a través del engaño? ¿Sigo siendo tan estúpido, tan ingenuo, después de todos estos años? ¿Qué pretendía conseguir? ¿Protegerla de la maldad, del miedo, de las humillaciones..., en definitiva, del mundo? ¿Traerla a mi reino como Hades encerró en los infiernos a Proserpina?

Ella, al igual que la diosa, pertenece a la tierra de la luz. Y yo no voy a negarle ese privilegio. No voy a mantenerla como rehén de mi noche.

Me quito la máscara y respiro de forma entrecortada. Incluso Hades finalmente mereció el amor de una mujer.

II

El color de la sangre

«¿Qué había pasado? ¿Qué influencia había sufrido la joven? ¿Qué monstruo la había encantado y con qué armas?»

GASTÓN LEROUX,
El fantasma de la ópera

Christine pensó que la ansiedad le correría por las venas de nuevo tras la brusca despedida del ángel de la música. Pero se equivocaba. Él le había enseñado a respetarse a sí misma, a confiar en sus posibilidades. Y aunque fue a la Sala Tchaikovski numerosas veces, cuando comprobó que su ángel realmente había desaparecido, solo pudo sentir decepción... y enojo. Sabía que no volvería a ser la chica insegura de siempre, pero también que algo se había quebrado dentro de ella. Al cabo de unos días, su abuela lo notó y una mañana, mientras desayunaban, le preguntó qué ocurría.

—Me he dado cuenta, *ma petite*... De pronto suspiras o te quedas mirando al vacío, y al segundo pareces molesta. ¡Incluso estás de peor humor! Venga, cariño, nunca hemos tenido secretos...

Las dudas de su nieta gotearon hasta convertirse en palabras. Le habló de que durante las últimas semanas un profesor que prefería mantenerse en el anonimato le había dado clases de canto... y que ese gran maestro, de repente, había decidido marcharse. La alegría inicial de Valerie dio paso a la incredulidad.

—Christy, *chérie*... No puede ser... ¿Se fue sin más?

La joven asintió con la cabeza e hizo un leve aspaviento con la mano. Hablar del ángel como de un profesor le suponía un esfuerzo enorme. Ningún cantante, ni el tenor más poderoso, ni el barítono más refinado, nadie, podía compararse con aquella voz que seguía viva en sus sueños.

—Creo que no le sentó muy bien que quedase con Raoul Dassary.

—¿El hijo de Roger Dassary?

Valerie juntó las manos en actitud de alegre sorpresa.

—Sí, es... amigo mío, nos llevamos bien.

—Ah, ya veo, ya veo, os lleváis bien... —La abuela sonrió con picardía.

—Bueno, eso no es lo importante. —Christine cambió la sonrisa que había comenzado a extenderse en su rostro por un gesto serio—. Quedé con Raoul a la misma hora que debía dar clase con mi profesor y... no sé muy bien cómo supo con quién estaba, pero se enfadó muchísimo.

—¡Vaya! —La abuela palmeó como si de repente hubiera comprendido lo que ocurría y dijo—: ¡Así que es eso!

—No te entiendo, abuela...

Valerie se echó a reír.

—¡Tu maestro está celoso!

El chasquido del entendimiento sonó nítido en la mente de Christine. Abrió la boca, pero no supo qué decir. ¿Un ángel podía estar celoso? ¿No se suponía que ese era un sentimiento humano? Su estómago se cerró al cruasán que estaba mordisqueando, pero no a la áspera sensación de que todo iba mal, muy mal.

—Si de verdad te aprecia —continuó Valerie, risueña, al tiempo que se dirigía a fregar los platos—, si ha visto en ti el potencial que no ha encontrado en otros artistas, volverá. Ya lo verás.

Christine notó el regusto amargo de la desazón arderle en la lengua.

—V-voy a... preparar la mochila, abuela. Llego tarde.

Dejó el café con leche a medio terminar y regresó a su habitación con el pulso acelerado. ¿«Apreciar»? ¿«Ver el potencial»? Tal vez eso fuera al principio, pero... ¿qué pensaría realmente Valerie si hubiera sido testigo de las clases que ángel y alumna daban en secreto? ¡En esa sala se respiraba algo más que el aprecio de un profesor por su pupila! ¡Se respiraba una emoción pura, una pasión febril que abrasaba los sentidos, un delirio cuyo hechizo aún incendiaba sus recuerdos!

Christine percibió que un sudor frío le perlaba la espalda. Se pasó una mano por la frente y, tras murmurar un exabrupto, interrogó al aire:

—¿Los ángeles pueden amar?

En aquel preciso momento, su móvil sonó en el interior de la mochila.

—¿Sí?

—Christine, soy Lazan.

La joven cerró los ojos y se apretó el puente de la nariz con los dedos.

—Mira, Lazan...

—Eh, ya sé que estás enfadada conmigo y que no debería revelar nuestros datos personales ni llamarte, pero..., creo que, bueno, te quería preguntar...

—Lazan, tengo prisa y...

—Esto es importante. —La voz del cataphile desprendía tal desasosiego que la joven se mantuvo en silencio—. Dime la verdad, Christine: ¿has estado recientemente en los subterráneos con otros catas o algo así?

—¿Qué? ¡No! Siempre voy contigo, Zoé y Nico. ¿Por qué?

Escuchó unos ruidos al otro lado de la línea, como si su amigo estuviera cubriendo el móvil con las manos mientras hablaba con otras personas.

—Christine, podría habérmelo callado, pero yo..., o sea, necesito que lo sepas.

—Me estás asustando...

—No he tenido el valor de decirte nada hasta hoy...

—Pero ¿de qué hablas? ¿Es por Raoul?

—No, él no tiene ni idea.

—Entonces...

—Lo diré del tirón, ¿vale? Así será más fácil. Hace una semana unos compañeros catas y yo encontramos una fotografía en uno de los pasajes subterráneos. Estaba en el suelo, sobre una de las calaveras, como si se le hubiera caído a alguien. Nos desviamos de la ruta habitual, no teníamos previsto entrar por ahí y... ya no me acuerdo si fue por Saint-Michel, o tal vez Saint-Jacques o...

—Lazan.

—Sí, sí. El caso es que en la foto... apareces tú.

Un miedo ácido se le congeló en el pecho.

—Parece de hace algunos años, estás con tus padres. La tengo delante. Tu padre sonríe, tu madre te está besando la mejilla y tú guiñas un ojo a la cámara. Creo que detrás hay un parque...

—Es imposible, esa foto... —Tragó saliva—. Esa foto está en mi taquilla de la academia.

El silencio de Lazan fue demoledor. La pregunta que sobrevino después la perseguiría todo el camino hasta llegar a la Schola. «¿Estás segura? ¿Totalmente segura de que la has visto allí por última vez?»

Lo primero que hizo al llegar al centro fue abrir la taquilla. Removió los libros de historia de la música, las medias, las zapatillas de recambio que había comprado con mucho esfuerzo, una camiseta azul, las partituras de Anastasia...

—No, no, no...

La fotografía había desaparecido. Ni rastro de ella. Como si nunca hubiera existido. Recibió un wasap: Lazan le había enviado una captura de la instantánea reposando en sus manos. Era la misma, no había duda. Los nervios, más vivos que nunca, volvieron a lacerar su coraza nueva. Sin embargo, apenas tuvo tiempo para reaccionar. Una mano se posó sobre su hombro, logrando sobresaltarla.

—¡Eh, tranquila, soy yo! Entiendo que te haya dado un susto de muerte, hoy debes de estar como un flan... —dijo Meg.

Christine notó como la visión se le tornaba borrosa durante unos instantes. ¿Acaso su amiga sabía también lo del misterio de la foto?

—¡No me digas que todavía no lo has visto! —Meg hizo un gesto teatral fingiendo darse una palmada en la frente—. Christy... tendrías que echar un vistazo a la lista de admitidos para participar en la gala de Navidad y probar suerte en *Fame is in you*. Te daría la enhorabuena, pero con Charlotte cerca... ¡ni me atrevo! Vamos, te acompaño.

Muchos de los estudiantes se habían arremolinado junto al folio que había colgado en el corcho de noticias para intentar buscar sus nombres. Cuando vieron a Christine, unos la felicitaron sonrientes y otros se apartaron mirando al suelo.

—Felicidades, te lo mereces tanto... Yo participaré como una de las bailarinas. ¡Y la gala es en la Ópera Garnier, nada menos! ¡Ya he colgado en redes un saludo para los seguidores del concurso!

Meg señaló con el dedo un nombre destacado en negrita. Un nombre que encabezaba la lista para el papel de solista.

Christine tuvo que parpadear varias veces para convencerse de que era el suyo.

Su amiga la abrazó hasta dejarla sin aliento. Sin embargo, ella no supo cómo sentirse. ¿Cómo era posible que la hubieran elegido para el mejor puesto de la gala de Navidad si ni siquiera había demostrado su valía? El miedo paralizó el aire en sus pulmones al ver llegar a Charlotte. A su paso, los demás alumnos se apartaban como si fueran las aguas del mar Rojo bajo el poder de un Moisés terrible. Los ojos de la joven diva estaban encendidos de rabia, sus pupilas se habían reducido hasta casi desaparecer. Miró a Meg con desdén.

—Apártate, perro faldero, esto no va contigo.

Meg alzó el mentón con aire desafiante.

—Que te jodan.

Charlotte hizo caso omiso y levantó un dedo acusador hacia Christine. Numerosos móviles se alzaron para grabar la escena.

—¿Sabes que las mosquitas muertas son las peores? Van por ahí revoloteando con sus sucias alas en busca de la mierda que van a comerse. A esas moscas se las aplasta de un simple manotazo. —Su sonrisa aviesa se transformó en una mueca de repulsión al hacer un gesto con las manos—: ¡Pam! Y ya nunca nadie recordará al pobre insecto que nació para morir sin pena ni gloria. ¡Se supone que tú eres esa mosca! ¡Se supone que tu sitio está en el geriátrico con tu estúpida abuela y no aquí, entre los grandes! ¿Crees que no me he dado cuenta, pedazo de niñata? ¡La rata muerta, las visiones en los espejos, las cartas de amenaza, los accidentes que ha sufrido mi padre! ¡Y ahora esto! ¡Tu asqueroso nombre como solista! ¿De verdad creías que no iba a descubrir tus artimañas, hija de...?

Un rugido del color de la sangre tronó dentro de Christine e hizo estallar cada uno de sus miedos. Con un movimiento rápido, asió a Charlotte por la blusa de seda y la estampó contra la pared. Una exclamación de asombro gravitó sobre el pasillo. Todas las miradas estaban puestas en ellas. Y todos los objetivos.

—La única rata muerta que hay aquí es la de tu conciencia —dijo Christine con voz grave y el rostro a escasos centímetros del de su rival.

La expresión de Charlotte se había congelado en un rictus de sorpresa y horror.

—Como vuelvas a humillarme de nuevo, a mí o a cualquiera en esta academia, te juro que la próxima mosca en caer serás tú —zanjó Christine antes de soltar a Charlotte y dirigirse al vestidor con paso acelerado pero firme.

Meg sonrió de oreja a oreja.

Los demás se quedaron mudos.

Nadie la siguió.

Su corazón le crepitaba en las sienes cuando cogió el móvil.

—Lazan... Avisa al resto de los catas. Tenemos que quedar.

12
La Muerte Blanca

> «¡El ángel de la música! ¿Quién se hace pasar, pues, a sus ojos por ese maravilloso genio?»
>
> GASTÓN LEROUX,
> *El fantasma de la ópera*

La línea C del metro, que la conducía directamente hacia su destino, estaba atestada de pasajeros. Sin embargo, Christine era incapaz de ver más allá de la escena que había protagonizado en la Schola. Hacía un mes escaso iba vagando por ahí cual espíritu dolorosamente herido. Pero ahora, la voz del ángel se repetía en sus recuerdos con tal fuerza que, aun a pesar de la inquietud que comenzaba a dominarla, sonrió. *«Los espejos nos dicen cómo nos vemos, no quiénes somos. Mírate, hazlo. ¿Realmente esa eres tú? La chica que está ahí es una mujer fuerte, completa, cuyo dolor la ha transformado en alguien digno y hermoso. ¿La ves? ¿Te has fijado en el poder de sus ojos, de su cuerpo, de su esencia? Contempla bien a esa mujer porque ella y solo ella es tu mayor competencia.»*

Le había enseñado que las personas son como las matrioskas, esas muñecas rusas que ocultan en su interior otras más pequeñas pero prácticamente iguales. Y tenía razón.

También ella albergaba en su memoria las distintas personas que había sido en otras etapas. Feliz en su niñez, valiente y segura en su adolescencia, temerosa desde que la fatalidad llamó a su puerta. Todas esas matrioskas poseían el mismo valor, aunque ella no hubiera sabido apreciarlo y, de pronto, algunas de ellas salieran a la luz.

Sin embargo, el ángel sí lo había hecho. Parecía haberle leído en la piel o en la mirada todas las líneas del diario no escrito de su vida. Al principio, Christine se admiraba de aquella comprensión tan absoluta que él poseía sobre ella misma. En aquel mismo instante, en cambio, sentada en el suburbano, la admiración había dejado paso a un aura ominosa que le borboteaba en el estómago con la insistencia de un sentimiento terrible.

«¿"Los espejos nos dicen cómo nos vemos, no quiénes somos"? Dios mío... se incluyó a sí mismo en esa afirmación. Un ángel hablando de espejos como si realmente pudiera reflejarse en ellos...» Salió de sus reflexiones justo a tiempo para comprobar que aquella era la parada donde debía bajarse. Había estado lloviendo toda la mañana, y se preparó para utilizar el paraguas. Sin embargo, al emerger a la superficie, la aguardaba una estampa de ensueño. La Biblioteca Nacional de Francia se erguía ante ella como un coloso de cuatro brazos alzados hacia un cielo preñado de nubarrones negros en cuya bóveda refulgía un arcoíris perfecto.

Era extraño. Contemplar aquella escena le produjo bienestar, pero al mismo tiempo le dejó el corazón contrito. No había estado en aquella zona de la ciudad tan alejada del núcleo urbano desde hacía muchos años. Y solo recordaba vagamente haber ido allí en su infancia. Se apretó la mochila a la espalda y se aproximó hacia el edificio que la esperaba con parsimoniosa amenaza. Tomó asiento en uno de los extravagantes bancos cercanos y alzó la vista, conteniendo el aliento sin ser consciente de ello.

Ni en un millón de años habría imaginado que una biblioteca pudiera poseer la apariencia de una microciudad futurista. Lo primero que observó al llegar fue la gran plaza central, cuyo suelo estaba compuesto de un material metálico. A Christine no la sorprendió pensar que acababa de caminar sobre plata. En el centro, muy por debajo del nivel en el que se encontraba, se alzaban las copas de numerosos árboles, todos ellos encapsulados en un frondoso jardín interior. La plaza, además, estaba delimitada en las esquinas por cuatro torres enormes con forma de diedros. Cada una de ellas, por su aspecto exterior, parecía estar compuesta por miles de celdillas iluminadas, como una colmena moderna.

Cerró los ojos, abrumada por la imagen, sobrecogida por el silencio y el olor húmedo que se trenzaba entre las nubes y el Sena.

—¡Eh, cisne!

Le pareció extraño oír gritar a Lazan a aquellas horas del día. Estaba tan acostumbrada a encontrarse con él al amparo de la noche... Junto a su amigo pudo ver a Zoé y a Nico. La chica cata se había deshecho las coletas y ahora lucía una media melena oscura con mechas rosas. Nico, por su parte, llevaba otras gafas, unas de pasta roja. Sin embargo, su rictus, siempre serio, seguía siendo el mismo. Todos habían variado su estilo de vestir para hacerlo algo más formal, a excepción de Zoé, que, aun a pesar del frío, mostraba parte de los brazos bajo un chaleco impermeable. Tenía la piel totalmente tatuada con símbolos celtas, runas, tribales e incluso un dibujo de Ladybug con aspecto roquero. Al verlos, Christine se levantó de un salto.

—Gracias por venir, chicos.

Lazan chasqueó la lengua.

—¿Qué harías sin nosotros? —Y un poco menos sonriente, añadió—: Aunque no te culpo por querer saber más, el tema es un tanto siniestro...

Zoé y Nico asintieron al unísono.

—Lazan nos ha contado buena parte del misterio —comentó la chica—. Pero no tenemos ni idea de cuáles son tus sospechas, Odette.

Christine negó con la cabeza.

—No estamos en las catacumbas. Entiendo que queráis conservar vuestros apodos, pero podéis llamarme Christine.

—Siento haberlos puesto al corriente —se disculpó Lazan alborotándose el flequillo—, pero necesitaban saber algo antes de poder ayudar.

—Si te sirve para equilibrar la balanza... —Zoé se señaló los brazos—. Yo trabajo como tatuadora a media jornada con mi primo. ¿Te molan mis obras de arte? ¡Son diseños propios!

—Y yo..., bueno, mi vida no es tan interesante —dijo Nico, que se quitó las gafas para limpiarlas. Sus ojos rasgados eran de un color azul tan oscuro que resultaba imperceptible bajo tierra—. Estudio Historia en la Sorbona.

—No me vengas con modestias, Nico —acotó Lazan—. Tú eres quien nos ha convencido para quedar aquí. Debes de saberte esta biblioteca como la palma de la mano.

Por primera vez, desde que Christine pudiera recordar, el chico asiático sonrió complacido.

—Has acertado. Christine, ¿puedes contarnos algo más de por qué la foto que encontramos no estaba en tu taquilla?

Christine se quedó un momento en silencio rumiando aquella petición. Sentía la necesidad de compartirlo todo con sus amigos, pero no quería meter la pata. Nada de hablar del ángel. Nada de locuras por el momento.

—Están ocurriendo cosas muy extrañas en mi academia.

—La Schola Cantorum, ¿no? —quiso confirmar Zoé.

Sus ojillos negros la escrutaban con curiosidad.

—Sí, eso es.

—¿Qué clase de cosas extrañas? —preguntó Nico.

—En realidad, nunca han ocurrido estando yo delante..., pero la Schola es un caos. Unos dicen haber visto a un cadáver pulular por los espejos, otros haber recibido notas amenazantes, ratas muertas en los pupitres... Incluso el director está sufriendo algún percance que otro.

—Y crees que quien está haciendo todo eso, sea quien sea, ha robado tu foto, ¿me equivoco? —Lazan sonaba extrañamente preocupado.

—No solo eso... —contestó Christine con cautela—. Me he acordado de lo que me contasteis la última vez que bajamos a las catacumbas. De los rumores acerca de los catas desaparecidos, de los sucesos que tenían lugar allí abajo y...

—Y has atado cabos —concluyó Nico, contundente.

—Pensadlo un poco —añadió Christine, que comenzaba a alterarse—: habéis encontrado mi foto en los subterráneos, cerca de las calles donde está mi academia. En ambos puntos ocurren fenómenos casi paranormales. No me negaréis que es muy curioso.

—Curioso y peligroso —dijo Zoé poniendo los brazos en jarras.

—Por eso os he llamado. —Christine comprendió que no había tiempo para sutilezas—. Necesito que me expliquéis qué pasa en el subsuelo, en qué se basan los rumores para ver si guardan relación con la Schola. Y... con mi foto.

—Y como suponía que tendríamos que consultar material gráfico de calidad, os he traído directamente aquí.

Nico abrió los brazos como dándoles la bienvenida.

—Tío, no sé si me creerás, pero nunca he entrado en esta cárcel para cerebritos —rio Zoé—. Parece sacada de *Blade Runner* o igual es que estamos en un mundo tipo *El corredor del laberinto* y esas son las compuertas que nos llevarán a una muerte segura...

—¿«Cárcel»? ¿«Muerte segura»? —El chico asiático bufó exasperado—. ¡Esas cuatro torres representan cuatro libros abiertos! ¡Es una metáfora visual!

Christine volvió a contemplar el edificio. Visto desde ese prisma cobraba una belleza extraordinaria. Torres construidas como libros que a su vez contendrían libros en su interior... Sonaba fascinante.

—Venga, no te enfades. —Lazan le pasó a su amigo un brazo por los hombros—. Entremos ya. ¿Podremos utilizar nuestras tarjetas de siempre?

Nico se ajustó las gafas y, visiblemente más calmado, asintió mientras se rascaba su oscuro pelo liso.

—Sí, sin problemas, pero démonos prisa, llegar hasta la sala de la hemeroteca nos llevará un rato.

—Lo dicho —volvió a sonreír Zoé—, una distopía disfrazada de biblioteca.

Los cuatro rompieron a reír mientras se dirigían a la puerta principal de la segunda torre este: la Torre de los Tiempos. Christine comenzaba a preguntarse por qué iban a tardar tanto en llegar a esa sala cuando se toparon con un guardia de seguridad flanqueando la entrada giratoria.

—Esperen, por favor —dijo el hombre.

Por su altura y constitución fornida poseía el aspecto de un castillo humano.

—Primero tengo que pasaros el detector de metales —les informó.

—¿Perdón? —Lazan alzó los brazos como si se enfrentara a un cacheo policial.

El guardia no se inmutó.

—De uno en uno, abrid las piernas y extended los brazos. Y dejad que vea el interior de las mochilas.

—Joder, Nico —protestó Zoé—, la próxima vez nos llevarás a investigar a la Conciergerie.

—Ya os he avisado. —Nico se encogió de hombros—. Es la mejor biblioteca del país, pero también la más extravagante en cuanto a medidas de seguridad.

—¿Y no podíamos ver lo que sea en un ordenador? —preguntó Christine, tan asombrada como los demás.

—Algunos archivos visuales, sí. Pero los artículos de hace siete u ocho años, no.

—¡¿Siete años?! —exclamó la joven, que ya estaba siendo revisada por el guardia.

—A ver, las catacumbas son inmensas, ya lo sabes. Y en ellas se celebran desde reuniones satánicas hasta fiestas en los búnkeres alemanes o juergas en el cementerio de gatos que hay debajo del Odeón. Las leyendas existen desde hace siglos, pero... este rumor en concreto comenzó hace poco. Sobre todo si relacionamos cada caso extraño ocurrido los últimos diez años exclusivamente en la zona de Saint-Michel...

Todos callaron cuando se vieron en el *hall*. Era inmenso, mucho más de lo que parecía desde el exterior. Cada superficie, las paredes, la mesa de información, el suelo, incluso las sillas, era metálica. Solo las lámparas colgantes de color beis le concedían cierta atmósfera de calidez. Había unos cinco jóvenes desperdigados aquí y allá utilizando el wifi en sus portátiles o tecleando en sus móviles. El silencio era casi total.

—Por allí —les indicó Nico señalando un portón enorme al fondo.

Christine tuvo que hacer acopio de todas sus fuerzas para abrirlo y penetrar en una zona que parecía estar insonorizada.

—¿Qué es este lugar? —dijo sorprendida al tiempo que los cuatro amigos se volvían sobre sí mismos para descubrir que aquel pequeño enclave estaba desierto.

Más piel de plata vestía cada centímetro allí donde sobresalían unas protuberancias enormes que aparentaban ser tornillos de punta redonda.

—Olvidadlo, tíos —soltó Zoé con ironía—, esto no es *Blade Runner*, estamos en *Hombres de negro* y nos van a neutralizar.

—Hay otra puerta justo ahí —apuntó Nico sin inmutarse—. Id preparando los carnés.

Más allá de la pintoresca salita se hallaba una escalera mecánica descendente. De nuevo, el hierro y el aluminio como única decoración. Una excepción hizo que Christine desviara la vista: bajo la serpiente de metal dormitaba una extensa alfombra roja. El color chillón parecía tan sacado de contexto que resultaba imposible no mirarlo. Al final de la escalera, un punto de control. Pasaron uno por uno sus tarjetas como si hubiesen entrado en el metro y avanzaron unos pasos hasta toparse con un habitáculo. Una vez dentro, un bibliotecario les preguntó cuál era su propósito en aquella torre. Zoé rio entre dientes. Lazan murmuró un juramento y Christine frunció los labios en señal de impaciencia.

—Vamos a la sala de los ordenadores y a la hemeroteca —contestó Nico.

—Bien, A-2 a la derecha del jardín y B-4 al fondo. ¡Que pasen un buen día!

—Ya le meteré yo su buen día por el...

—No hay más controles, Lazan —dijo el muchacho asiático con calma—, tranquilo.

Más o menos acostumbrados al monocromatismo reinante, todos ahogaron una exclamación de alivio al entrar en el corazón de la biblioteca. Tuvieron la sensación de encontrarse muy lejos de París, en otra ciudad, tal vez en otro mundo. El jardín interior estaba guarecido por unas cristaleras gigantescas desde donde se podía contemplar la vegetación de un verde esmeralda que recordaba a un bosque irlandés. Los tímidos rayos de sol que se habían abierto paso entre los nubarrones se desplegaban en aquel edén artificial dotándolo de una magia casi mística.

Numerosos estudiantes charlaban en voz baja mientras contemplaban el vergel. De pronto, los cuatro amigos se sintieron con fuerzas renovadas.

—El arquitecto quiso que las torres se introdujeran en el jardín como cortinas —explicó Nico entusiasmado con la reacción de sus compañeros—, así parece que el enfoque cambia dependiendo de si avanzas o retrocedes.

—Es como un cuento de hadas moderno —dijo Christine sonriendo.

—O como una iglesia de libros —añadió Zoé.

Por primera vez, nadie rio.

—A-2 —apuntó Lazan con el dedo—, la hemos encontrado.

La sala de los ordenadores se ajustaba al canon de simplicidad que poseía el resto de la biblioteca. Todas las mesas contaban con su propio equipo informático y un flexo que iluminaba la pantalla. A ambos lados de la estancia, dos lenguas de terciopelo rojo decoraban el suelo. Eligieron la mesa más alejada y encendieron el ordenador.

—Aunque no nos pongamos los auriculares, no pasa nada si no subimos mucho el volumen —les explicó Nico—. Quiero que Christine vea el vídeo de la Muerte Blanca.

Lazan y Zoé asintieron con tal gravedad pululando en sus rostros que Christine se estremeció.

—No sé si me gusta cómo suena eso... —musitó.

—Son las imágenes de una cámara de vídeo que unos cataphiles encontraron hace un mes. Estaba tirada en un charco, pero el contenido se salvó. —Lazan se removía inquieto en la silla mientras hablaba—. Dicen que pertenece a un cata experimentado que bajó a los subterráneos por su cuenta y jamás regresó.

Christine tragó saliva. Era la misma historia que le había contado Sally en la *Tombe de la musique* semanas atrás. «El vídeo está intacto y lo que se ve no es nada bueno.» Todavía recordaba sus palabras.

—Entramos en YouTube y..., ajá, es este —dijo Nico, que los miró uno a uno antes de pulsar el *play*.

Lo primero que se veía era un corredor con forma de túnel que se perdía en la oscuridad. El dueño de la cámara parecía tranquilo y movía el objetivo pausadamente para grabar diversos caminos que se bifurcaban. No decía nada, solo se escuchaban sus pisadas, el crujir de las botas contra los huesos y la tierra. Como la imagen era en blanco y negro, Christine pensó que tal vez hubiera utilizado el modo infrarrojo. De repente, el vídeo sufrió un corte brusco. Sus amigos comenzaron a murmurar, pero ella dirigió toda su atención hacia el ordenador.

Se notaba a la perfección que el cata caminaba con más rapidez, que sus movimientos y decisiones se tornaban inseguras. Giró la cámara ciento ochenta grados, como si quisiera comprobar que nadie lo seguía, y después se agachó para iluminar una calavera que yacía sobre un grupo de huesos. Con un grito de rabia la lanzó contra el muro.

—Seguro que hizo una señal o algo así... —dijo Zoé a media voz— y, al no encontrarla, se empezó a poner nervioso.

En efecto, tras otro corte en la grabación, la siguiente imagen ofrecía la visión del miedo en estado puro. La cámara no dejaba de enfocar a izquierda y derecha al tiempo que el cata aceleraba en su avance. A través de los pequeños altavoces del ordenador, Christine distinguió sus jadeos y supo de inmediato que no se debían a la fatiga.

—Se está adentrando cada vez más, ¿no? —La joven notó

que sudaba, y bajó el tono para añadir—: Si era un cata experimentado, ¿cómo es posible que no encontrara la salida?

—Eso mismo nos preguntamos todos... —Nico pulsó el *pause*—. ¡Mirad!

El dibujo de una figura blanca fantasmagórica se había congelado en la imagen. Parecía un humanoide con unas extremidades inusualmente largas, extendidas en cruz. Christine sintió un estremecimiento al ver su cara inexpresiva; sus ojos parecían observarlos desde la pantalla con una maldad siniestra.

—La Muerte Blanca —dijo ella de un modo casi reverencial.

—Exacto, bueno, así la llamamos —explicó Lazan mientras indicaba a Nico que volviera a poner el vídeo—, porque a partir de aquí...

—La cosa empeora mucho —concluyó Zoé.

La cámara volvía a iniciar un viaje enloquecedor en el dédalo del submundo a manos de un cata completamente desorientado y cuya respiración se había tornado entrecortada. Segundos después, se lo oía preguntar a la negrura:

—¿Hay... alguien ahí?

No se escuchó respuesta alguna, pero el hombre tropezó en un brote de pavor. Las imágenes, rápidas y borrosas, terminaban cuando el aparato caía a un charco. Del muchacho no se vio sombra alguna, pero sí se escuchó el sonido de sus pasos perdiéndose en la oscuridad. Segundos más tarde, el vídeo concluyó, y los cuatro amigos parpadearon, como si no pudieran creer que estuvieran realmente en la biblioteca.

—Vio algo... ¿verdad? —preguntó Christine—. Algo que lo asustó lo suficiente como para abandonar la cámara, su única fuente de luz.

—O a alguien —dijo Zoé, que se frotó los brazos con ansiedad.

—Pero sería imposible que allí abajo hubiera alguien viviendo desde hace siete o diez años... —Christine sentía el mal augurio abrirse camino hasta llegar a traspasar su serenidad—. Además, ¡los cata-ops lo habrían encontrado ya! ¡Es demasiado tiempo para conseguir escapar siempre!

Los ojos de Nico relampaguearon.

—Persona, leyenda o fantasma, nadie lo sabe, pero en la hemeroteca comprobarás que los cata-ops también están fuera de juego.

Apagaron el ordenador y en silencio, temerosos de sus propios pensamientos, se dirigieron a la sala B-4. El lugar, de aspecto semejante al anterior, olía a ambientador de lavanda. Su único ocupante era un anciano que, sentado a una de las primeras mesas, hojeaba un ejemplar de *Le Petit Parisien*.

Una joven bibliotecaria pelirroja les preguntó desde un mostrador qué deseaban ver. Todos se quedaron mirando a Nico. La expresión del chico pasó de la duda a la seguridad en un instante.

—Sí, el ejemplar de *Le Parisien* del catorce de junio de dos mil diecisiete y eh... otro de *Le Monde* del... veinticuatro de diciembre de dos mil cinco, por favor.

—Joder, Nico, ¿te sabes las fechas exactas? —Lazan dibujó una media sonrisa.

—Bueno, la primera tampoco es tan difícil de recordar. ¿no? ¡Creo que os estáis metiendo demasiado conmigo hoy!

Christine se echó a reír y le dio un beso en la mejilla.

—Al revés, te damos las gracias, sobre todo yo.

Tomaron asiento en la única mesa que quedaba oculta tras una columna, y tres cuartos de hora después, la bibliotecaria los llamó para entregarles los periódicos.

—Uf, pensé que había ido a buscar unas lechuzas para traerlos, pero no, deben de llegar directamente de Mordor —se quejó Zoé al tiempo que Nico regresaba.

—Vale, veamos —dijo con aire profesional desplegando *Le Parisien* ante ellos—. Tiene que estar en alguna parte. ¡Mirad, lo tenía delante de las narices!

Christine leyó el titular que su amigo señalaba.

TRAS TRES DÍAS EN LAS CATACUMBAS DE PARÍS,
LOS BOMBEROS ENCUENTRAN A DOS ADOLESCENTES

Las primeras líneas del artículo rezaban:

Tras setenta y dos horas de búsqueda, la policía, los bomberos y sus equipos de perros han encontrado este miércoles por la mañana en las antiguas catacumbas a dos adolescentes de dieciséis y diecisiete años en estado de *shock*. Los jóvenes, que han sido hospitalizados con evidentes signos de hipotermia, afirman que habían descendido para divertirse un poco, pero ignoran qué les ocurrió una vez allí. Los médicos no descartan que se encuentren en un estado postraumático provocado por un hecho que aún se desconoce.

Christine notó un cosquilleo de alarma en la nuca.

—¿Y los demás casos? —miró directamente a Lazan—. Dijiste que había desaparecido más gente, ¿no?

Sus amigos parecieron despertar de un trance y alzaron la vista del periódico.

—Este artículo es una singularidad —contestó Lazan al fin.

—¿A qué te refieres?

—Pues a que no se suele hablar de estos sucesos en la prensa. Se pierde un cata en las catacumbas, se busca durante unos días, no hay rastro, ni pistas, nada... y la noticia languidece hasta olvidarse. Lo que pasa allí abajo se queda allí abajo. Solo los catas sabemos lo que ocurre gracias a otros catas. A París no le interesa el subsuelo, bastante tiene con el caos de la superficie.

—Sin embargo, de vez en cuando hay joyas como esta —indicó Nico desplegando *Le Monde*—. No os lo perdáis, fue en Nochebuena. Me acuerdo porque yo tenía siete años y ya comenzaban a gustarme estas cosas. Me guardé el recorte, pero al mudarnos lo perdí. La fotografía es la leche.

Todos se inclinaron sobre el artículo.

POLICÍA SUBTERRÁNEO FOTOGRAFÍA
EXTRAÑA FIGURA EN CATACUMBAS

En la imagen, a color, podía distinguirse vagamente una silueta pequeña atravesando un corredor atestado de huesos. Se veía tan borrosa que apenas parecía un efecto óptico.

—El policía juró en su declaración que era un niño, pero, claro, nunca quedó demostrado y el caso pasó a ser considerado como sensacionalista —explicó Nico, que permitió que Christine tomara varias capturas con el móvil.

Zoé puso una mano en el hombro de la joven.

—Christine, no sé si de verdad te hemos ayudado... Seguimos sin saber por qué tu foto estaba allí tirada, y no tengo ni idea de si estas desapariciones están relacionadas con ella.

Mientras escuchaba a Zoé, su mente retrocedía una y otra vez a la noche en que su ángel le habló con un dolor tan humano que aún ardía en sus recuerdos.

«No temas tu lado más oculto... En este mundo he encontrado tanta belleza en la oscuridad como horrores en la luz. Deja que tu oscuridad fluya porque no siempre es un verdugo, sino una gran maestra.»

Sintió que la ansiedad volvía a ser una sustancia fría inoculada en sus venas.

—Por supuesto que me habéis ayudado, ¡no sé qué hubiera hecho sin vosotros! Pero... —trató de sonreír—, me gustaría salir y respirar un poco de aire.

—Lo comprendemos. —Lazan le dio un codazo a Nico antes de decir—: Enséñanos la salida, quién sabe por dónde nos meteríamos en esta biblioteca sin un guía.

Conforme avanzaban de regreso al exterior, Christine se sumió en el mutismo. Su ángel no podía ser el siniestro fantasma que pululaba por los subsuelos y atormentaba a profesores y alumnos en la Schola. Esa voz emergida del mismísimo paraíso irradiaba la bondad y la belleza más puras. Entonces ¿por qué estaba temblando?

El móvil le vibró en el bolsillo. Se rezagó unos metros y comprobó que tenía un wasap de Raoul.

> Quedamos mañana a las 21 h. en el
> Louvre? Te echo de menos. Yo invito.
> No te arrepentirás, prometido. ;)

Su cuerpo se relajó, su mente se apagó. Únicamente quedó el deseo de olvidarlo todo y ver de nuevo los pícaros ojos grises que le hablaban de tranquilidad y de sueños por descubrir.

Contrapunto

Erik

Hay momentos en la vida que se te marcan a fuego en las entrañas y arden el resto de tus días. Hay secuencias que desearías borrar, pero no tienes la magia necesaria para lograrlo y se mantienen atadas a ti como pecados que ni siquiera cometiste. Y hay nombres que aparecen para quedarse. Nombres cuyas caras te persiguen en sueños, cuyas voces se retuercen en tus recuerdos. Nombres unidos a una maldad que quisieras desterrar y que, sin embargo, ya forma parte de ti.

Dicen que la venganza no soluciona nada.

Ilusos.

Tal vez no solucione el pasado, pero calma el presente. Y es todo cuanto necesito esta noche.

Nadie me dijo al nacer que mi deformidad me haría inmune a una clase de horror que no provenía de mi rostro. Mi madre siempre me avisó de que las personas se escondían bajo muchos tipos de máscaras, de que un monstruo no era únicamente lo que yo veía en el espejo..., y no la creí.

Sí. Hay nombres que jamás se olvidan. Y uno de ellos ya es historia. Su existencia se extinguió una madrugada en las vías de un metro. ¡Qué sencillo es acabar con una vida! Sin embargo, hay otro que sigue pululando a sus anchas por París. El muy miserable no tiene ni idea de que la muerte en persona ha salido a buscarlo.

Mis ojos viajan a través del tiempo, del espacio, de la memoria... Mis ojos son los de ese niño. Sí, el que va de la mano de su madre mientras esperan el metro en una tibia noche de verano.

El pequeño ha salido del hospital por última vez, pero es la primera que no quiere regresar a casa en taxi. Quiere respirar el oxígeno de París, quiere ver el mundo sin máscaras que oculten su piel, quiere sonreír y que la gente sonría con él. Se siente uno más. Se siente normal porque cree ser normal por mucho que mamá lo niegue, por mucho que los cirujanos les hayan dicho hace escasos minutos que, tras tantas operaciones, someterlo a una más sería una temeridad. Y ahora está exultante. Ha comprado los billetes, ha contemplado los paneles de publicidad cultural que hay adosados a las paredes de los túneles y no puede esperar a entrar en el vagón. Ante sí, una aventura maravillosa. Algo que para cualquier niño supondría una cotidianidad para él es el mayor parque de atracciones que ha conocido.

El niño nota cómo su madre le aferra con más fuerza la mano y no entiende por qué. Mira a su alrededor. Solo hay dos hombres esperando el suburbano, igual que ellos.

—Baja la cabeza, Erik —dice mamá, y su voz alarma al niño—. Haz lo que te digo, ya.

Pero es demasiado tarde. Los dos hombres han intercambiado una mirada y se aproximan sonriendo de tal modo que al pequeño comienzan a castañetearle los dientes.

—Hostia, Luc, ¿lo has visto?

—Un crío cadáver, tío. ¡Un monstruito suelto!

—¿Y tú, quién eres, puta? ¿Su mamaíta?

—Está bastante buena como para haber parido eso.

La mano de su madre tiembla al tiempo que lo obliga a cobijarse tras ella. El niño se cubre los ojos con las manos como si creyera que así no podrán verlo. De repente, se reprocha no haber querido ponerse la máscara. Su querida máscara...

—Mira, el mocoso cadáver tiene miedo.

Las carcajadas rebotan en el silencio con un eco terrible.

—¿No te han dicho que los bichos como tú tendrían que estar muertos, cadaverito?

Los pantalones del niño se empapan de un miedo líquido.

—Joder, ¡se ha meado encima, el muy cabrón!

Mamá hace acopio de valor.

—Por favor, dejadnos en paz...

Los dos hombres sonríen una última vez.

Quizá siempre supe del poder de mi voz. De cómo, bien utilizada, era capaz de obrar milagros a través de ella. La gente le da tan poca importancia a su voz... Sin embargo, yo soy más que consciente de que la mía es especial, extraña, genuina. Por esa razón la he entrenado durante tanto tiempo. Era mi único lazo de unión con Christine y mi única arma contra una sociedad que me odia sin conocerme. Tal es su dualidad. Puede que, de existir un dios, me haya arrebatado mi condición humana, pero al menos me ha dado una voz de origen divino. Aunque yo no lo llamaría «equilibrio», precisamente. Sin embargo, en ocasiones debo tratar de dominar la ira que siento por mí mismo y por todas las deidades, así que esta noche sonrío en las sombras como un felino. Mi presa sale del bar y, por su tambaleo a la hora de caminar, sé que hoy también está borracho.

Perfecto. Han pasado trece años y sus hábitos siguen siendo los mismos. No tiene esposa ni hijos, lo que hace que mi venganza sea limpia. Proyecto mi voz hacia donde él está. Le hablo de promesas, de deseos oscuros, de placeres que solo podrá encontrar abajo, muy abajo... Y Luc, con esa expresión que sacude mis pesadillas, viene hacia mí sin dudarlo. ¿Quién podría resistirse a una voz así? ¿Es la voz de un demonio? ¿De un ángel?

Poco importa. Ya lo tengo donde quería. Solo debo tirar de él un poco más para que haga exactamente lo que mis artes de prestidigitador le ordenen. Y te aseguro, querido Luc, que mi truco final va a encantarte.

El niño conoce demasiado bien el dolor de los espejos, el dolor de la conciencia cuando esta lo obligaba a entender su realidad, el dolor posoperatorio, el dolor impreso en las lágrimas, el dolor en el corazón de su madre, el dolor de la soledad, el dolor de saberse encerrado en su propia prisión.

Pero desconoce el dolor de un puño en el estómago, el dolor de una rodilla anclada en el pecho mientras otra mano intenta desnudarlo a jirones. El niño grita y se debate con todas sus fuerzas. A sus sollozos contestan risotadas. A sus manotazos débiles, patadas.

Su visión se tiñe de rojo, y a través del velo de sangre distingue a su madre en el suelo, recibiendo toda clase de golpes. Está aovillada, el niño lo recordará siempre. Aovillada antes de que aquel hombre la obligue a tenderse boca arriba. Mamá chilla y una bofetada truena en el aire. Un sonido seco, terrible, tanto como lo es el forcejeo posterior.

El niño recibe otra patada en las costillas. Y otra. Y otra... Hasta que su mente explosiona y ya no siente nada. Solo un leve latido que acompaña su respiración como postrero vestigio de su vida.

Entonces, un ruido metálico. Y la presión en su pecho desaparece. Cree ver siluetas a su alrededor. Cree escuchar voces que piden ayuda. Cree que morir no será tan malo después de todo.

Siempre me han gustado los relatos de Edgar Allan Poe. Soy un enamorado de lo tenebroso, de lo gótico, de los amores que regresan de la tumba o de los que acuden a ella para escapar de su trágico destino. Poe fue un tipo extraño. Incomprendido, dicen unos; loco y siniestro, añaden otros. Me cae bien. Por eso quiero hacerle un homenaje. De vez en cuando debería homenajearse a los grandes, y yo me considero una especie de fan suyo.

Luc me mira con ojos vidriosos, producto del alcohol y de la confusión. Comienza a entender que la voz que lo ha guiado hasta aquí ha sido una trampa, que ahora que ya no está bajo su influjo, su presencia en mis dominios lo hace vulnerable. Tanto como lo fuimos mi madre y yo aquel verano que cambió nuestras vidas.

Gracias a ti, Luc, una bailarina perdió su estrella y un fantasma vaga por los subterráneos desde hace trece años. Gracias a ti, Erik ya no le teme a nada. Me quito la máscara y permito que me contemple a la luz de las antorchas artificiales. Sus gruesos labios se descuelgan en una mueca grotesca, y la luz de la súbita comprensión titila en su mirada.

—Eres el monstruo... El niño cadáver...

—Yo solo veo un cadáver aquí.

Pulso uno de los bloques de piedra y el muro corredizo se activa con rapidez.

—¡No! ¡Por amor de Dios!

—Sí, por amor de Dios.

Está tan ebrio que tropieza en la oquedad y cae al suelo justo antes de que el muro lo encierre en su tumba para siempre. Expulso el aire que he contenido en los pulmones y vuelvo a ponerme la máscara. No oigo nada. El muro engullirá sus gritos durante días.

—*Requiescat in pace.*

Lo admito. Poe me parece sublime.

13

El poder de las agujas inmóviles

> «Pronto iremos más lejos y con más rapidez que las nubes al confín del mundo, y luego usted me abandonará, Raoul.»
>
> GASTÓN LEROUX,
> *El fantasma de la ópera*

Christine acudió al Louvre mucho antes de la hora a la que había quedado con Raoul. No era la primera vez que iba al museo. Solía sentarse en una de sus fuentes para contemplar la puesta de sol a través de la Gran Pirámide de cristal que había situada en el centro. Los parisinos decían que era un añadido moderno innecesario, pero a ella le encantaba. Le parecía que incluso le concedía al lugar cierta magia egipcia.

A veces cerraba los ojos dejando que la belleza del atardecer se colara en su interior a través de sus otros sentidos. El arrullo del agua de las fuentes cosquilleándole en los oídos, la tibieza del sol en un día de invierno, el olor a palomitas y crepes procedente de las atracciones siempre activas en la cercana rue Rivoli... No hacía falta visitar el museo para saborear otra clase de arte.

Sin embargo, aquella noche de viernes, Christine comenzó a impacientarse. Pasaban de las nueve y media y Raoul no había llegado. Estaba a punto de llamarlo cuando lo vio aparecer por una de las entradas. En aquella ocasión iba vestido con ropa más propia de alguien de su edad. Ni rastro de la gabardina, la bufanda y los zapatos de piel. En su lugar llevaba una cazadora negra, una camiseta del grupo Kiss y unos pantalones rasgados. Un atuendo mucho más roquero que el de ella, que había optado por un recogido bajo, un vestido rojo vaporoso legado de su madre y un abrigo beis.

—Vaya, creí que ibas a darme plantón —le dijo medio en broma tras saludarse con dos besos en las mejillas.

—Esquivar a mi padre no es fácil —respondió él a modo de disculpa.

—Alguna vez tendrás que enfrentarte a él y...

—Estás radiante —terció Raoul recorriendo su cuerpo con una sonrisa.

—No cambies de tema.

—Bueno, a veces ser de Dassary no está tan mal...

—¿Y hoy es uno de esos días?

Raoul hizo un gesto para indicarle que debían irse.

—Sí, esta noche mi viejo me servirá de algo para variar.

Christine volvió la cabeza para contemplar la pirámide antes de dirigirse a la rue Rivoli.

—Pensaba que íbamos al museo... —dijo en tono jocoso.

—¿A las visitas nocturnas? —Raoul captó la broma y se la devolvió—: ¿Te has vestido así de guapa para ver a la Mona Lisa?

Ella soltó una carcajada.

—Hace unos días me confesaste por teléfono que querías estudiar Bellas Artes, ¿o ya no lo recuerdas?

Los ojos de Raoul habían pasado del gris a un verde claro. Tal vez fuera efecto de la luz de las farolas. Su rostro irradiaba una energía casi eléctrica.

—Ya, ya, pero... no. Es una sorpresa, y no está muy lejos.

Christine agradeció caminar junto a él en un silencio plácido. Tras lo vivido por la mañana en la biblioteca, cualquier cambio de aires le parecía bueno, y Raoul, en aquel momento, le transmitía una seguridad que hacía tiempo que no sentía. Su ángel le había enseñado que la seguridad radicaba en uno mismo, pero cuando desapareció los vestigios de la ansiedad volvieron para transformar el enfado inicial en miedo. Y el miedo en nervios. No era tan sencillo esquivar sus propios temores. Y Raoul suponía una tabla de náufrago amable y cercana, sin misterios ni sospechas revoloteando sobre su sonrisa.

—¿Sabes? —preguntó él de pronto con aire reflexivo—. Deberías conocer a mi padre. No me mires así... Reconozco que no suelo hablar muy bien de él, pero quizá te interese cantar para que descubra tu potencial.

Su voz subía y bajaba de tono, pero parecía muy sincero.

—¿Crees que tengo alguna posibilidad de gustarle?

—Todas. Se jacta de poseer un oído experto. Podrías grabarle una maqueta y probar suerte. Tu voz es asombrosa, seguro que reconoce tu talento.

Christine vio cómo él hacía un amago de cogerle la mano, pero solo llegaron a rozarse los meñiques. Era como si se hubiese arrepentido en el último instante. La joven sonrió para sí misma. Bien. Solo era una segunda cita entre amigos. Nada de ir deprisa, nada de ir en serio.

—Bueno, hemos llegado a la sorpresa, es allí.

Ante ellos, un enorme grupo de gente se perdía Rivoli arriba en una fila kilométrica.

Tras las arcadas de piedra brillaba un cartel al que todos hacían fotos y con el que se sacaban selfis. En letras doradas podía leerse:

VIP ROOM
El mejor *afterwork* de París

La algarabía producida por cientos de jóvenes restallaba en la calle junto a los cláxones de los coches que intentaban pasar por la carretera colapsada.

—No me digas que no conoces el Vip Room —rio Raoul, desenfadado—. No eres un cisne muy trasnochador, ¿eh?

—La verdad es que no...

No podía recordar la última vez que salió de fiesta. Pero no se parecía en nada a eso, estaba segura.

—¿Cómo vamos a entrar? —preguntó—. ¿Hay que hacer toda esa cola? ¡Perderemos media noche!

Raoul hizo como que se quitaba un sombrero y le guiñó un ojo.

—Ya te he dicho que ser un Dassary a veces viene bien. Muchos de los que están aquí se quedarán fuera hoy. ¡Solo se puede acceder con una invitación exclusiva! Y mi apellido en este local es como si estuviese hecho de luces de neón. Es más, si no fuera por mi padre, el DJ Jean Roch, el dueño, ni siquiera tendría la licencia. Ven, vamos a divertirnos. Este es mi mundo: mucha luz, mucha música, ¡nada de huesos ni sombras!

La muchedumbre protestó cuando el gigante de la entrada cambió su rictus de malas pulgas por una sonrisa radiante.

—¡Hombre, Raoul! ¡Te creíamos desaparecido! ¿Cuánto tiempo hace que no pisas el Vip Room? ¿Un mes? ¡Te echábamos de menos! —Al ver a Christine, asintió con una mirada bobalicona—. Vaya, hoy vienes acompañado... Pasad, pasad. El jefe invita a todo, como siempre.

—¿A todo? —preguntó Christine mientras entraban.

Raoul se encogió de hombros.

—La consumición mínima son ochocientos euros. No te preocupes por nada. ¡Solo pásalo bien!

La música era atronadora. Christine podía sentir cómo la vibración del suelo le alcanzaba los pies, le sacudía todo el cuerpo con cada giro que el DJ ejecutaba. Gritos, aplausos, silbidos... Los decibelios subían cada vez más. Christine no prestó atención al interior del recinto hasta que sus sentidos se adecuaron al sonido arrollador.

Se trataba de una sala circular en cuyos extremos había varias mesas, seguramente para los clientes más exclusivos. Tres pisos concéntricos albergaban un restaurante hindú y otro japonés. El color púrpura lo teñía todo como un fino tul de seda. No había focos ni lámparas, la luz parecía refulgir del propio lugar, casi de una forma mágica. Unos camareros elegantemente vestidos iban y venían sin parar sirviendo champán y cócteles, y el mismísimo DJ Roch, según se podía leer en letras holográficas, estaba justo en el centro de un escenario que dejó a Christine boquiabierta por su ornamentación barroca.

—¡Ah, ya te has fijado! —gritó Raoul para hacerse oír—. ¡Este local es el antiguo teatro La Scala! ¡Sabía que te gustaría!

Ella sonrió intentando no taparse los oídos. El volumen estaba tan alto y la sala tan a rebosar de jóvenes bebiendo y bailando que su primera reacción fue quedarse inmóvil. Sentía la adrenalina, pero no corría libre sino atenazada por algo que no supo definir. De pronto, la música cambió y un nuevo tema inundó el antiguo teatro. Al compás de los sintetizadores y las guitarras, unas siete u ocho gogós hicieron su entrada para alborozo de los chicos allí presentes, que gritaron como locos. El DJ levantó una mano con gesto triunfal para acelerar el ritmo.

Christine desvió la vista disimuladamente hacia su acompañante. Raoul parecía disfrutar de la noche como uno más. En su mano ya reposaba un Martini. La joven siguió la dirección de su mirada hasta toparse con las gogós, que poco a poco se habían ido desnudando casi por completo. Una de ellas, altísima, morena, se hallaba en el centro de un pilar como si fuera una exposición privilegiada. En un momento dado, con un movimiento rápido, se quitó el sujetador de lentejuelas dejando sus pechos al descubierto al tiempo que unas alas blancas se extendían a sus espaldas. Las demás bailarinas la imitaron. La sala bramó al unísono y Christine se sintió tan fuera de lugar que deseó tener el poder de teletransportarse tan lejos como fuera posible.

—¿Bailamos?

La pregunta inocente de Raoul se le antojó amarga. No obstante, se obligó a desinhibirse. Las manos del joven se amoldaron a sus caderas y ella pasó los brazos por encima de sus hombros hasta trenzar las manos en su nuca.

Eran un chico y una chica conociéndose en una discoteca, pensó, nada más. La sonrisa del joven se iba dibujando en su propio rostro. La alegría de Raoul era contagiosa incluso en aquella sala atestada de gente. Cuando el espacio entre sus cuerpos se redujo hasta desaparecer, comenzó a dejarse llevar, a divertirse, a saborear el momento.

Raoul albergaba una chispa dentro de sí que irradiaba todo cuanto tocaba, y Christine estaba a punto de ceder a ese encanto, pero, de repente, un hombre con una gorra de béisbol le dio en la espalda al joven.

—¡Dassary Junior! —gritó el desconocido—. ¡Me alegro de verte, chaval!

—Ah, hola, Zé —saludó. Luego se volvió hacia Christine y los presentó—: Es el cantante principal de Chinese Guy, el grupo de moda. El mes pasado terminaron su gira por Europa...

Christine iba a decir que le sonaban, pero el artista no se anduvo con rodeos:

—Sí, ha sido una gira grandiosa gracias al bueno de Roger, tu padre. Oye... —Apoyó su brazo tatuado en el hombro de Raoul—. Hablando del gran jefe..., podrías decirle que, en fin, no es que sea mi representante ni nada, pero los chicos y yo esperamos que nuestra, ejem, donación sirva para estar otra vez en el top ten otros tres meses consecutivos. Sobre todo ahora que iniciamos la gira por la India...

Raoul le susurró algo al oído, y Zé se despidió entre risas.

—¿Donación? O sea que...

—Christine, así funciona este mundo, a veces pasa y...

Un nuevo clamor masculino rugió cuando las gogós comenzaron a contonearse mientras bajaban de sus respectivas columnas. Decenas de manos ávidas se cernieron sobre sus cuerpos.

—No me gusta nada —acabó por confesar ella, que, ante la mirada atónita de Raoul, extendió los brazos—. Todo, me refiero a todo esto. ¡Artistas comprados, gogós que no se centran en bailar precisamente, tíos gritando como leones en celo!

—¡Es su trabajo, Christine! —El chico compuso una expresión de extrañeza—. Les pagan para ello, y bastante. ¿Qué hay de malo? ¡Este es el mundo de la música real, créeme, sé de lo que hablo!

Christine guardó silencio, pero se alejó mentalmente del Vip Room, del jaleo, la música machacona, los gritos, las bailarinas desnudas.

«Este es el mundo de la música real...»

«¿Cantar y bailar, Christine? Ay, cuánto te han mimado...»

«Te lo decimos por tu bien.»

«NO. VALES. PARA. ESTO.»

Las voces se distorsionaban, se replegaban en su cabeza con la fuerza de un tornado. Y entonces...

«La música es lo que siempre prevalecerá cuando todo y todos se hayan ido... Detrás de una simple canción hay una historia que quiere ser contada. Y detrás de cada historia, un corazón que late al ritmo de esa música. Dime, Christine, ¿quieres que tu historia acabe? ¿Realmente lo deseas? O, por el contrario, ¿lucharás para que esos latidos se transformen en notas y las notas en vida? Todos tenemos una historia bajo la partitura de nuestra piel. Es hora de que toques tu propia melodía. Es hora de que dejes todo lo demás muy atrás. Es hora de que tu partitura hable por ti y enmudezca al mundo.»

Parpadeó y la sala pareció detener su vertiginoso caos. El tiempo se coaguló a su alrededor. Los asistentes habían ralentizado tanto su ritmo que iban a cámara lenta. La música tan solo era un eco lejano. Los gritos ni siquiera se percibían. Su vista se clavó en el escenario. Un reloj holográfico había aparecido justo en el centro punteado por varios láseres. Christine se fijó en sus manecillas detenidas, en su fulgor fantasmal. No. No era eso lo que quería. Quería... necesitaba... vivir la música, sentirla, transmitir con el cuerpo y con la voz lo que subyacía más allá de sí misma. No había comprendido las palabras del ángel. Pero lo hacía ahora. Nadie podía decirle qué era la música o cómo actuar en la vida. En su vida. Nadie tenía el poder de hacer que se rindiera.

Contempló de nuevo el reloj y, de alguna forma, ver las agujas inmóviles hizo que se estremeciera. La asustó la metáfora que se mostraba ante ella. Cuando miraba la hora cada día en un gesto automático, ¿se daba cuenta de que cada segundo, cada pulso en sus sienes, cada paso, cada latido se le escapaba entre los dedos? Jamás sería un reloj, atrapada en un horrible círculo vicioso, cegada, prisionera. No se dejaría asustar más pensando que esas manecillas se parecían a ella, tan estúpidas como para no salirse nunca de un curso ya trazado. Un reloj puede marcar la hora en que todo acaba, pero también el segundo en que todo comienza. Si tenía que hacer algo en la vida, lo haría por sí misma. Lucharía. Y vencería. Y si tenía que ser cantando y bailando, que así fuera.

Sonrió. Esta vez de verdadera alegría. En aquel instante se sintió ingrávida, rozando el centro del universo. Pero tres voces chillonas la hicieron regresar a la discoteca. La gente retomó su ritmo normal, las gogós volvieron a aceptar manos ajenas en sus cuerpos, los camareros se apresuraron a llenar copas de Dom Pérignon moteado de oro, el reloj marcó las once y media.

—¡¡¡Raoul!!!

—¡Hacía tanto tiempo que no te veíamos...!

—¡Sí, y qué calladito te lo tenías...! ¡Tu padre va a producir *Fame is in you*! Dile que la próxima vez me haga un *casting* a mí y deje de elegir academias de música...

—¿Has traído compañía?

Una de las tres chicas se fijó en Christine, y esta no pudo evitar analizarlas a todas. Parecían copias. Mismo pelo negro ondulado, mismos ojos oscuros maquillados en exceso, mismos labios gruesos llenos de gloss... Se preguntó si serían trillizas.

—Sí —Raoul contestó extrañamente azorado—, es una amiga.

—Oh, qué monada.

—Rubia, como a ti te gustan.

—¿Ya te ha contado lo de su padre, guapa?

Rompieron a reír a la vez con estrépito, y Christine creyó ver en ellas a las tres brujas de Macbeth. Un espejismo fugaz pero muy efectivo.

—A ti también te ha propuesto que le grabes una maqueta al gran Dassary, ¿no? Seguro que cantas tan bien que te dará una oportunidad en su discográfica, ¿eh, Raoul?

Sintió el golpe de rabia y bochorno penetrar hasta lo más profundo de su ser. Se puso el abrigo y se abrió paso entre codazos hacia la salida. Raoul corrió tras ella a toda velocidad.

—¡Christine! ¡No es lo que...!

La joven se volvió. Su rostro, que había adquirido el mismo tono que su vestido, le advirtió que no diera un paso más.

—Si quieres llevarte a alguien a la cama con ese asqueroso truco, prueba con esas tres. —Alzó una mano y un taxi se detuvo en medio del tumulto—. Yo no soy un trofeo que añadir a tu colección.

Él se quedó en silencio, sin saber qué decir, con los ojos como platos y la mandíbula caída. Christine abrió la puerta del coche, notando la sangre latirle incluso en los párpados, pero antes de que pudiera subirse, Raoul la cogió del brazo.

—Quédate, por favor...

«Podrías grabarle una maqueta y probar suerte.»

«Este es el mundo de la música real...»

—Christine, ¡por favor...! Escúchame, yo... ¿Adónde vas?

«Deberías conocer a mi padre...»

Se zafó rápidamente y, antes de cerrar la puerta, dijo casi para sí misma:

—Al lugar del que nunca tendría que haberme ido.

El taxi arrancó, y Raoul, todavía aturdido, vio como desaparecía en la noche para dirigirse al otro lado del Sena.

14
La noche sufre

«Es muy difícil conseguir ser amado en una tumba.»

GASTÓN LEROUX,
El fantasma de la ópera

El piano gritaba. Sus dedos le arrancaban lamentos en un idioma que solo él podía entender. La máscara descansaba sobre la superficie brillante del instrumento, blanco sobre negro, un símbolo de que, sin ella, impulsado por la música, podía finalmente saborear un poco la sensación de ser libre.

Componía con una fiereza devastadora, descargando todo su dolor sobre las teclas en un frenesí que devoraba su raciocinio y lo dejaba expuesto a los sentimientos más puros. Su corazón se desgarraba en partituras. Las notas nacían ya heridas para restallar a su alrededor y morir en el albor de la medianoche. En su corta vida albergaban el poder de corroer la distancia que se abría entre recuerdos y esperanzas.

Y de pronto, el compositor, con el terrible rostro embellecido por la música, exhausto e incendiado con su creación, detuvo su febril delirio y, dando un sonoro golpe en el piano, se levantó para maldecir su propio nombre. El piano dejó de gritar para permitir que lo hiciera su dueño. Después, el silencio lo asoló todo con su aliento de muerte.

La canción era para ella. La había comenzado a componer días atrás, cuando en su mente nació la idea de hacerla solista en la gala de Navidad. Merecía ese puesto, brillaría sobre el escenario, demostraría su talento, alzaría el ansiado vuelo.

Amenazar al director de la Schola Cantorum para que reemplazara a su hija por su protegida había sido más sencillo de lo que esperaba. Había tenido a su disposición semanas para hacer de la academia un lugar maldito y cada uno de los profesores ya era consciente de que una nueva rosa junto a un mensaje suponía no una orden sino una seria advertencia.

Y, sin embargo, ahora todo carecía de sentido. Un nuevo grito invadió sus dominios y los sacudió con una ola de rabia. Se dejó caer en la butaca, junto al instrumento, y se cubrió la cara con las manos. ¿Qué sabía él del amor? ¿Lo que había visto en películas, atisbado en libros, anhelado recibir de su madre, envidiado desde su guarida subterránea? ¿Alguna vez había visto a una mujer con los mismos ojos con los que había atravesado el alma de Christine, atándola contra un ángel hecho de mentiras hermosas?

La fuerza que le arrasaba las entrañas nada tenía que ver con una emoción pasajera, con un amor a primera vista, con sentimientos de colegial inocente. Aquel era un fuego ávido por despertar, preparado para revelar un lado suyo que hasta entonces le había estado vedado. Un soplo de luz tan ardiente, tan cegador que le parecía estar contemplando directamente el sol mientras se destruía a sí mismo en el desesperado intento por alcanzarlo.

Un gemido escapó de sus labios. No podía controlar lo que sentía, ni cambiar lo que era. Aquellos últimos trece años se había atrincherado en una tumba. Una tumba creada con esmero como si fuera un faraón prematuramente muerto. Pero él estaba vivo, ¡vivo!

Se puso la máscara en un gesto mecánico, se abrochó la capa al pecho y en un arrebato de amargura cogió su violín. Necesitaba un sorbo de felicidad antes de regresar para siempre a su mundo de tinieblas. Necesitaba volver a revivir cada latido que había sentido durante el tiempo que había compartido con ella. Y solo existía un lugar donde arañar una pizca de esa luz que pronto desaparecería.

Salió de su morada dispuesto a que los vestigios del sol cegador de los días pasados matasen a la noche de sus últimos días futuros.

♪ Contrapunto

Erik

El espejo de doble cara me recuerda que ella no es para mí. He encendido las luces de la Sala Tchaikovsky para que mi yo más obstinado comprenda que todo se acabó. Cada anochecer, igual que hoy, dejo las puertas de la Schola abiertas y aguardo como un niño, pero nadie viene. Aquí he vivido los momentos más felices de mi vida, aunque la felicidad siempre disfrace otra verdad que me arrastra hacia confines de mí mismo que no quiero conocer.

Todavía puedo verla ahí, frente a mis ojos de perro sin dueño, con su sonrisa tímida unas veces, radiante cuando mi voz le dibujaba alas hechas de música.

Me he torturado durante largas horas pensando que la culpa es mía. Sin pretenderlo, la obligué a elegir o, más bien..., yo elegí por ella. Sí, tal vez inconscientemente, pero fue así. Puede que en aquella fracción de segundo en que los celos y el dolor se volvieron implacables una parte de mí se impusiera a todas las demás para hacer lo correcto.

La dejé marchar. Corté los hilos de oro que la unían a su maestro, y la jaula se convirtió en un verdadero pájaro de fuego que voló en busca de algo que su protector jamás podría darle. Y el ángel, el impostor, el mago, el monstruo, le da de nuevo la mano a la noche con el fin de hundirse en ella y no regresar.

Los cuentos no son de mentira. La bestia no se transforma en príncipe. La bestia no quiere ser golpeada. La bestia huye hacia su castillo de miserias y cierra la puerta para siempre.

El violín dormita en mis manos. Rebosa música a merced de un pobre loco que no puede lograr que nazca nada de sus cuerdas. De pronto, me tenso al escuchar el sonido de la verja exterior. Unos pasos acelerados, una respiración entrecortada que se acerca. Contengo el aliento, a la espera. Y entonces... sus ojos. Sus ojos ante mí una vez más, azules como las promesas, como el viento, como el alba. Mi pulso late mil veces su nombre, y mi pecho se expande lleno de una sensación desconocida pero maravillosa. La bestia abre las compuertas de par en par y asoma su feo rostro al fin.

Ha venido. Ha venido. ¡Ha venido!

Christine

He dejado de preguntarme por qué he venido en lugar de regresar al amparo de mi casa, donde me estará esperando la sonrisa de mi abuela. Estoy cansada de dudar, de sostenerme, de esperar, siempre esperando. Por una vez, he querido actuar.

Todavía no comprendo por qué estaba abierta la verja de entrada y, sin embargo, algo en mi interior me susurra que todo estaba preparado para recibirme. Pero no, es imposible. Él me abandonó. Me despojó de las alas que me había regalado con su voz y me dejó caer al vacío de mi realidad. Lo he perdido, igual que perdí a mis padres, pero ahora la culpa es solo mía. Y, aun así, he regresado sintiendo la necesidad urgente de ser protegida en el único lugar en el que, tras cuatro años, he saboreado la felicidad.

La academia se halla envuelta en la penumbra y mi respiración parece repetirse en cada una de sus sombras. Una embestida me atraviesa el corazón: las luces de la Sala Tchaikovsky, al fondo del pasillo, están encendidas.

Me quito los zapatos, dejo el bolso y echo a correr. En el estómago noto las mariposas danzar junto al último de mis miedos. Cuando llego a la puerta ni siquiera me detengo para serenarme y controlar cada relámpago de excitación que me recorre el cuerpo. No quiero que este latir loco en mis venas, que este anticipo de sentirme viva de nuevo, se desvanezca. No lo permitiré.

Abro la puerta y mis ojos buscan el espejo principal con avidez. Doy un paso silencioso. Dos. Tres. Hasta que me sitúo enfrente. Veo cómo mi reflejo sonríe, y el presentimiento de alegría que he notado al entrar se hace casi palpable. A mi alrededor el aire está cargado de una electricidad mágica y el silencio tiene forma del temblor que produce un pulso acelerado.

Está aquí.

Por eso he acudido. Me ha llamado desde el umbral de su mundo y lo he escuchado. Tal vez sigamos conectados, y eso solo puede significar una cosa. No importa si es ángel, fantasma, humano, mortal o eterno. El amor y el sufrimiento componen una música que traspasa cualquier límite y sé que debe de estar tan sediento de mí como yo de él.

Poso una mano en el espejo y comienzo a acariciar su superficie con ternura.

—Amo la música desde que tengo uso de razón —musito sin dejar de sonreír—. Me hablaste de confianza, de esperanza, de sueños... y todo es música. Y la música eres tú.

Erik

Me ha sentido. En el silencio, en el vacío. Sabe que estoy aquí por ella. En este preciso momento ambos hemos comenzado a cruzar el abismo que nos separa. Ya nada volverá a ser igual. Los labios me tiemblan tras la máscara, pero de ellos no surge palabra alguna. El violín parece vibrar en mis manos, pues sabe bien que la música es el único lenguaje que necesitamos. Sonrío al tiempo que lo coloco en posición. Solo me queda una última lección que ofrecerle antes de que este puente invisible entre nosotros sea un vestigio del pasado.

Quiero que sienta el deseo que me arde en las entrañas. Quiero que rompa de una vez por todas el muro de la niñez para abandonarse al placer más instintivo. Mi música engendrará el fuego que prenderá su cuerpo. Y, entonces, solo entonces, haré que este maldito espejo que nos separa desaparezca para siempre.

Christine

Una nota de violín rasga el mutismo que me envuelve y mi cuerpo se arquea en respuesta como el tallo de una flor. No entiendo qué me está ocurriendo, pero tampoco quiero detenerlo. ¿Cómo es posible que una sola nota posea semejante poder?

La melodía que surge de todas partes y de ninguna me abraza, me acaricia, siento cada golpe del arco encender la tea en la que me he convertido. Y mis pies descalzos despiertan del sueño, atrapados por esta melodía conminatoria, ardiente, que los lleva directos a un acantilado de fuego.

Comienzo a mecerme, y el vestido rojo parece convertirse en llamaradas. Noto cómo se me eriza la piel, cómo los latidos me crepitan en las sienes, el cuello, las ingles... Mi mente se ha teñido del color del sol. Solo existimos el violín y yo, dos amantes destinados a danzar entre las llamas. Cada acorde me tensa el vientre, pulsante y volcánico, lo eleva hasta el éxtasis para hacerlo desear más y más. Un gemido escapa de mi garganta cuando extiendo los brazos en un giro, buscando, anhelando que el violín me posea, que este baile termine para convertirnos en un solo ser. Mi recogido se deshace, al igual que mis defensas, y mi pelo se mueve al compás de este baile entre fuerzas que se atraen hasta explosionar como supernovas.

La voz del ángel cae sobre mí en una súplica irresistible.

«Tonight... every night, you are mine, together we shall cross the line... The divine pleasures that await, a moment in eternity burning with an unearthly ache when two bodies meet...»

La música inicia un crescendo enloquecedor logrando que el deseo se enrosque con ímpetu en lugares de mi cuerpo que hasta ahora habían permanecido aletargados, desconocidos.

«Journey through the mirror, my world's a step away... Take my hand, my sweet child, listen to what I say...»

Y atrapada por este anhelo invisible, accedo a sus ruegos. Extasiada, ebria de música, vencida, me aproximo al espejo principal dispuesta a rendirme sin condiciones ante un ángel que late conmigo.

15

Esta noche, en otro mundo

> «Pregunté en un soplo: "¿Quién es usted? ¿Dónde está la voz?"
>
> Solo me contestó un suspiro.»
>
> Gastón Leroux,
> *El fantasma de la ópera*

La voz del ángel seguía colmando sus sentidos cuando traspasó la frontera hacia el mundo de la noche. Una mano enguantada tomó la suya con delicadeza. Ella vaciló, pero la música, como un tierno amante, le hablaba de reminiscencias felices, de besos blancos, de fuego acariciador... y se dejó llevar sintiéndose una mariposa que buscaba consuelo en la luz. La silueta negra que la guiaba no dudaba; sus ojos, diseñados para sobrevivir en las tinieblas, se volvían hacia Christine de vez en cuando para después elegir un nuevo pasadizo. El rostro de la joven mostraba serenidad, y él intensificó el poder de su voz para mantenerla en el halo de embrujo que la protegería del miedo.

Aquella noche, un grupo de cataphiles merodeaba por sus dominios, así que decidió tomar otro camino, más largo pero también más seguro. Descendían, descendían sin detenerse. La música caía sobre Christine como una lluvia de verano. Podía sentir su tibieza ascender por su cuerpo y alcanzar el epicentro de su ser. Apenas era consciente de lo que sucedía a su alrededor, perdida como estaba en el hipnotismo de la melodía. Solo percibía el abrazo de la oscuridad, los flashes de una sombra que no la soltaba de la mano, el aire cargado de ecos. Creía estar soñando con los ojos abiertos.

La voz atenuó su canción misteriosa permitiendo que la joven pudiera asomarse más allá del adormecimiento que el hechizo había provocado en ella.

Parpadeó sin salir completamente de la ensoñación. Sus pupilas tardaron en acostumbrarse a la nueva lactescencia. Ante ambos se extendía un lago cuyas aguas azules se perdían en los confines de la visión. En la orilla los aguardaba una barquita con forma de góndola. No titubeó cuando aquel Caronte sin rostro la ayudó a subir y sentarse. Si aquel psicopompo iba a llevarla directamente al Averno, estaría dispuesta a morir sabiendo que su voz la acompañaría hasta la eternidad.

Él comenzó a remar suavemente, temeroso de romper el hechizo, embriagado de tenerla a su lado. Todo cuanto los rodeaba nacía a través de la música. La melodía, una hermosa nana, dibujaba los contornos de aquel universo atemporal: con cada nota, parecían conformarse las pálidas estalactitas que a veces besaban la tierra convirtiéndose en columnas naturales; con cada giro de la canción, se delimitaban los muros tapizados de musgo que descendían hasta perderse en las profundidades de unas aguas que iban acentuando paulatinamente su fulgor.

Christine entornó los ojos al asomarse con timidez y descubrir que el lago brillaba. Allí abajo, al fondo de aquel Éstige cristalino, habían brotado miles de plantas cuyas hojas refulgían para irradiar luz iridiscente. La luminosidad osaba tocar con sus dedos estrellados cada rincón de aquella enorme gruta y, de repente, un caleidoscopio de colores manó de la bóveda hasta posarse sobre ellos. El vestido rojo de Christine se iluminó de azules, amarillos, violetas, verdes... La joven, temblando al son de la canción de cuna que emergía de los labios de su captor, alzó la vista. Sobre sus cabezas, atados a las estalactitas, colgaban cientos de cristales de colores. Como vidrieras en una catedral subterránea, aquellos fragmentos captaban el brillo de las plantas acuáticas para devolverlo en forma de una explosión de arcoíris.

Sí, definitivamente, estaba soñando. Una imagen tan bella no podía ser real. La música menguó su ímpetu y fue languideciendo hasta posarse en los recovecos de su mente. Christine sintió que los párpados le pesaban, que la gruta se deshacía, que el lago la acunaba. Lo último que vio antes de abandonarse al sueño fue al hombre enmascarado, que se acercaba a ella con tal ternura que cerró los ojos sin perder la sonrisa. Cuando despertó, percibió el opresor peso del silencio. La ausencia de sonido le resultó aterradora incluso después de abrir los ojos. Yacía en una cama de elaborados relieves tallados en caoba. Su vestido rojo contrastaba como sangre fresca con el raso blanco de las sábanas. Un poco mareada, se incorporó para descubrir que se encontraba en el interior de una habitación. O más bien de una caverna decorada a modo de habitación. Una lamparita con forma de fauno reveló con su cálida luz los cientos de libros que se apilaban a su alrededor; el techo, de bóveda vaída, se erguía sobre su cabeza como el caparazón de una tortuga; una mesa del mismo material que la cama reposaba unos metros más allá, atestada de cosas que ni pudo ni quiso averiguar; a su lado, un ramo de rosas blancas descansaba en un jarrón de porcelana con una enorme grieta en su superficie. Pero lo que le hizo ahogar un grito, lo que la obligó levantarse de un salto, fue la escultura que nacía directamente del muro lateral: un esqueleto ataviado con una capa que se ceñía a sus costillas abrazaba a una joven con intención de besarla. La muchacha de piedra, para espanto de Christine, no parecía que deseara eludir el afecto de su funesto amante, sino que le ofrecía los labios con amorosa entrega. La visión de aquella estatua emergiendo de la pared rocosa fue suficiente para activar todas sus alarmas, hasta entonces aún adormecidas.

—Dios... ¿Dónde estoy?

No se atrevía a moverse, pero necesitaba pensar en voz alta. Se pasó una mano por los ojos tratando de calmarse. Recordó vagamente los cuentos que su madre le narraba antes de ir a dormir. En ellos, si un personaje entraba en pánico y no actuaba enseguida, acababa perdido o muerto.

Debía concentrarse.

Primero, se palpó el cuerpo y tragó saliva. El alivio de sentirse ilesa, sin magulladuras ni restos de narcóticos en la lengua fue reemplazado por miedos nuevos.

—Vale, Christine, piensa, piensa. Estaba en la discoteca, ¿no? Regresé a la Schola a media noche, las verjas estaban abiertas. Y entonces esa música, el violín... La voz... —Sintió un leve vértigo—. La voz me guio en la oscuridad. ¿Y luego? Recuerda, por favor, recuerda...

Se retorció la melena con ansiedad. Su mente se había convertido en un rompecabezas de imágenes inconexas.

—Un lago que brillaba. Sí, crucé un lago... —Un frío pulsante le cubrió el cuerpo—. Pero no lo crucé sola. Había alguien. Una sombra...

Volvió a observar cuanto la rodeaba y descubrió que no había ventanas ni puertas. Rozó con la yema de los dedos los muros que delimitaban aquella especie de dormitorio y supo que se trataba del mismo tipo de piedra caliza que la que había visto en sus incursiones al mundo subterráneo.

Respiró hondo. Se encontraba en algún punto bajo tierra. Una punzada de terror se encendió dentro de ella. Comenzó a sentirse como si hubiera navegado a contracorriente hasta precipitarse por el borde de un mundo paralelo. De pronto, su corazón se detuvo unos segundos. Alguien había llamado a la puerta. Tres golpes secos que le provocaron un escalofrío.

No había visto salida alguna. ¿De dónde procedía aquel sonido? Se encogió, con la piel de gallina, y se preparó para lo peor.

Una puerta hasta entonces oculta se abrió con suavidad y entró un hombre. Durante unos instantes, ambos guardaron silencio. Ella, turbada. Él, expectante. Christine observó a su captor. Era muy alto, de complexión delgada pero fuerte. Vestía una camisa blanca de mangas ablusonadas y unos pantalones negros. Unos guantes de cuero le ocultaban las manos, que se adivinaban de dedos largos y huesudos. Y finalmente... la máscara. De una blancura nívea que contrastaba con aquel lugar repleto de sombras, la careta sin facciones escondía todo su rostro y le daba el aspecto de un espíritu. Aquel hombre, a pesar de parecer de otra época, emanaba un aura de poder que le robó el aliento.

La joven percibió una vibración que bien podía ser real o producto solo de su mente. Eran sus propios latidos. Tan fuertes que comenzó a dolerle el pecho. Él debió de ser consciente del estado en el que ella se encontraba porque, casi sin moverse, alzó las palmas de las manos y dijo:

—Por favor, no tengas miedo, Christine. Nunca tengas miedo...

La joven sintió que la verdad, la más pura y absoluta verdad, la embestía hasta invadirla por completo. Trató de reprimir un sollozo. No fue sencillo. Estaba ahí, forcejeando contra su orgullo, ahogando su garganta.

—Tú... —musitó con un hilo de voz.

El hombre enmascarado bajó la cabeza, suspiró y asintió muy despacio.

—Es cierto, Christine. No soy un ángel, ni un fantasma... Soy solo Erik.

La rabia desbancó al miedo y un arrebato de impotencia ascendió hasta nublarle la vista. En su visita a la biblioteca junto a sus amigos, algo en su interior la había advertido de que estaba pisando terrenos movedizos, que los ángeles y los espectros bien podían ser de carne y hueso. Pero había enterrado aquellas dudas tras tantas capas de credulidad que ahora le habían estallado como una mina bajo los pies. Ya no temía por su seguridad, ni por el futuro que le deparaba en aquel enclave bajo tierra. Un único pensamiento sacudía su mente:

—¡Estas semanas han sido una mentira! —espetó en crescendo hacia él y también para sí misma—. ¡Me has mantenido engañada, obedeciéndote como una maldita cría! ¡¡¡Confiaba en ti y eres... eres un fraude!!!

Erik permaneció inmóvil, en silencio, como si aceptara cada uno de sus improperios. Ella le dirigió una mirada de odio, pero ni siquiera pudo vislumbrar unos ojos más allá de la máscara.

—¡Me has utilizado, he sido un juguete y yo...! ¡Mierda, cómo he estado tan ciega!

La voz de su antiguo maestro se revistió de ecos y la hizo pensar en la luminosidad de un sol blanco en invierno.

—Las personas son como juguetes, es verdad. Y una vez que están rotos, deciden romper a otros. —Tras una significativa pausa, añadió—: Yo no soy como los demás. Jamás me atrevería a hacerte daño. Tú misma lo confesaste: amas la música, ambos la amamos. Por eso, gracias a ella, a veces ganamos a la oscuridad. —Ladeó la cabeza y unos mechones de cabello azabache cubrieron parte de la máscara—. Así que, dime, si confiabas en tu ángel, ¿por qué no confías en Erik?

Al cruzarse de brazos Christine percibió la magnética autoridad que revestía cada uno de sus movimientos. Destilaba un misterio inherente, tan arraigado en él que embelesaba del mismo modo que el brillo en los ojos de un lobo antes de atacar a su presa. Y, sin embargo, Christine descubrió que sus manos enguantadas temblaban imperceptiblemente. Tal vez fuera aquel gesto tan humano lo que logró que el pulso de la joven se ralentizara. Inspiró hondo, muy hondo, con la sensación de que sus pulmones jamás acabarían de llenarse.

—Vete. —Christine oyó su propia voz como si estuviese a kilómetros de distancia.

Pensó que él se enfurecería o que intentaría convencerla para que se quedase, pero, en lugar de eso, asintió muy despacio.

—Lo entiendo.

Retrocedió despacio hacia la puerta y se detuvo bajo el dintel. La visión de Christine se centró por última vez en su captor, cuya figura se le antojó similar a la de un extraño dios mitológico. Erik inclinó la cabeza con suavidad.

—Esta es tu casa. No te sientas prisionera, sino mi invitada. Eres libre de salir y descubrir lo que hay más allá de mi habitación cuando quieras.

Christine apartó la mirada, consciente de que aquella máscara seguiría siempre en sus retinas, incluso cuando él se hubiera ido.

Cuando la puerta volvió a quedar oculta, se dejó caer en la cama y procuró recobrar el aliento. Se maldijo mil veces por su estúpida inocencia. Se tenía bien merecido aquel castigo, por creer en los cuentos, en la magia, en las bonitas leyendas que sus padres y su abuela había coloreado cada día para ella.

¡Su abuela! No sabía cuánto tiempo había pasado, pero seguramente ya estaría preocupada. ¿Seguiría siendo la madrugada del sábado? ¿Existiría alguna forma de llamarla? Se cubrió la cara con las manos. Dudaba mucho que Erik dispusiera de un método para comunicarse con el exterior y bien sabía ella que allí abajo no había wifi ni cobertura.

Dio un puntapié en el muro y volvió a tragarse las lágrimas. No era el momento de llorar por su suerte, sino de intentar salir de allí. Se levantó y notó por primera vez la sedosidad de la alfombra bajo sus pies desnudos. Su color burdeos añadía un toque cálido al lugar. Movió los dedos como para insuflarse aplomo y miró a su alrededor en busca de información. Él había dicho que aquella era su habitación, ya era hora de saber cómo era en realidad el ángel de la música.

La escultura del esqueleto y la muchacha acaparó su interés de nuevo. Se trataba de una imagen tan horriblemente bella que era imposible no contemplarla. Frunció el ceño al vislumbrar algo escrito en la base. Se apoyó sobre las rodillas para leer las palabras que había grabadas en la piedra. Parecía tratarse de un poema.

En su himeneo de fuego,
la Muerte y la Doncella,
abrazadas en la noche,
devoran el corazón de la música.

No quiso admitir que eran unos versos cautivadores. Sopesó brevemente su significado antes de darse por vencida y echar un vistazo a los libros que había apilados por toda la estancia. Descansaban en diversas estanterías con forma de árbol, pero también en el suelo, desde donde ascendían hasta rozar la bóveda.

—Veamos qué te gusta leer... —susurró.

Quizá, si descubriera que todos aquellos ejemplares tenían algún tipo de relación, podría adivinar algo más acerca de su carcelero. Cerró los ojos al pensar en esa palabra. «Carcelero.» Él le acababa de decir que era totalmente libre de visitar el resto de la casa, que era su invitada. Si quisiera hacerle daño, ya se lo hubiera hecho, desde luego. Cualquier pervertido hubiese aprovechado su indefensión para coaccionarla, forzarla o torturarla. Mantuvo los ojos cerrados incluso cuando sus párpados comenzaron a temblar.

—No... —dijo con voz ahogada—. Él no haría eso.

Inmediatamente se recriminó haber dicho eso. ¿Acaso lo estaba defendiendo? ¿En qué diablos pensaba?

Se dispuso a escrudiñar algunos tomos tratando de afianzar sus ideas. Alargó una mano para rozar los numerosos lomos.

—*El hijo del diablo, Las olas, El barril de amontillado, La noche de tus ojos, Frankenstein, Cyrano de Bergerac, El violín negro, Nuestra Señora de París, De profundis, La ladrona de libros, Fausto, Las flores del mal, Ricardo III*... —Se agachó para inspeccionar otros títulos sobre arquitectura, música, ciencia, arte, magia e historia—. Ahora comprendo por qué parece tan culto al hablar y por qué me asombraba su sabiduría siendo un ángel...

Al incorporarse, puso los brazos en jarras.

—Aun así —reflexionó un tanto desconcertada—, su voz ya no me parece tan adulta. Estoy segura de que es muy joven.

Las rosas blancas distrajeron su atención unos instantes. A diferencia del jarrón que las guardaba, lucían preciosas. Grandes, de pétalos aterciopelados. Su aroma impregnaba la habitación salpicándola de notas dulzonas y frescas.

De repente se le antojó que todo era acogedor a su manera. Aquel pensamiento la horrorizó tanto que lo deshizo con rapidez para dirigirse a la mesa de caoba. Innumerables partituras y plumas estilográficas la invadían. Un pisapapeles con forma de la diosa egipcia Isis hacía guardia en un extremo junto a una ilustración a escala de la academia y una pequeña linterna de mano. Bajo los folios se adivinaban algunas protuberancias, así que decidió apartarlos. Sus pupilas se dilataron al descubrir varias cartas del tarot colocadas en fila. Se inclinó para leer los encabezados en el orden en el que se encontraban: La justicia, La rueda de la fortuna, El fuego, Los secretos, Los amantes, La traición, La muerte. Había oído hablar de algunos de esos símbolos, pero la mayoría le resultaron confusos, tanto como lo eran las imágenes que los acompañaban. Se preguntó, avivada por una creciente ansiedad, si aquellas cartas estarían dispuestas con un propósito concreto o bien su dueño las había dejado así al azar. Cerca de ellas reposaba un libro muy extraño. La cubierta, jaspeada en tonos grises y azules, estaba adornada con una filigrana plateada a modo de pluma. En el centro, una piedra de luna redonda engarzada en un diminuto marco de hebras de bronce.

Christine lo tomó entre las manos y lo abrió con cuidado. La primera página mostraba el dibujo de un ángel macabro. Las alas que portaba a las espaldas estaban rotas y el rostro, deliberadamente oculto tras una venda, parecía exudar lágrimas de sangre. La figura estaba maniatada de brazos y pies en una postura de protección bajo un cielo tachonado de espadas a punto de caer. En el dibujo podían distinguirse unas palabras escritas a mano:

Mis pensamientos me han destruido más de lo que podrían hacer miles de espadas. ¿Pueden vencerme las guerras de mi mente?

Un estremecimiento heló cada una de sus terminaciones nerviosas. Sin saber si hacía lo correcto, pasó a la página siguiente. Ante sí, una hermosa mujer de cabellos ornamentados con diminutas mariposas sonreía con los ojos cerrados. En las mejillas llevaba una corchea dibujada.

Christine dejó de respirar. Era ella. Sus rasgos, aquellos hoyuelos, el lunar con forma de media luna en el cuello, el pelo ondulado en las puntas, aquella boca con el labio inferior más grueso que el superior... Estaba segura. La mujer de la ilustración era ella.

—Dios mío...

No había nada obsceno en su pecho desnudo. Al contrario. Todo el dibujo había sido creado con unos trazos tan sutiles y suaves que poco o nada tenían que ver con el ángel siniestro que encabezaba aquel libro. En el lado izquierdo, encima del corazón, se vislumbraba la silueta de una cerradura. La mujer, su *alter ego*, tenía las manos alzadas formando un cuenco. En ellas descansaba una llave. Notó los dedos sudorosos al leer otra nota manuscrita.

> *Encuentro fragmentos de ti en cada música que escucho, en cada partitura que escribo... Si hay algo que haya hecho bien en mi vida es entregarte mi corazón con un candado abierto...*

Varios dibujos más decoraban el interior de aquel diario improvisado, pero Christine no tuvo fuerzas para examinarlos. Algo en su subconsciente le decía que había captado el mensaje de todos ellos. Su ángel de la música era en realidad un hombre perdido que había depositado en su alumna un consuelo esperanzador. Y, sin embargo, nada de eso explicaba quién se ocultaba tras la máscara, el porqué de su engaño, la inexplicable magia de su voz o la razón de que la hubiera llevado a aquel lugar.

Se volvió hacia la puerta escondida y contrajo los labios. Solo existía una forma de saberlo.

16

La soledad ya no está sola

«Cuando le digo que no puedo hacer otra cosa que despreciarlo si no me devuelve esa libertad que me ha robado, él me la ofrece... Pero me veo obligada a recordar que, aunque no es ni fantasma, ni ángel, ni genio, sigue siendo la voz.»

GASTÓN LEROUX,
El fantasma de la ópera

Los delicados acordes de un piano le ofrecieron el último arrebato de valentía que necesitaba para salir. Ante sí se extendía una estancia amplísima y a diferencia del dormitorio, no parecía que hubiera más habitaciones cerradas. Aquella morada subterránea conformaba un todo indivisible repleto de recovecos y detalles por descubrir.

Avanzó con prudencia sintiendo los pinchazos del miedo y de la adrenalina clavársele en cada poro de la piel.

La música del piano la envolvía bajo un fino tul tejido de confianza. Alzó la vista para contemplar el techo. Sus nervaduras confluían en una lluvia de arcos que convergían en el suelo. Era como estar en una pequeña capilla, salvo que la decoración suponía un extraño espejismo de extravagancia.

De uno de los epicentros de aquella bóveda de crucería pendía una lámpara cuya luz arrancaba singulares destellos por doquier. Christine entornó los ojos. La lámpara estaba confeccionada a partir de la raíz gigantesca de un árbol y sobre ella colgaban unas bombillas de un tibio color ambarino. Unos pasos más allá, observó dos columnas que servían de entrada a otra estancia. No pudo evitar fijarse en sus respectivos ábacos, donde reposaban un escorpión y un saltamontes de cristal. Eran muy hermosos, pero no se atrevió a tocarlos. En lugar de eso, echó un vistazo al interior de aquella especie de absidiolo. Cuando sus ojos se adaptaron a la luz, distinguió un objeto, posiblemente un mueble, oculto bajo una cortina roja. A su lado, decenas de máscaras revestían la pared central. Apoyada en una de las columnas, Christine no salía de su asombro. A excepción de las célebres tiendas de Venecia, nunca había visto un lugar con tantas máscaras. Con forma de diablo, de gato, de dragón, caretas de arlequín con la característica lágrima negra, otras oscuras hasta el extremo de no distinguir las aberturas para los ojos, rojas como un tizón encendido, doradas, con dibujos de escarabajos, de constelaciones, de rosas de los vientos... Incluso con pedrería colorida.

El piano inició un giro armónico que la atrajo de nuevo hacia él. Regresó a la estancia principal y siguió caminando muy despacio. Vio un maniquí con el rostro tan destrozado que le resultó imposible reconocer los rasgos. Acto seguido pasó junto a un muñeco cuyos miembros habían sido separados: cabeza, piernas, tórax y brazos pendían de unos hilos casi invisibles. Le sobrevino un escalofrío al descubrir que los ojos habían sido arrancados de la cabeza y que en su lugar solo habitaba un horrible vacío. Los trozos del muñeco se balancearon brevemente cuando avanzó para dejarlos atrás.

Se detuvo ante un cuadro enmarcado y alargó una mano para rozar la figura de uno de los personajes retratados. Eran Odette y Rothbart, no cabía la menor duda. Pero entre aquella imagen pintada al óleo y el ballet que ella conocía existía una gran diferencia: el brujo lloraba a los pies de la princesa. El dolor traspasaba su monstruosa cara. Y Odette, la frágil y dulce Odette, permanecía serena mientras dirigía a su captor una mirada de comprensión redentora. Los rasgos de la bailarina no le resultaron del todo desconocidos, pero no tuvo tiempo de preguntarse el porqué.

Restaban otras cavidades más por ver, pero la música procedía de la más cercana. La joven hizo acopio de valor y entró. Erik se encontraba en el centro de una habitación ornamentada con innumerables velas. Sus diminutas llamas parecían lanzar un hechizo de claroscuros al compositor, que tocaba en un suave estado de trance. Varios instrumentos poblaban el lugar como amigos que se hubieran reunido para ver componer a un maestro querido. Sin embargo, la música no era la única que le hablaba a sus sentidos. Los muros, garabateados con miles de notas, componían un caos dramático que solo su creador podía interpretar. Erik se había quitado los guantes y sus manos, de dedos extremadamente finos, recorrían las teclas del piano de cola como si estuviera acariciando un cuerpo ávido de su contacto. Christine se fijó en el anillo de plata que destellaba en su índice izquierdo. En el centro reposaba una piedra negra, tal vez un ónix.

Hechizada por aquella imagen del hombre sin rostro, era incapaz de parpadear. Cuando la melodía se interrumpió de repente, la realidad se abatió sobre ella con tal fuerza que sintió que un ligero hormigueo le trepaba por el estómago.

—Lo siento —dijo él, que alzó la cabeza. Su máscara blanca se llenó de sombras herederas de la luz de las velas—. Debería haberte dejado descansar.

El silencio se instaló entre ambos.

—No hay espejos —murmuró la joven—, ni fotografías.

Erik no se levantó del taburete. Posó las manos sobre el cubreteclado y asintió.

—Lo has notado. —Su voz, amortiguada por la máscara, sonó un tanto risueña—. Serías buena compañera de Robert Langdon... ¡o de Rouletabille! —rio, desenfadado —. Los espejos no muestran cómo somos en realidad y las fotografías tampoco. No necesito ninguna de las dos cosas aquí, en mi palacio de la música.

—¿Y qué necesitas?

—A ti, por supuesto.

Christine apretó los puños. Le dolía su encanto, la educación y el misterio de los que ya hacía gala cuando jugaba a ser un ángel. No estaba preparada para algo así.

—¿Por eso me has engañado? ¿Para traerme a este lugar?

Erik se volvió de nuevo hacia el piano, y ella agradeció mentalmente que no se levantase. Mientras estuviera sentado, se sentiría más segura, más fuerte.

—No —contestó él en tono pensativo—. No lo había previsto.

—Entonces ¿por qué? ¿En qué momento decidiste disfrazarte de ángel?

—El ángel de la música siempre ha sido real. Para ti lo fue, Christine. Y eso me basta.

Captó el dolor en su voz, y una parte de ella se derrumbó al recordar las últimas semanas. Habían sido maestro y alumna. Custodio y creyente. Música y milagro.

—Por favor —dijo al fin—, quiero saber la verdad. Me lo debes.

Temió que él se impacientara o que guardase silencio. No lo hizo.

—Fue tu voz. —A la luz de las velas, su máscara parecía tener vida—. La primera vez que la oí estabas en las catacumbas. No sé qué te impulsó a cantar, pero cada día doy gracias de que lo hicieras. Jamás había oído nada igual. Era perfecta, dulce y poderosa a la vez, y sin embargo... también sentí tu sufrimiento. Estaba dentro de ti, devorándote, desgarrándote. —Calló durante unos instantes. Cuando volvió a hablar negó con la cabeza—. Me prometí que te olvidaría y, aunque tu voz reaparecía todo el tiempo en mi mente, te aseguro que ese fue mi propósito —dijo, y acto seguido abrió la palma de la mano derecha, como si revelase un truco de magia—. Pero supongo que el destino juega muy bien sus cartas. Sí... nunca hay que subestimar al destino. Al día siguiente te vi en la Schola. ¿Fue una casualidad? En ese momento no lo dudé. Ensayabas para *El pájaro de fuego*. Quise saber si realmente amabas la música, si ese dolor en tu voz, en tu cuerpo, era real, y te dejé la rosa en la taquilla. Fue sencillo, ya sabes que puedo estar en todas partes. Cuando vi tu rostro entendí que algo grave te había sucedido. Te seguí hasta la Sala Kraus, fui testigo de la trampa que te tendió aquella chica...

—Y me viste correr hacia la Sala Tchaikovsky.

—Sí.

Christine recordó aquel día como si hubiera transcurrido el día anterior. El miedo, la angustia, la desesperación, la mano aferrando la manilla de la ventana.

—Dios mío...

—No podía dejar que ocurriera. Quería protegerte, enseñarte. —Suspiró brevemente antes de añadir casi para sí mismo—: No sé lo que quería en realidad. Vi la muerte en tus ojos, pero también sentí la pasión que te esperaba enterrada bajo mil inseguridades. Un ángel no abandonaría a alguien así.

—Pero no me conocías. Era una completa extraña.

—Sí te conocía, Christine. Y aún te conozco. —Inclinó la cabeza—. Te conocí el primer momento en que te escuché. Porque somos iguales. Por eso estamos aquí, juntos, esta noche.

Se levantó y se acercó a ella despacio, majestuoso.

—Cuando uno vive siempre en la oscuridad, ser un ángel para otro ángel supone mirar directamente al sol. Y nunca me arrepentiré de haberlo hecho porque... porque...

—Te enamoraste de mí. —Christine contuvo la respiración, lo tenía tan cerca que creyó poder percibir los latidos de su corazón.

—Sí. No. —El rostro enmascarado se mantuvo inmóvil—. No lo sé. Jamás he sentido algo así.

El silencio tembló entre ellos.

—¿Cuánto tiempo estaré aquí?

Tenía muchas preguntas más estallando en su mente, pero quizá aquella fuera la más directa. Erik contestó con dulzura.

—Solo unos días. Tal vez sea tiempo suficiente para demostrarte que el ángel de la música no ha muerto del todo. Y bien —añadió en un tono más jovial—, ¿te apetece desayunar?

Contrapunto

Erik

Espero que no me odie. Tampoco quiero su compasión. Pensé que al llevarla a mi mundo y traspasar las fronteras que nos separaban todo sería más sencillo... más real. Pero no tuve en cuenta sus sentimientos. Puede que no me parase a pensar si ella, en el fondo, deseaba que su ángel fuera únicamente eso, un espíritu bondadoso al que acudir cuando todo lo demás fallase. Existe un hombre bajo esas alas, un hombre tan desesperado que no dudó en girar el espejo cuando vio el fuego en los ojos de su alumna.

Hay una leyenda que narra cómo los ángeles poblaron la tierra en los comienzos de su creación, que se enamoraron de los humanos e incluso renunciaron a su divinidad a cambio de estar con ellos. Si hasta los ángeles tienen derecho a ofrecerle su corazón a alguien, ¿por qué yo no?

Cuando ayer regresó a la academia creí verlo claro. Los dos estábamos perdidos, nos necesitábamos, nos complementábamos. Me emborraché con su sonrisa, con su cuerpo danzando al son de mi voz, y por un momento soñé que todo era posible. Ahora mi seguridad zozobra al leer el miedo en sus ojos. Me gustaría decirle que comprendo cómo debe de sentirse, pero que no había otro camino para acercarla a mí. La gente normal tiene citas, quedan para tomar algo, ir al cine o a bailar. Yo nunca he hecho nada de eso. Mi vida ha sido la música, los libros, la oscuridad, estos muros, mi propia desolación. Estoy tan confuso como ella, y, sin embargo, no puedo dejarla marchar todavía. Quiero tener la oportunidad de saber si lo que siento es auténtico y de demostrarme a mí mismo que esta máscara es solo un trozo de tela. Esta máscara no soy yo, esta máscara no oculta la felicidad que noto en el pecho cuando Christine está cerca.

Por favor, que no me tema, que confíe en mí... porque solo soy un fantasma que desea arañar un poquito de esperanza.

Christine

Siempre había pensado que Perséfone, la diosa griega, fue una tonta al comerse aquellas semillas de granada en el inframundo. Esa decisión le costó la libertad. Pero quizá Perséfone estaba tan hambrienta como lo estoy yo ahora mismo. He percibido como Erik respiraba de alivio al verme probar un cruasán. No ha escatimado en nada: tostadas, mermeladas, zumo de naranja, de pomelo, leche, cereales, incluso barritas de chocolate. Y la vajilla es preciosa. Me siento como una invitada de honor en un palacio bajo tierra. Cuando me ha dicho que hoy, sábado por la mañana, tendría ropa nueva casi me atraganto. Sé que está haciendo todo cuanto puede para agradarme, pero es difícil no sentirse intimidada por alguien como él.

No puedo dejar de pensar que, a pesar de todo, es mi ángel. Le confié mis temores, mis alegrías, mis sueños, mis pasiones... ¡mi vida entera! De pequeña, el ángel era mi fantasía más preciada. Era como yo quería que fuese. Dulce, misterioso, tierno, deliciosamente oscuro... Y ahora se ha convertido en mi punto débil.

Tal vez si le demuestro que puede confiar en mí me deje salir. Podría intentarlo. Ha mencionado que me vio por casualidad en la Schola, así que este lugar no debe de quedar muy lejos de allí. Pero, aun así, desconozco en qué punto y a qué profundidad nos encontramos. Sería un suicidio tentar a la suerte por mi cuenta.

Cuando me termino el cruasán y apuro el zumo de naranja, escucho una leve risa del hombre enmascarado, que me observa mientras realiza una tarea tan liviana como recoger los platos. Lo miro, interrogándolo con los ojos.

—Este desayuno es mejor que unas semillas de granada, ¿no te parece?

Me quedo muy quieta. ¿Acaso puede leer el pensamiento?

—No te preocupes, por aquí no pululan almas en pena ni verás a Fluffy custodiar la Piedra Filosofal, prometido.

Ni siquiera soy consciente de mi reacción hasta que Erik ladea la cabeza y asiente.

—Bien —dice satisfecho.

—¿«Bien»? ¿A qué te refieres?

—A que te he arrancado la misma sonrisa preciosa que me ofreciste cuando nos conocimos.

Raoul

La he perdido. Joder. La he perdido. No importa cuántas veces la llame, sé que no contestará al móvil. Tiene el orgullo herido, pero al menos tiene orgullo. No como yo.

Soy un completo gilipollas. Sin querer, y juro que ha sido sin querer, he recurrido al viejo truco de que su voz podría interesar a mi padre. Y no contento con eso, va y la invito al Vip Room, donde todos me conocen, a mí y a mi familia. Genial. Sencillamente perfecto. Raoul, esta vez te has lucido. Justo cuando parecías interesarte de verdad por alguien, cuando sentías que ella podía ser quien marcara la diferencia, metes la pata hasta el fondo.

Y ahora te estás consumiendo en tu habitación devanándote los sesos para intentar poner remedio a este lío que has montado tú solito. Si al menos supiera dónde vive, o dónde ha ido a estas horas de la noche...

¿Qué habrá querido decir con «al único lugar del que nunca tendría que haberme ido»? No tengo ni idea, pero apostaría cualquier cosa a que tiene que ver con ese profesor del que me ha hablado. Si tengo que competir con alguien que le produce un efecto así de fuerte, me temo que será difícil recuperarla.

Sin embargo, primero debo poner mis pensamientos en orden. Raoul, esto no es un capricho, ¿no? Es decir, ella te importa lo suficiente para aguantar y esperar, ¿verdad? Más te vale, porque nos vamos conociendo, amigo, y sé que no sabes perder.

17

La luz de unos labios

> «Me acerqué a él, atraída, fascinada, encontrándole encantos a la muerte en medio de una pasión como aquella.»
>
> GASTÓN LEROUX,
> *El fantasma de la ópera*

—Me has llamado a las seis de la mañana y he contestado, me has pedido ropa nueva y te la he traído. Ahora quiero saber qué está pasando, Erik.

Sin querer, él desvió la vista hacia su dormitorio. Tras la puerta cerrada, Christine dormía ajena a la conversación con su madre.

—¿Qué te hace pensar que pasa algo? Eres demasiado suspicaz, ¿lo sabías?

Madame Denize hizo un gesto de impaciencia con las manos.

—«Suspicaz.» Vaya, esta es nueva.

Erik se cruzó de brazos y permaneció en silencio.

—No quería decírtelo, sé de sobra que cualquier información es peligrosa en tus manos —Mireille adoptó un falso aire amable—, pero hace escasamente media hora Gerard me ha llamado para decirme que en su turno de limpieza ha encontrado un abrigo, un par de zapatos rojos y un bolso en el pasillo central del tercer piso de la Schola. ¿No te suenan de nada?

—¿Qué demonios tengo yo que ver con eso?

—Por Dios, Erik, en el bolso he encontrado el DNI de Christine. Gerard siempre me ha tenido un respeto especial, supongo que por la bailarina que fui en otros tiempos, y no comentará nada con el director. Pero esa chica lleva semanas comportándose de un modo poco habitual. —Madame Denize parecía hablar consigo misma—. Ha mejorado de la noche a la mañana, no todos se han dado cuenta, pero yo sí. No tenía pasión, ni deseos de bailar y ahora... Mierda, Erik, en mi última clase rezumaba éxtasis, desde el pelo hasta la punta de los pies. ¿Crees que no veo lo evidente? ¿Los sustos a los alumnos, los accidentes de los profesores, mi aumento de sueldo, las notas amenazadoras, el hecho de que Christine sea solista en la gala de Navidad?

—Christine está bien.

—Por amor de...

—Bajo mi cuidado.

—¿Quién te ha dicho que necesite tu protección? ¿Quién crees que eres para traerla aquí?

—Cálmate.

—¿¿¿Que me calme???

—Si la hubieras visto como yo lo hice..., si hubieras sabido ir más allá..., la habrías ayudado desde el principio. Eras una bailarina excepcional, pero no tienes madera de profesora.

—No es un ratoncillo o una cría de murciélago a la que puedas curar y devolver cuando te plazca, ¡tiene una vida!

Erik asintió.

—Y ahora formo parte de ella.

—¿Y te sientes bien, realizado, orgulloso, que encajas como la puñetera pieza de un puzle? —Mireille calló de pronto para mirar a su hijo con un halo de tristeza repentina en los ojos—. Erik...

Él no se movió, pero su voz sonó herida.

—Nadie me ha querido por quien soy en realidad. Ni siquiera tú. Tengo derecho a intentarlo. Merezco intentarlo. Ella... confío en que ella sepa ver qué hay tras mi piel, como yo vi su alma a través de su voz.

Su madre suspiró mientras se pasaba una mano por la frente.

—Déjala ir, Erik. O nos pondrás en un aprieto a los tres.

—Sigues pensando que soy un monstruo. Voy a demostrarte que te equivocas. La dejaré ir, por supuesto. Y ella querrá regresar.

Mireille apretó los labios.

—No te ayudaré con esto, lo sabes, ¿verdad?

—¿Acaso me has ayudado alguna vez?

—No seas injusto...

—Querrá regresar —repitió como una sentencia.

Cuando Mireille se volvió para marcharse, Erik reprimió un grito al tiempo que daba un golpe seco en el muro. El cuadro de su madre ataviada de Odette tembló como una señal ominosa.

Estaba de espaldas cuando Christine entró en la estancia. No obstante, sintió su presencia sin tan siquiera volverse para mirarla. Pausó la película.

—Te has despertado, bella durmiente —dijo con una complicidad hermosa—, y sin la ayuda del beso de un príncipe...

La joven se había cambiado y ahora lucía un jersey color

índigo y unos tejanos. Cuando despertó agradeció tener ropa nueva, como si hubiera abierto los ojos en plena mañana de Navidad. Se adentró en la habitación y la contempló con una expresión de asombro.

—Cedés, deuvedés, *blue rays*, tres aparatos de música, una tele... —enumeró sorprendida—. Pensé que...

Erik se rio, divertido.

—No soy el prisionero de Azkabán, no del todo, al menos. Ven, ¿te apetece verla conmigo? Está terminando, pero... —Su voz, siempre cautivadora, contrastaba con aquella nueva máscara negra.

Christine avanzó muy despacio hacia el sofá de color crudo y se sentó en la plaza libre, frente a una mesita de centro donde reposaba una lámpara de aspecto extraño. Él relajó los músculos, aliviado, y reanudó la película.

—*V de vendetta* ... —murmuró la joven.

Erik permaneció en silencio. Daba la sensación de que estaba abstraído en la televisión de plasma, pero, de alguna forma, Christine sabía que estaba pendiente de ella. La estancia se hallaba únicamente iluminada por la luz de la pantalla y sus sombras, siempre cambiantes, los envolvían como espectros. Christine contuvo el aliento durante la escena en la que una torturada Evey alza los brazos temblorosos hacia la lluvia. Tras el falso encarcelamiento, V la deja libre y, gracias a su fuerza, valor y resistencia, la protagonista queda doblemente liberada, también de su propio miedo. V no confiesa lo que siente por la chica hasta que es consciente de que su vida está a punto de terminar, pero en ese momento, tras mucho sufrir, y una enseñanza disfrazada de mentiras, Christine comprende, como si de una revelación se tratara, que V guía a Evey, la ayuda a canalizar sus sentimientos desviándolos del dolor y el temor para descubrirle el mayor poder que puede tener una persona: la confianza en sí misma y la determinación ante cualquier adversidad. V no es un maníaco como la protagonista cree. No arrasa con todo sin importarle nada. V protege a quien sufre, teme y odia porque él también ha sufrido y comprendido de lo que es capaz el poder del odio y el miedo.

Christine notó cómo se le aceleraba la respiración. La película se pausó de nuevo. La imagen enmascarada de V ocupó toda la pantalla. Erik volvió la cabeza hacia ella y le preguntó preocupado:

—¿Te encuentras bien?

—¿Por qué *V de vendetta*? —contraatacó con otra interrogante.

Siguieron unos segundos de silencio en los que él pareció pensar en las implicaciones de aquella pregunta. Al final se volvió otra vez hacia la joven.

—¿Es que no te gusta?

Christine tuvo un breve *flashback* de sí misma años atrás viendo aquella película en el cine con sus padres. En su propia proyección personal se vio llorando cuando la protagonista, en aquella celda de mentira, lee una carta muy real escrita por una muchacha que ha sufrido toda clase de vejaciones por su condición sexual antes de ser asesinada por seguir confiando en su corazón; se vio sonriendo a pesar de las lágrimas cuando Evey renace a través de la lluvia redentora; se vio mordiéndose el labio inferior cuando besa a V a pesar de su máscara. Claro que le gustaba aquella película. Pero contenía tantos símbolos latentes que quería averiguar cuál de ellos la unía a Erik. Para responder a su pregunta, le hizo un mohín que él entendió a la primera.

—Suelo verla para recordarme que las personas pueden odiar, sufrir, incluso morir, y luego levantarse y seguir luchando.

Christine parpadeó un tanto confundida. Había creído que la respuesta sondearía otros detalles más evidentes como que ambos vivían bajo tierra, llevaban máscara y anhelaban algo que tal vez nunca tuvieran. Con cuidado, decidió seguir tanteando el terreno.

—Pero V no tiene ningún derecho sobre Evey. La tortura, le miente.

—Odio esa parte —la interrumpió Erik—. Comprendo a Evey cuando se enfrenta a V tras descubrir la verdad. Ni siquiera yo sé qué hubiera hecho en su lugar. Aun así, nunca he dudado que V la amara, que hizo lo que hizo por amor. La liberó a través del engaño, pero sigue siendo una liberación. Evey es la heroína de la historia. Se venció a sí misma para vivir sin miedo. Ese es el gran mensaje.

Christine sintió reverdecer la punzada de una sensación indefinida en su pecho. Miró con detenimiento la máscara negra que se diluía en las sombras de la habitación y pensó que aquel hombre poseía una especie de campo gravitacional que tiraba de ella. Carraspeó antes de atreverse a ir más lejos.

—Puede que en el fondo V sea un monstruo, como ella dice, que la sociedad terminara con lo bueno que hay en él y solo busque venganza, nada más.

Erik comenzó a juguetear con el mando del reproductor, y la joven supo que había dado en su punto débil. Se preparó para la respuesta. La máscara se volvió hacia ella lentamente.

—El mundo no siempre necesita otro héroe. —Se produjo una pausa—. A veces lo que necesita es a alguien a quien no le importe traicionar al mundo si este le da la espalda.

—No siempre tiene por qué ser así.

—Sí cuando lo que te rodea es oscuridad. Al final esta se acaba convirtiendo en la única luz dentro de ti. Solo así puedes continuar caminando. Quizá V lo sabía.

Un dolor inmenso traspasó las defensas de Christine. No podía recordar el número de ocasiones en las que había pensado algo parecido y, paradójicamente, su ángel la había convencido de lo contrario. ¿Qué secretos escondían la máscara y su portador? ¿Por qué decía aquello con tanta seguridad? No se dio por vencida.

—La oscuridad puede llevarte a la locura o a cometer cosas horribles, como matar a quienes se acercan a tus límites.

Erik cerró los puños. Cuando contestó, se irguió en el sofá.

—Christine, ¿crees que no estoy entendiendo tu juego de dobles sentidos? Entregaste tu confianza a un ángel, pero era yo quien la recibía. —Suspiró como si estuviera agotado—. Parece que sigue habiendo una diferencia.

Vio como ella bajaba la cabeza para acto seguido volver a desafiarlo con aquella mirada de niña valiente.

—Te refieres a los cataphiles, y no, no he matado a ninguno.

—Ya sé que lo que ocurre en la Schola es cosa tuya. Pero ¿y los desaparecidos? ¿Y el chico del vídeo? Tú eres el fantasma del que todos hablan.

Erik alzó el rostro enmascarado y apoyó la nuca en el respaldo del sofá como si de repente estuviera exhausto. O impaciente.

—Solo protejo mi hogar. Cuando esos chicos se acercan demasiado considero lícito un poco de intimidación para alejarlos definitivamente. Después ni siquiera se acercan a una alcantarilla, te lo aseguro. Borran sus huellas en internet y se desentienden de sus amigos catas. O se pierden ellos solitos.

El rictus de Christine volvió a mostrar desconfianza.

—Mi laberinto está creado a mi imagen y semejanza: retorcido, mágico, endiablado si la ocasión lo requiere, hermoso a su manera...

La joven frunció el ceño. ¿Qué diablos quería decir todo aquello?

—Sí, Christine, he moldeado estos subterráneos a mi antojo. Sus muros, esquinas, placas que señalan las calles..., todo me obedece. Podría decirse que he tenido una vida entera para embellecerlo a mi gusto. No he matado a nadie, créeme. Pero mi laberinto, a veces, se defiende. Y los incautos que se atreven a ir muy lejos de repente descubren que no hay salida.

Christine sintió un escalofrío. De alguna forma sabía que estaba sonriendo tras la máscara.

—Eh, sería una pena que el hijo de Dassary decidiera regresar, ¿no te parece? —Soltó una risa jovial, espontánea—. Yo si fuera él no me arriesgaría a perderme por aquí.

Al ver la expresión de la joven levantó las manos.

—Solo estoy bromeando. Mi laberinto y yo no interferimos más de lo que nos conviene. Las leyendas urbanas siempre sobreviven, pero el miedo a lo desconocido hace el resto. Además, los cataphiles son los que menos me preocupan. No son pocos los rateros y delincuentes de poca monta que últimamente suelen ampararse en los subsuelos...

De pronto todo parecía abierto a la duda. La cabeza de Christine estaba a punto de estallar. Tras el rapto, se había concentrado solo en ver a Erik como una amenaza. Era más fácil pensar que debía sentirse acorralada, preparada para cualquier agresión. Se suponía que él tenía que ser malvado y que ella tenía que defenderse. ¿Y ahora? ¿La historia del laberinto cambiante era cierta o solo una de sus extravagancias? Procuró que su voz no temblara al hablar.

—Debiste de creer que estaba como una cabra cuando me viste cantar en la *Tombe de la musique*.

Erik ladeó la cabeza, como si no la comprendiera.

—Al escucharte recibí la señal que llevaba esperando mucho tiempo.

—¿«La señal»?

—De que mi música y yo no estamos solos. Es curioso, los demás te observaban extrañados, pero no te veían. Tu voz hablaba desde lo más profundo de tu ser, ¡y nadie se daba cuenta! Supongo que descendéis a los subterráneos para escapar de los miedos de la superficie cuando en realidad queréis escapar de vosotros mismos. —Su tono sonaba calmado, casi como si se tratara de una dulce disculpa—. Yo no puedo subir, ni tampoco huir de mi propio subterráneo. —Se señaló el pecho con la palma de la mano derecha abierta—. Por eso me quedo aquí. En tierra de nadie. Como una semilla plantada muy muy hondo. Y también por eso escuché el grito de ayuda que lanzaste en forma de canción.

La habitación se llenaba de emociones a cada segundo, rápidas mariposas nocturnas que ninguno de los dos podía detener. Christine apoyó la pierna izquierda sobre el sofá, y ante su proximidad, él pareció tensarse.

—Quiero preguntarte algo más...

—Lo que quieras.

Tomó aire, como si se dispusiera a realizar un salto mortal.

—¿Qué sentías al verme tras el espejo?

Erik no dudó un solo instante en responder.

—Esperanza, frustración, anhelo, impotencia, alegría, rabia, ternura, lujuria, desesperación. —Repitió una palabra—: Esperanza.

La voz de ella se quebró levemente al preguntar:

—¿Qué sientes ahora?

—Miedo. Nunca había tenido a nadie a quien querer y por tanto a quien perder...

Y, entonces, todo dentro de Christine se encendió y apagó a un tiempo. Se sentía poderosa y frágil; fuerte y temerosa; ingrávida y plúmbea, olvidada y encontrada. Quería reír, quería gritar, quería llorar, quería tocarlo, sentir su piel de una vez para saber si aquella locura que ardía en su cuerpo era real.

—Bueno —dijo al fin dibujando una sonrisa—, puede que no solo tú seas una semilla, puede que... a los dos nos hayan plantado tan profundo que nos cueste germinar.

Un latido de más cuando Erik rio suavemente. Un latido como un trueno.

—Ya habías germinado, Christine, pero no lo sabías.

—Si lo he hecho es gracias a ti.

—No. Lo has conseguido tú sola.

—¿Estando a kilómetros bajo tierra? —suspiró ella de forma amarga.

—Eh, incluso sin sol, una semilla siempre lucha para abrirse paso.

Christine lo miró triste e incrédula.

—¿No me crees? —dijo Erik—. Atenta.

Apagó el televisor y la estancia se sumió en las tinieblas. Durante unos segundos escucharon sus respectivas respiraciones. Una inspiraba trémulamente; la otra seguía serena y tranquilizadora.

Christine no se atrevió a moverse. Percibió que Erik se aproximaba y se quedó muy quieta esperando el inevitable contacto físico. Una mano helada se posó en la suya, y la joven dejó escapar el oxígeno que contenían sus pulmones. Una parte de ella estaba aterrada, y sin embargo se resistía a negar que había deseado que él diera ese paso. Estaba tocando a un ángel.

El aire en la habitación se tornó casi palpable. La oscuridad relampagueaba en todas partes. En sus pulsos, en el temblor de sus manos, en sus poros erizados, en el vértigo de sus alientos.

Erik, en perfecto silencio, guio su mano hacia delante con

delicadeza hasta posarla sobre un interruptor diminuto. Y la magia cobró forma. Unas siluetas hermosas de luz hendieron las tinieblas y comenzaron a danzar en círculos, bañándolos con su resplandor de fuego. Christine lanzó una exclamación de sorpresa y miró a su alrededor embelesada. La lámpara que había vislumbrado al entrar era una linterna mágica que proyectaba diversas figuras formando un caleidoscopio donde ellos eran el eje central.

—¿Lo ves? —Erik rio como un niño—. En esta habitación no hay bombillas ni velas, pero sigue ocultando una luz secreta, como una semilla o como nosotros, ¿a que sí? —Hizo un inciso para añadir en tono misterioso—: O tal vez te haya engañado y estemos en otra dimensión.

—¿En serio? —rio ella.

—Y tanto. Tal vez estemos en el otro París.

—¿Hay otro París?

—Por supuesto. Cuando Neil Gaiman escribió *Coraline* sabía lo que hacía...

Ambos rieron. Risas sinceras, genuinas, extraños sonidos bajo las sombras de las catacumbas.

—Y entonces —prosiguió Erik—, en esa dimensión, yo sería tu mejor amigo. Todos los protagonistas deben tener uno, ¿no?

Christine no podía desviar la mirada de la máscara. La buscaba. La esquivaba. La buscaba de nuevo. Sonrió con complicidad.

—Mi otro mejor amigo, querrás decir —respondió siguiendo con el juego de la historia de Coraline.

—Me conformo con eso.

Su mano permanecía sobre la de ella, pero Christine se percató de que no le importaba. Muy al contrario, sentía que estaba entrando en el corazón de la música, una música que nacía de la noche para convertirse en llamas. Las siluetas que creaba la linterna mágica refulgían en la superficie de la máscara creando un efecto fascinante. Fue entonces cuando cayó en la cuenta. Los dibujos que aquella linterna creaba eran en realidad elementos muy simples: distinguió la forma de un sol, las ondas del mar, una golondrina, un árbol, la luna... Él se fijó en la incertidumbre de sus ojos y contestó a su pregunta no verbalizada.

—Me gusta saber que incluso aquí tienen derecho a brillar muchas cosas que casi nunca puedo ver... ni tener.

—Pero ¿por qué no...?

—Ya no importa —la cortó Erik, que, aunque ella no pudo verlo, sonrió tras la máscara—. Ahora todo es nuevo. Y emocionante.

Antes de que la soltara de la mano, Christine distinguió una nueva figura girar y posarse de vez en cuando en su propio cuerpo. La de unos labios.

18

El antiguo lugar del corazón

> «¡Su miedo, sus terrores, todo eso es amor, y amor del más delicioso, el amor que uno no se confiesa, el que, cuando se piensa en él, da un escalofrío...!»
>
> Gastón Leroux,
> *El fantasma de la ópera*

El piano, al otro extremo de aquella casa bajo tierra, la llamaba sin descanso. El hechizo que su dueño arrancaba a sus teclas invadía cada rincón de su mente y prendía sus sentidos. Su cuerpo se había transformado en una cerilla. Una única chispa lo encendería y Christine, muy consciente de ello, se había encerrado en el dormitorio. Estaba sentada sobre la cama, con la cabeza apoyada en las rodillas flexionadas, los ojos cerrados, el cerebro agotado, el corazón en plena guerra contra sus propios demonios.

Cuando su abuela le contaba cómo había conocido a su futuro marido, cuando Meg le hablaba de su nueva conquista, cuando veía a Pierre y Gustave, sus compañeros de clase de canto, profesarse su afecto, cuando sorprendía a una pareja besándose en alguno de los puentes de París, solía pensar de manera fugaz que aquella felicidad tardaría en llegar a ella. Se había acurrucado tanto dentro del miedo que este la había adormecido. Hacía años que había dejado de creer en besos bajo la lluvia, finales felices y príncipes encantadores. En realidad, hacía años que no creía en nada. Y, de pronto, las cenizas en las que se ahogaba se estaban transformando en ascuas. Era un contraste tan potente que no conseguía encajarlo dentro de sí.

En cuántas ocasiones se había preguntado si realmente estaba preparada, si ese mismo miedo le impedía ver más allá de sus sentimientos, y cuántas veces, bajo el amparo de la noche, se había cuestionado su sexualidad o tragado el convencimiento de que en el fondo seguía siendo una niña insegura. Sin pretenderlo, casi sin saberlo, había llegado a la conclusión de que el amor era para los valientes. Y ella, que había perdido la valentía junto con sus sueños y su nombre, inmersa en ese sopor eterno propio de quienes solo dudan y huyen, no podía entender qué le ocurría.

La melodía del piano realizó un ascenso vertiginoso al que se unió la voz de un ángel, y Christine sintió un reguero de lava ascenderle por las venas. Contempló una vez más los libros que había apilados a su alrededor. ¡Con qué facilidad se enamoraban siempre los protagonistas! Los autores describían el amor como algo sublime, apasionado, pero pocos se atrevían a desentrañar los rayos de incertidumbre que traspasaban la mente de los personajes antes de lanzarse al vacío.

Había permanecido dormida tanto tiempo que ya no esperaba ser despertada. Nadie había logrado romper su escudo. Ni siquiera la habían besado por primera vez y ahora...

El piano enmudeció y la voz tomó el control de la melodía. Christine no conseguía entender cómo una voz podía ejercer semejante poder. Era ilógico, demencial. Y, sin embargo, se enroscaba dentro de ella para bucear en sus profundidades más ocultas y sacudirlas con un seísmo perturbador. Ella, un muro infranqueable lleno de dolor. Él, la llave de fuego que abría el candado. Igual que el dibujo que había visto en el cuaderno, su propia cerradura, incrustada en un portón hecho de recelo, de repente se dejaba penetrar por un mago que convertía la música en un lenguaje maravilloso, en un beso sin roce, en una desgarradura deliciosa.

Aquel fantasma, aquel ángel, aquel hombre, no era conocedor de su magnetismo. O tal vez sí, y por eso la atraía hacia él con una fuerza desconocida, salvaje. En cierto modo, habían hablado de amor la tarde anterior. Pero aquello iba mucho más allá. Mucho mucho más allá. La mujer que dormitaba en Christine había abierto los ojos a un mundo nuevo. Podía sentir el calor, la urgencia, la necesidad de florecer y abrirse de una vez por todas. La niña que nunca había percibido el poder de su propio cuerpo, la niña que creía que el amor consistía en sentir las típicas mariposas en el estómago, y no un deseo irrefrenable, le cedía el trono a una amazona, a una diosa, a una mujer en su máximo esplendor.

Sentirse poseedora de ese oscuro poder la aterraba. Apretó los dientes, notándose el pulso latir al ritmo de la melodía cercana. Todo en Erik irradiaba una sexualidad incandescente. Desde el más nimio movimiento de sus manos y su forma de caminar hasta el influjo de su voz. Incluso sin tocarla creaba un campo de atracción ineludible que la acercaba sin remedio al umbral que separaba el miedo del éxtasis.

No le había preguntado por qué llevaba máscara, cuál era la razón de que viviera allí, quién era realmente. Al principio pensó que él mismo se lo diría; que, con el tiempo, tendría la confianza suficiente para hacerlo. Pero el tiempo se había agotado antes de lo previsto. Era una cobarde, en el fondo siempre lo había sido. No podía enfrentarse al mundo como una niña, pero tampoco se atrevía a dar el paso como una mujer. En cierto modo temía a esa nueva Christine, temía liberar ese fuego y perder la poca seguridad que había conseguido. Y, por encima de todo, temía estar sintiendo todo aquello por el mismo hombre que se había hecho pasar por un ángel para después secuestrarla. El mismo ángel que la había ayudado a derrotar la ansiedad y le había concedido un valor hasta entonces impensable...

No. No debía pensar eso. O enloquecería. Debía pensar en su abuela. Ya era la madrugada del domingo, llevaba desaparecida desde el viernes por la noche. Seguramente Valerie habría llamado a la policía, a sus contactos en el hospital donde trabajaba antes de jubilarse, a los bomberos o al presidente de la república, si hacía falta, para que la buscasen.

Fue la imagen de su abuela llorando por ella lo que hizo que se levantara de un salto. En un descuido de Erik había descubierto el muro oculto por el que este entraba y salía, y era bastante buena como cataphile, así que podía conseguirlo. Erik le había prometido la libertad, pero no estaba segura de querer confiar en su palabra. Se arriesgaría. Su instinto la guiaría y una vez en la superficie lo vería todo más claro y pensaría entonces en la posibilidad de regresar.

Cogió la linterna de mano y, tras comprobar que funcionaba, abrió la puerta con mucho cuidado. Erik seguía componiendo en su particular sala de música. Si se daba prisa, ni siquiera se percataría de que había huido hasta bien entrada la mañana. Acalló a la parte de sí misma que la instaba a quedarse y activó el muro corredizo que hacía las veces de puerta principal. La oscuridad, del color de un ataúd añejo, se abatió sobre ella.

Recordó una de sus conversaciones con Erik la tarde anterior; él le había asegurado que la noche era un ser vivo, y en ese preciso momento, Christine hubiera jurado que escuchaba la voz de las tinieblas colarse por los túneles y llegar hasta sus oídos para colmarlos de amenazas.

Se cuadró de hombros, se insufló valor y encendió la linterna. Ante sí, una bifurcación. Lazan siempre les aconsejaba escuchar en situaciones como esa. Una corriente subterránea suponía un peligro casi letal en comparación con unos pasadizos atestados de esqueletos. Christine iluminó el corredor de la derecha y se mantuvo atenta a sus ecos. El triste tintineo de unas gotas de agua le evocó una imagen que ya creía olvidada. Un lago. Un lago de superficie lunar, brillante, con una miríada de colores que estallaban aquí y allá. Negó con la cabeza y, sin pensarlo, escogió el otro pasillo. La luz de la linterna apenas iluminaba el estrecho camino. No sabía si estaba descendiendo todavía más o encaminándose a una perdición segura. El frío le atravesó la ropa y penetró sus huesos. Se detenía brevemente con cada par de pasos. Observaba, olía, escuchaba, volvía a avanzar. Le daba la sensación de que iba demasiado despacio, pero analizar cualquier detalle podía ser crucial para salir ilesa de allí. Caminaba. Pausa. Bañaba su alrededor con la linterna. Pausa. Un grafiti escrito con letras blancas, como con tiza, le llamó la atención:

La mort renaît

Apretó los labios y decidió darse prisa. Aquello era como dejar pasar los minutos en un *escape room* letal. La visión de una rata solitaria bastó para que en su mente saltasen todas las alarmas. ¿Y si no encontraba la salida? ¿Y si desfallecía de sed? ¿Y si su historia se unía a la de otros catas desaparecidos? Fue entonces cuando vislumbró un cartel que señalaba su ubicación: estaba debajo de la calle Saint-Michel. Christine ahogó una exclamación de alegría. Solo debía dar con alguna escalera, con la tapa de alguna alcantarilla, con otro cartel indicativo... con...

La silueta de la Muerte Blanca se alzó de repente ante ella. Dio un respingo antes de iluminarla por completo. El humanoide, pálido, de extremidades alargadas y cabeza fantasmal, parecía vigilarla en silencio. No, tal vez en silencio, no... tal vez susurrara palabras que ella evitase oír. Un aviso espeluznante de que no convenía retroceder sobre sus pasos. Pensó que se trataba de una visión hermosa y terrible al mismo tiempo. Allí abajo todo era así, un gran templo donde la belleza y el terror se convertían en dos músicas destinadas a amarse, a hacer el amor hasta entonar el himno de la muerte. Parpadeó para borrar aquellos pensamientos. Algo llamó su atención. Una risa turbia emanaba del rostro níveo de la Muerte Blanca. Un murmullo se desprendía del dibujo. No, el sonido procedía de unos metros más allá. Lo siguió con la esperanza de encontrar a un cata-op o a un cataphile que pudiera socorrerla. Pero al doblar la esquina la luz de la linterna esbozó en escorzo una escena que la dejó paralizada. Unos ojillos ratoniles le devolvían la mirada. La risa había desaparecido, el murmullo, enmudecido. Una boca de dientes sucios y mellados se torció para sonreírle. Sobre el labio inferior, surcado por una fea cicatriz, se asomó una lengua que lo recorrió en un gesto de avidez.

—Vaya —dijo el hombre mientras se erguía.

Un hedor como a cloaca invadió el túnel.

—Hoy está siendo una noche bastante productiva, sí, señor.

Christine alzó la vista. Aquel tipo le sacaba dos cabezas. Lo vio meterse las manos en los bolsillos de la cazadora raída. La joven creyó distinguir entre los dedos el brillo de una cadena de oro. Tragó saliva y dio un instintivo paso atrás.

—No, no, ratita. Me has visto. Te he visto. Aquí no hay

leyes, ¿sabes? Y estás taaan solita... ¿Te has perdido, Caperucita?

—Para nada —trató de sonar segura—, mi grupo viene de camino.

—Aaah, ya, los cataphiles, los famosos cataphiles —rio antes de escupir al suelo. Cuando volvió a mirarla, chasqueó la lengua—. Pero pasa una cosa, cariño, y es que no te creo. No vas equipada más que con esa linterna ridícula, preciosa.

—Como tú.

—Pero yo no recorro estos túneles por gusto, ¿lo captas? Lo mío es... muy temporal. Estaré aquí lo justo para dejar que los polis que me persiguen se den por vencidos. —Hizo el gesto de consultar un reloj de pulsera que no llevaba—. Y, mira por dónde, aún tengo tiempo para correrme una juerga antes de volver. ¿Qué me dices? ¿No te apetece?

Christine temblaba tanto que le costaba respirar.

—Me apetece que te largues —respondió simulando valor.

—¡Si acabamos de conocernos, ratita! Y ya sabes lo que dicen...

El tipo comenzó a bajarse la cremallera de los pantalones mientras se acercaba a ella, acorralándola contra el muro.

—Lo que ocurre en las catacumbas, se queda en las catacumbas.

Christine supo entonces lo que era sentirse sola. Sola de verdad. El veneno del miedo avanzaba inexorablemente hacia su corazón. Tuvo que apartar aquella sensación porque la hacía débil, temblar. Aguantó la respiración y esperó a que el tipo estuviera a su lado, a que le rozara la cadera con la suya. Ahora o nunca. Era su única oportunidad y no quería saber si tendría otra. Le propinó un fuerte pisotón antes de asestarle un rodillazo en la entrepierna. El ratero masculló un juramento. Christine aprovechó su desconcierto para escabullirse, pero no llegó muy lejos. Sintió que dos manazas le daban un empujón fuerte. Se golpeó el lado derecho del rostro al caer y profirió un grito agudo de dolor. Cuando el hombre la sujetó por un tobillo, solo podía pensar que había perdido la linterna y que con el ojo que había recibido parte del impacto apenas podía enfocar.

Iba a violarla. Quizá a matarla. En la oscuridad. A cientos de metros bajo tierra. Pataleó con fuerza, pero una risa sardónica y unas manos ascendiéndole hacia los muslos fueron su única respuesta.

Las caras de sus padres le invadieron la mente unos instantes. Sus sonrisas, la voz cautivadora de su madre cantando al son del violín... Esa voz... Un nuevo grito cuando sintió los jadeos sobre ella... Esa voz... El violín... Intentó apartar aquel cuerpo asqueroso del suyo. De nuevo un grito... Luego la voz y el violín de un ángel... Hasta que una linterna, en una broma sombría, reflejó el rostro obsceno del delincuente a escasos centímetros del suyo y la máscara blanca pronunció unas palabras hermosas como estrellas.

No fue consciente de que ya no sentía el peso de aquel ser sobre ella hasta varios segundos después. Entre los resquicios de su confusión, escuchó un gruñido y los golpes de una reyerta que estaba teniendo lugar entre las sombras. Mareada, notando la bilis ascender hasta invadirle la boca, palpó el suelo buscando la linterna. Su ojo derecho seguía sin enfocar de forma nítida, pero, aun así, llegó hasta ella y la dirigió con manos trémulas hacia la contienda entre su atacante y un hombre enmascarado.

—Erik...

Intercambiaban golpes con tal rapidez que, por un momento, le pareció un espejismo. Aunque Erik era más espigado y de apariencia menos corpulenta, poseía la fuerza y la velocidad de una pantera. Se acercaba, se alejaba, esquivaba las patadas, devolvía puños certeros. El ratero rugió de rabia y embistió a su oponente contra el muro.

«¡No!»

Christine trató de ponerse en pie, pero el ojo derecho emitió tal descarga de dolor que su vista volvió a quedar envuelta en penumbras. Como en una pesadilla, vio el destello plateado de un metal hacer fintas en el aire. Aquel tipo atacaba una y otra vez, blandiendo furioso su navaja, y Erik, todavía contra el muro, lo esquivaba por muy poco. Moviéndose con una celeridad asombrosa, agarró por el brazo al ratero y lo obligó a bajarlo a la altura de su estómago. El ladrón se tambaleó para posteriormente, en un giro inesperado, lanzar un último navajazo. Christine escuchó, de un modo casi ralentizado, el desgarro que provocó primero en la tela de la camisa y después en la carne. El ratero huyó a toda prisa. El golpeteo de sus pasos se oyó mientras se alejaba en la oscuridad.

La joven se colocó la palma de una mano sobre el ojo herido para ver mejor con el sano. La ausencia de sonidos comenzaba a ser aterradora. Buscó con la linterna hasta que el pequeño haz de luz enfocó a Erik, de rodillas, todavía frente al muro. Con la mano derecha se aferraba parte del pecho. A través de los dedos, la sangre se filtraba a borbotones.

La máscara blanca, moteada de salpicaduras rojas, se alzó muy lentamente hacia ella antes de inclinarse de nuevo. Su cuerpo se encogió, pero permaneció en silencio, como si en aquel mutismo residiera su dignidad. Christine aunó fuerzas para levantarse. Dos opciones la aguardaban expectantes.

La niña le aconsejaba huir. La niña gritaba que no corriera riesgos. La niña quería ver la luz del sol. La niña lloriqueaba frases de libertad.

La mujer, en cambio, pulsó las teclas del destino y sonrió triunfal.

Contrapunto

Christine

Incluso aunque no puedo verle los ojos, sé que me está mirando. En su silencio, en la docilidad que ha mostrado cuando le he quitado la camisa, entiendo que palpita un dolor que no solo es físico. El sufrimiento relampaguea dentro de su máscara. Noto cada una de sus descargas como un latigazo. Regresar a su casa, en el centro de este laberinto bajo tierra, no ha sido fácil. Supongo que ya nada lo es.

Un barreño de agua descansa a los pies de la cama donde Erik permanece recostado. Tal y como me enseñó mi abuela, debo limpiar la herida primero antes de realizar el paso siguiente. Su torso, blanquísimo y esbelto, se estremece cada vez que le rozo la piel con el paño. Ninguno de los dos dice palabra, pero no son necesarias. El silencio nos cubre como una música que embellece la desnudez de nuestros sentimientos. Cuando limpio la sangre, evalúo la herida. Es profunda, está a medio camino entre el corazón y el cuello. No tiene buen aspecto. Tal vez la navaja de aquel pervertido estuviera oxidada o sucia. Erik ha visto mi gesto de desazón porque alza una mano y, con pulso trémulo, posa la yema de los dedos en mi clavícula. Una caricia afligida y delicada como una flor perdida en la niebla.

—N-necesitaré algo con lo que... —empiezo a decir.

Me interrumpe con un leve movimiento de la cabeza.

—Bajo... la cortina roja...

Sé a lo que se refiere. Me dirijo rápidamente hacia la sala de las máscaras y, sin dudarlo, aparto el cortinaje. Para mi sorpresa, esconde una cómoda equipada con un gran espejo ovalado y tres cajones. Abro el primero y encuentro un estuche de terciopelo negro. ¿Será esto a lo que se refiere? En su interior, junto a dos botecitos de alcohol, hay un conjunto de escalpelos, carretes de hilo negro y agujas bien afiladas que parecen anzuelos plateados. Es un pequeño kit de cirujano. No tengo tiempo para preguntarme por qué Erik guarda algo así en su casa. Regreso corriendo a la habitación.

Su respiración se ha vuelto entrecortada. Gotas de sudor le perlan el cuello. Ruego para que mi memoria recuerde todas las enseñanzas que mi abuela me suele impartir de sus años como enfermera y aprieto los labios, preparada para la labor que debo desempeñar.

Mis ojos buscan de nuevo su máscara y esbozo una sonrisa, tratando de insuflarnos valor a ambos. Cuando él cierra los puños aferrándose a las sábanas, asiento con solemnidad al tiempo que noto que un escalofrío me recorre la espalda. Por favor, que no me tiemble el pulso, por favor, que no falle...

Erik

Lucho por no cerrar los ojos y abandonarme al desfallecimiento. Su rostro, a escasos centímetros del mío, es todo cuanto necesito, y quiero estar seguro de que será lo último que contemple antes de que el delirio me nuble la mente. Veo como la inunda la determinación antes de desinfectar el corte con alcohol y enhebrar la aguja. Mi carne se resiste al principio para luego ceder en una explosión de dolor que me transporta a un tiempo que no deseo volver a rememorar. Christine no se detiene, ni siquiera cuando de mi garganta escapa un jadeo fruto del grito que estoy tratando de reprimir.

Sus manos han dejado de temblar. La aguja entra con un nuevo estallido de tormento. Tal vez sea el doctor Keliner. Puede que esté en el hospital Cochin otra vez. Mamá ha vuelto a engañarme. El hilo negro comienza a trenzarme la piel hinchada y sangrante. Si entorno los ojos, a través de la máscara puedo distinguir a las enfermeras. Mamá..., no quiero que me hagan más daño. Déjame ver a Christine, déjame tocarla, acariciar las cuerdas del violín de su cuerpo, las teclas del piano perdido en el epicentro de su ser. Mamá, solo soy yo, solo soy un niño, diles que se vayan, dile al cirujano que los monstruos, a veces, son buenos. Diles que nadie puede salvarme excepto ella. Díselo porque ya no tengo voz. Mi voz de oro y espinas negras se está apagando. Pero hay otra, aquí, conmigo. La oigo, Dios mío, ¡la oigo y es como si la luna cantara solo para mí!

Christine

Está ardiendo de fiebre. He cortado con cuidado el hilo y vendado la herida, he hecho todo lo que he podido, pero lo único que siento es una gran angustia. Canto una melodía serena, dulce, y espero, de verdad espero con toda mi alma, que mi canción se transforme en bálsamo. La ternura más profunda se abre paso en mi pecho al comprobar el efecto calmante que mi voz ejerce sobre él.

Es un hombre enmascarado, un fantasma que pulula por los subsuelos de París, un misterio aterrador y atrayente a un tiempo, y sin embargo no es un desconocido.

De pequeña, cuando mis padres apagaban la luz de mi dormitorio con la intención de que durmiera, yo permanecía horas en vela. Me gustaba soñar con los ojos abiertos, y en mi imaginación siempre me veía en los brazos del ángel de la música. Para mí no era un mito ni un cuento. Era mi amigo, mi confidente, la llama que avivaba mis deseos de bailar, cantar, vivir y aprender. Un enamoramiento infantil revestido de esa magia que concede lo abrumador e inalcanzable. Pensar en el contacto de sus labios sobrenaturales en mi frente me provocaba un deleite que me hacía sonreír hasta que el sueño me vencía.

No, no es un desconocido. Y, en cierto modo, sigue siendo un ángel. De música y nostalgia salvajes, noches tibias y enigmas deliciosamente perturbadores. Mi ángel.

Dejo de cantar, alarmada por el ritmo acelerado de su respiración. Se atraganta, tose entre gemidos, busca aire con tal intensidad que creo que va a asfixiarse. Es la máscara. ¡Esa maldita máscara lo está ahogando!

Al diablo con el miedo, al diablo con todo. Le susurro unas palabras de consuelo al oído antes de tomar la máscara entre las manos.

Erik

La luz
    se
    precipita
    sobre mi cara, y solo puedo caer en picado.

19

Y la muerte osó amar a la doncella

> «¡Mira! ¡Mira cómo estoy hecho completamente de muerte...! ¡Y que solo es un cadáver el que te ama, el que te adora y el que nunca te abandonará...!»
>
> Gastón Leroux,
> *El fantasma de la ópera*

Retrocedió cubriéndose la boca con las manos para impedir que el estallido de terror emergiera en forma de alarido. Su mente no reaccionaba ante lo que estaba viendo. Simplemente era incapaz de procesar que algo así pudiera existir en el mundo real. Cerró los ojos con fuerza para hacer desaparecer la visión que ella misma había dejado libre. Sin embargo, aquel rostro seguía palpitando tras sus párpados. Fue entonces cuando entendió que aquella imagen la perseguiría hasta el último de sus días.

Escuchó la respiración acompasada de Erik. No se había despertado... Gracias a Dios... No se había despertado. Tomó aliento antes de abrir los ojos de nuevo. No era una pesadilla. Seguía ahí, a un par de escasos metros de distancia. A dos pasos. A una odisea. Había visto criaturas monstruosas en películas, series, incluso en videojuegos. Había sido testigo de mutilaciones en soldados, atrocidades de guerra, quemaduras y malformaciones a través de documentales e informativos. Pero nada podía compararse con eso.

Sin buscarlo, sin pretenderlo, con la fascinación horrenda que provocaba lo terrible, su mirada volvió a posarse en aquel rostro. Era la muerte latiendo entre los vivos. Esa frase se coló entre sus pensamientos. No consiguió definirlo de otra forma. Su piel, de aspecto marchito y apergaminado, se hallaba surcada por incontables cicatrices. Los huesos de su mandíbula, frente y mejillas se marcaban de un modo tan fantasmal que espeluznaba, como si no albergaran músculos ni carne, solo algunas venas palpitando con una suavidad azulada aquí y allá. Su nariz era inexistente. En su lugar solo quedaba un orificio a través del cual se hacía evidente su respiración. De vez en cuando, tal vez fruto de la fiebre, movía los labios, unos labios tan grises como la ceniza. Y sus ojos..., Christine ni siquiera podía distinguirlos en la oscuridad de aquellas cuencas vacías, enormes..., eran dos agujeros negros que intentaban tirar de su cordura.

En su terror creyó estar viendo un cadáver. Un cadáver ya corrompido tras muchos años bajo tierra. El horror le dibujó en la mente un ataúd abierto, gusanos retorciéndose sobre aquel pecho blanco, moscas revoloteando por su pelo de obsidiana... Fue más de lo que pudo soportar.

Salió a toda prisa del dormitorio y se dirigió hacia la sala de las máscaras. Se abrazó las rodillas y, encogida, miró a su alrededor. Aquella morada era una tumba. La tumba de un faraón, del propio Rothbart en persona, de un príncipe del inframundo. Era el centro mismo del laberinto donde yacía el Minotauro.

Ahora ya sabía su secreto, el porqué de sus enigmáticas palabras, de su propio rapto, de las máscaras, de su vida allí, bajo París, lejos del mundo. No había comido ninguna semilla de granada, como la diosa griega, pero sí había cometido un acto que bien podía costarle la libertad.

Las piernas le fallaron. Aun así, se volvió hasta que su mirada se deslizó hacia el muro corredizo, la única puerta de salida. Erik estaba inconsciente, debía aprovechar el momento y escapar. Un torrente de pensamientos se abalanzó sobre ella. Quizá pudiera dejar la Schola, tomar clases en otra parte, convencer a su abuela, mudarse a otra ciudad... Negó con violencia con la cabeza. No, no, no. No podía hacerle eso a Valerie. Sin embargo, debía intentarlo.

Avanzó hasta colocarse entre las dos columnas sobre las que descansaban el saltamontes y el escorpión, y entonces se detuvo. El corazón le latía dolorosamente contra las costillas. No podía moverse. Estaba clavada al suelo. Sintió una tristeza que ya creía olvidada, una tristeza densa y pastosa que la obligó a retroceder. Despacio, muy despacio, se sentó frente a la cómoda e hizo algo que llevaba años evitando. Se miró en el espejo.

Ahí estaba. La chica de emociones dormidas, de infancia otoñal, de pasiones retenidas contra un muro escamado de inseguridades. Esa chica no existía ya. Veía sus mismos ojos, aquellos que relucían de entusiasmo en su niñez, pero se asombró al descubrir que no eran los mismos. Un nuevo brillo había sustituido al antiguo.

Recordó sus ensoñaciones cuando jugaba de pequeña, cuando leía sus libros preferidos, cuando comenzó a sentir amor por cantar y bailar. Siempre queriendo que sucediera algo en su vida. Algo alucinante y maravilloso, como les ocurría a las protagonistas de las novelas juveniles y de las películas que solía ver. Algo que hiciera retroceder a ese mundo gris y anodino en el que le había tocado vivir y del cual trataba de escapar cantando. Pero ese cambio nunca llegó. En su lugar sobrevino una desgracia, y tras esta, un cúmulo de tropiezos. Hasta que una voz celestial la llamó con su melodía hecha de tormenta, de crepúsculos abrasadores y almas compartidas. Pulsó su cuerpo, derrotó a esa otra Christine, la usurpadora de sonrisas, para al final quitarle la máscara de la desolación y mostrar un rostro totalmente nuevo.

Ya no temía a los espejos. Ahora era merecedora de pasar la prueba de Atreyu. Su interior había curado las heridas y por fin relucía, poblado de nuevas ilusiones. Erik no era tan diferente de ella. También portaba una máscara, y detrás, un hombre, mitad monstruo, mitad genio, deseaba con desesperación poder enfrentarse a su propio espejo y seguir adelante.

Christine había cerrado los ojos. Sabía que temblaba, pero no podía sentir los temblores. Lloraba, pero no podía sentir las lágrimas. Había comprendido que el ser humano podía transformarse y que las máscaras podían matar lenta e ineluctablemente. Erik se lo había dicho la tarde anterior, cuando veían *V de vendetta*: «Suelo verla para recordarme que las personas pueden odiar, sufrir, incluso morir, y luego levantarse y seguir luchando». Ambos habían estado muertos. Pero, gracias a él, ella había renacido. Erik, sin embargo, seguía perteneciendo al reino de las sombras. No era justo, maldita sea.

Cuando abrió los ojos, la morada subterránea se había vuelto borrosa tras las lágrimas. Christine se pasó las manos frenéticamente por el rostro para secárselas, y sonrió. Antes de levantarse, abrió los dos cajones restantes de la cómoda. Rebuscó un poco y, aparte de utensilios, pinturas y maquillaje para retocar las máscaras, encontró algunos medicamentos. Cogió un antiinflamatorio y casi de puntillas se dirigió de nuevo hacia la habitación. Dos ascuas encendidas la observaban en la penumbra. Tragó saliva al entender que se trataba de los ojos de Erik.

Un brillo sobrenatural, despierto dentro de aquellas cuencas negras, refulgía bajo la tibia luz de la lamparita del fauno. El brillo del fuego la atravesó hasta punzarle el pecho. La expresión de Erik reflejaba una serenidad tensa. Una calma como la que precede a la galerna. La joven desvió fugazmente la vista hacia la máscara que había tirada en el suelo para volver a posarla en él. Por el sonido procedente de la oquedad de su nariz y el movimiento rápido de su tórax, supo que la fiebre no había remitido. No obstante, el silencio suponía un desafío. Christine se preparó para lo peor. Las brasas de sus pupilas siguieron cada uno de sus movimientos, pero su rostro no mostró emoción alguna. Ella le enseñó el antiinflamatorio y, muy bajito, dijo:

—Te vendrá bien.

Pero Erik no contestó. La miraba como el reo que espera su sentencia. Con suma delicadeza, Christine depositó la pastilla sobre sus labios mortecinos, que temblaron al recibir aquel contacto. La ingirió sin agua, casi con furia.

—Te arrepientes —lo afirmó, y su voz de terciopelo se tiñó de un sarcasmo feroz.

Christine trató de descifrar aquella aseveración. Se refería a todo. ¿Se arrepentía de haberlo escuchado aquella tarde en la que estuvo a punto de cometer una locura? ¿Se arrepentía de las tres semanas de clases? ¿Se arrepentía de los dos días que había pasado en su compañía? ¿Se arrepentía de haberlo ayudado hacía unas horas? ¿Se arrepentía de la raíz inconfesable, encendida, que había comenzado a extenderse dentro de ella? Solo existía una respuesta y la pronunció sin vacilar.

—No.

—Mientes. Ahora que lo sabes, solo escucharé mentiras.

—Entonces no me conoces como me prometías. No me conoces en absoluto. Tú me borraste el miedo, recuérdalo.

—¿Qué sabes tú del miedo? —Su tono seguía siendo cortante, y Christine distinguió una honda amargura—. Miedo es no poder salir a la calle, saber que tu madre siente náuseas al escuchar tu nombre, que estás solo ante un dolor que te devora día a día, miedo es no querer llegar a otro amanecer, miedo es desear no haber nacido.

Se le empañó la mirada, pero estaba decidida a no llorar delante de él.

—Dijiste que nos conocíamos desde hace tiempo porque somos iguales. Y ahora lo entiendo, créeme cuando te digo que de verdad lo entiendo.

El fuego en los ojos de Erik incrementó su intensidad. Chispas volcánicas en el centro mismo de las tinieblas.

—No, no tienes ni idea. ¿Es que quieres pertenecer a este infierno? —Rio con una mordacidad siniestra—. Soy la pesadilla de una bestia. Incluso mi madre suplicó a Dios para que no sobreviviera cuando vine al mundo, pero ¿sabes qué? Tengo la maldita manía de vivir. Ridículo, ¿eh? Si soy un engendro, no voy a rendirme ante un dios que permite mi existencia solo para hacerla insoportable. Yo soy la prueba de que, ¡sorpresa!, los ateos tienen todas las de ganar.

Ella estaba en tensión, sí, pero no era el miedo lo que hacía que su corazón le latiera tan deprisa y tan fuerte. Se dirigió hacia la máscara, la tomó en las manos y la miró con una mezcla de tristeza y desprecio.

—¿Naciste... así? —preguntó mientras se sentaba en la cama, a su lado, con la máscara en el regazo.

Supo que había cerrado los ojos porque el destello de ascuas encendidas había desaparecido. Erik ladeó la cabeza lentamente, y Christine se arrepintió de haber formulado la pregunta.

—Mi madre solía contarme un cuento cuando yo me portaba mal o hacía alguna travesura en nuestra antigua casa.

—Su voz sonaba cansada, muy cansada...—. La historia siempre era la misma, pero tenía el poder de paralizarme, de mantenerme despierto noches enteras. La narraba con esa voz suya tan gélida, tan aséptica que casi parecía amenazarme. El cuento comenzaba con la gestación de un bebé. Un bebé que nunca debió ver la luz porque su voz suponía un desafío para los dioses de la música. «¡Ojalá muriera!», exclamaban, «¡ojalá nunca vea la luz del sol». Pero el bebé continuaba su curso y comenzaron a impacientarse. Así que llegaron a una conclusión: no podían impedir su gestación, pero sí maldecirlo.

Christine percibió un frío intenso en las manos. Los dedos habían comenzado a hormiguearle. Ni siquiera era consciente de que estaba intentando romper la máscara.

—Y el feto se ulceró en el vientre de la madre sin que nadie lo supiera. Se convirtió en un monstruo al que jamás nadie se acercaría, besaría o comprendería porque su monstruosidad no solo le había desfigurado el rostro, sino también el corazón. Nadie, ni siquiera su madre, lo amaría jamás. Y los dioses de la música sonrieron al verlo nacer. Se carcajearon de su horrendo milagro. Encerraron al niño tras un hechizo que nunca se rompería. Y miraron hacia otro lado, dispuestos a esperar lo inevitable.

Christine se encogió al escuchar cómo la voz de Erik se quebraba hasta apagarse. Alzó la vista. Descubrió que sus ojos seguían cerrados y que por su mejilla izquierda se deslizaba una lágrima que se extinguió sobre sus labios de ceniza. Se levantó y se acercó a él. Cuando los dos fuegos fatuos de sus ojos se posaron en los suyos, sonrió.

—Me alegro de que el niño naciera —dijo con dulzura—, porque su vida ha sido la luz que ha salvado la mía.

Erik contrajo el rostro y se incorporó haciendo un gesto de dolor.

—¡No! ¡No lo entiendes! No soy luz, precisamente. ¡Solo traigo oscuridad, rabia, rencor! ¿Crees en los cuentos? ¿En las estúpidas películas de Disney? ¡Lo mío es muy diferente, te lo aseguro! En esta guarida no hay rosas encantadas, no hay hechizos que romper, ¡la bestia seguirá siendo un monstruo toda la vida! ¡Ni siquiera mi voz puede ayudarme, es otra máscara más! ¿Te crees capaz de matar a mis demonios? ¡No puedes! ¡Nadie puede!

Su furia iba en aumento, hasta que se silenció de forma abrupta. Comenzó a inspirar grandes bocanadas de aire. Y con un movimiento imperativo extendió una mano.

—Dame la máscara —suplicó.

—No la necesitas. No conmigo.

—Con ella al menos parezco mínimamente humano —siseó él—. Dame la máscara...

Christine se obligó a mirar de frente a aquel rostro espectral.

—Confía en mí.

¿Lo pensaba de verdad? ¿Sería capaz de mantener una promesa hecha desde el arrojo y no desde la seguridad? ¿Podía seguir siendo la amiga de un ángel de la muerte? ¿Mirar aquella cara y no sentir un sobresalto de terror y asco?

—Dame. La. Máscara.

—No.

—¡Maldita seas tú y tu inocencia! ¡Esa máscara me protegió antes incluso de saber hablar! ¿No lo entiendes? ¡Es mi refugio, mi fuerza! ¡Es la única huella de dignidad que me queda!

—¡Es solo una máscara! —bramó Christine—. ¡Tu dignidad no puede contenerse en un trozo de yeso y tela! ¡Mostraste dignidad al salvarme aquella tarde, al confiar en mí, al compartir tu música conmigo! ¡Eres digno no solo de mi amistad y admiración, sino que podrías serlo del mundo entero si quisieras, si no tuvieras tanto miedo como lo he tenido yo! ¿Me liberaste a mí solo para encadenarte tú? ¿Vas a seguir castigándote toda la vida por algo que no es culpa tuya? ¡Cógela! —Lanzó la máscara sobre la cama—. ¡Adelante, coge tu dichosa dignidad! Si vale tan poco para ti, no quiero saber lo que valgo yo.

Salió del dormitorio temblando. De rabia, de impotencia. Por el dolor nuevo y extraño que sentía en el corazón. Ni siquiera lo sabía. Se dirigió a la sala donde Erik componía y contempló, abatida, los cientos de velas que aún permanecían encendidas por doquier. Sus diminutas llamas comenzaban a extinguirse. Las sombras de los instrumentos danzaban en un silencio obstinado. Un silencio que barnizaba cada violín, cada chelo, cada flauta y guitarras allí contenidos con el color de las melodías huecas.

La muerte era un símbolo. Un rostro. La ausencia de música. La muerte era el miedo ganando el terreno perdido. Abrió el cubreteclado del piano y deslizó los dedos por su ancestral lenguaje de blancos y negros. Notó su presencia tras de sí. No lo había oído llegar, pero estaba segura de que se encontraba a escasos centímetros de ella. Imaginó sus ojos de fuego clavados en su cuerpo y se estremeció.

—Christine, perdóname.

Fueron dos palabras. Con aquella voz teñida por la luz de un otoño eterno. Dos palabras. Las suficientes para volver a pulsar las cuerdas de sus emociones.

—Necesito tiempo —respondió Christine al fin, dándose la vuelta.

La máscara se hallaba de nuevo sobre la cara de su dueño. Las salpicaduras de sangre se habían resecado en la superficie. Incluso herido, pudo apreciar el poder que emanaba su mera presencia. Minutos antes, postrado sobre la cama, despojado de aquel maldito objeto, parecía haber perdido la voz, el misterio inherente, la mismísima juventud. Aquella mentira hecha rostro, blanca, casi sin facciones, lograba que Erik recuperara toda la energía. Una vez más rezumaba una voluptuosidad y un magnetismo salvajes. Alzó una mano como si quisiera acariciar la mejilla de la joven. Sin embargo, se abstuvo de hacerlo en el último segundo.

—¿Regresarás?

No esperó su respuesta. Tomó el anillo de su dedo índice y muy despacio, casi con temor, se lo ofreció. Christine sorbió sus lágrimas antes de que nacieran. Cuando sus manos se rozaron, pudo sentir el temblor de los dedos de él. Esbozó una sonrisa triste mientras deslizaba el anillo en su dedo anular. Comprendía lo que implicaba aceptarlo. Los lazos de unión con Erik seguirían vivos mientras lo llevase. En sus ojos humedecidos se reflejó el último estertor de las velas.

—Perdí a mi ángel una vez, siendo niña —respondió a media voz—. No quiero perderlo de nuevo.

20
Cúrame de la ausencia

«¡Alimenta tus ojos, embriaga tu alma con mi maldita fealdad! ¡Mira el rostro de Erik!»

GASTÓN LEROUX,
El fantasma de la ópera

Habían pasado dos horas desde que Christine se despidiera de él. Erik le había devuelto el bolso y le había dado un mapa que la guiaría hasta la salida más próxima. O tal vez habían transcurrido dos días, dos años. El tiempo perdía una vez más su naturaleza para convertirse en un aliado de la noche. El devenir de los minutos no tenía ya ningún sentido. La morada más allá del lago volvía a ser el refugio de la soledad y las pesadillas. La ausencia regresaba para ocupar el lugar de Christine, una ausencia que se coagulaba en todas partes: en el piano, los libros, el violín, las velas ya consumidas, las máscaras que colgaban de la pared... Incluso el oxígeno se había tornado denso, despojado de risas, huérfano de música.

Si Christine hubiera regresado, si hubiera entrado de puntillas en aquel mismo instante, sin hacer ruido, hubiera encontrado a Erik sentado ante el mismo espejo al que se había enfrentado ella momentos atrás. Se había quitado la máscara y la sostenía entre las manos, forzándose a mirarse tal y como era. Al cabo de unos instantes, la había colocado sobre la cómoda, entre el reflejo de su rostro y él.

—No va a volver —dijo sin apartar las ascuas de sus pupilas de su otro yo en el espejo—. Acéptalo. No va a volver porque eres tú. Si tuvieras la cara tan perfecta como ese malnacido de Raoul Dassary, habría descubierto que más allá de tu voz, de tu música, hay un hombre. Y se hubiera quedado. Ahora estaría aquí.

Cerró los puños con tanta violencia que vibraron visiblemente.

—Pero ¡eres Erik!

El rostro en el espejo le devolvió una imagen aterradora, como si la furia y la muerte hubieran cobrado vida para aunarse en una sola persona.

—¡Recuérdalo, eres Erik! ¡Erik!

Con un grito nacido de lo más profundo de su ser, golpeó el cristal. Una y otra vez. Hasta sangrar. Hasta que dejó de sentir el dolor de la herida en el pecho. Hasta que la superficie de azogue se agrietó en forma de estrella para después quebrarse en pedazos.

—¡Naciste maldito! ¡Casi pierdes la vida en veinticuatro mesas de operaciones! ¡Violaron a tu madre por tu culpa! ¡A los diez años te viste obligado a huir del mundo! ¡Has construido un puñetero imperio bajo tierra donde solo hay muerte! ¡Eres Erik, pero sigues sin ser nada! ¡Nada! ¡¡¡Nada!!!

Contempló el desagradable caleidoscopio que su propio rostro formaba a través de los trozos de espejo esparcidos por doquier. Después alzó las manos ensangrentadas.

—Solo un fantasma.

21
La música en la balanza

> «—Tenga cuidado, Christine, está creando usted un fantasma.
>
> —No, no es un fantasma, es un hombre del cielo y de la tierra, nada más.»
>
> Gastón Leroux,
> *El fantasma de la ópera*

—*Ma petite* , ¡ya estás aquí! Me contó tu amiga que ibas a pasar el fin de semana con ella, y entiendo que tengas el móvil estropeado, pero ¡podías haberme avisado o llamado desde el suyo!

Christine no supo cómo reaccionar ante las palabras de su abuela. Toda la tensión que había acumulado durante aquellos días brotó en forma de abrazo.

—Lo siento, abu...

—No, mi niña, no tienes que sentir nada. Lo has pasado tan mal... La vida nos ha dado más calabazas que zapatos de cristal, ¿verdad, *chérie*? Christy, cariño..., ¿estás llorando?

La joven hundió el rostro en el pecho de Valerie. Olía a amarenas, a jabón, a recuerdos.

—Gracias, abuela... De verdad, gracias por todo...

Los ojos llenos de estrellas de Valerie brillaron al contemplarla, y le dio un beso en la frente. Christine se separó un poco, se secó las lágrimas y acarició con ternura aquella trenza de cabellos blancos.

—Ay, pequeña, conozco esa mirada...

—¿Mirada?

—Es la misma que tenía tu madre cuando vino a mis brazos a decirme que se había enamorado de tu padre.

Christine sonrió al tiempo que negaba con la cabeza.

—Qué tonterías dices, abu...

—Más sabe el diablo por viejo que por diablo —rio Valerie.

—¿Puedo... puedo dormir contigo esta noche?

Valerie le posó una mano en la mejilla.

—Claro que sí, cariño. Te prepararé un buen baño y una cena de chuparse los dedos para que mañana empieces bien las clases.

—Y una cosa más.

—Lo que mi nieta ordene.

Las risas flotaron en el aire como promesas de felicidad.

—Antes de dormir... me gustaría que me volvieras a contar la historia del ángel de la música...

Su abuela la atrajo hacia sí y la abrazó de nuevo.

—Mi Christine ha vuelto.

Las duchas femeninas de la Schola eran un hervidero de confidencias aquella mañana. Todas estaban nerviosas por su participación, de una forma u otra, en la gala de Navidad y aprovechaban cada minuto que los ensayos les dejaban libres para volcar la emoción contenida y grabar nuevo material para subir a las redes. Christine no había podido ver a su amiga hasta ese momento, y giró el grifo del agua caliente al tiempo que le lanzaba una sonrisa cómplice.

—Meg, ¿qué haría yo sin ti? Gracias por cubrirme cuando mi abuela te llamó. ¡Esos son buenos reflejos!

—Ya, ya, soy tu hada madrina —bromeó Meg mientras se enjabonaba la piel de ébano—, pero han pasado de las doce, guapa, y ahora que el hechizo se ha roto, más te vale contarme la verdad. ¿Dónde diablos has estado casi tres días? ¿Creías que yo no iba a preocuparme?

Christine la observó tratando de buscar una buena excusa. El cuerpo de su amiga era el de una bailarina en estado puro: estilizado, fuerte, elástico..., pero también se percibía un cambio que poco a poco iba moldeándole las caderas, el busto, los muslos. Al pasar las manos por el suyo propio, suspiró al saber que seguía siendo el de una adolescente. Sin curvas, sin caderas, pecho escaso, brazos espigados, cuello delicado. El trabajo duro les había cambiado la constitución a todas. Y, sin embargo, muchas de sus compañeras mostraban una metamorfosis en su complexión que a ella aún no le había llegado.

—¿Te acuerdas de cuando me dijiste que estaba enamorada? —Dejó las palabras suspendidas en el aire—. Pues igual es cierto y me he ido de escapada romántica...

Meg abrió la boca mostrando una sorpresa que rozaba lo teatral.

—¿Mi dulce y solitaria Christine se ha fugado para vivir una aventura? —Simuló desmayarse, y ambas se echaron a reír—. Dispara, Afrodita, ¿con quién has estado? No me dejarás con la intriga, ¿no?

La lengua de Christine actuó antes que su mente.

—Con Raoul Dassary.

—¿¿¿Qué???

Otras estudiantes se volvieron hacia ellas, atraídas por el grito de Meg.

—Eh, chicas, ¿de qué habláis? —se interesó Sophie.

—Meg —añadió Madeleine, su melliza—, ¿no habrás vuelto a las andadas con el hijo de monsieur Feraud?

Christine se ruborizó. ¿Por qué había nombrado a Raoul? Si Meg se iba de la lengua y contaba su mentira improvisada, en pocos minutos toda la Schola pensaría que había pasado el fin de semana con el heredero de Paradise Records. Se acordó de los más de treinta wasaps que Raoul le había enviado a su móvil deshaciéndose en mil disculpas, preguntándole cómo y dónde estaba, invitándola a salir de nuevo... Raoul, con sus ojos grises tan alejados de las oscuridades, con su sonrisa franca, despejada de cenizas, con promesas que sí era posible cumplir...

—Qué va —soltó Meg intentando desenredarse la melena bajo el agua—, mi amiga Christine, aquí presente, ha descubierto los placeres terrenales, eso es todo.

Las mellizas prorrumpieron en carcajadas.

—Ay, cariño —Madeleine le apoyó una mano en el hombro—, no sé a quién le has echado el lazo, pero mantenlo bien atado.

—O atada —contraatacó Sophie aplicándose una generosa cantidad de acondicionador—, no todas vamos detrás de un macho alfa.

Su hermana se encogió de hombros.

—Es lo mismo, a fin de cuentas, todos podemos ser infieles. Debe de ser la genética del ser humano.

—Amén, hermana —secundó Meg, que añadió en tono pícaro—: Oye, Christy, podrías usar a tu ligue para sumar puntos en el concurso...

—¡Meg! No voy a hacer eso, y no todos somos así.

Christine cerró el grifo y comenzó a secarse para que el frío no le perjudicase los músculos.

—¿Ah, no? —rio Madeleine—. Mi ex rompió conmigo

porque no quería nada serio, me dijo. ¿Y sabes qué? Esa misma tarde lo vi besuqueándose con otra en Montmartre.

Sophie carraspeó.

—Anne me dejó porque, según ella, yo era una estirada. «Nunca tienes tiempo para mí», me reprochaba. Una y otra vez lo mismo... Pero al mes me enteré de que estaba saliendo con una actriz de una serie de TV France. La nueva «estirada» en cuestión era un pibonazo, una Angelina Jolie pelirroja. Superad eso.

—Bueno, lo mío nunca han sido las relaciones serias... —intervino Meg—, pero, eh, ¿quién puede encontrar hoy en día a alguien sin un solo defecto? ¡Yo lo que necesito es un Chris Hemsworth en mi vida! Alto, rubio, cachas... Por pedir que no quede.

—Y yo uno de esos modelos que anuncian perfumes en la tele, ¡no te fastidia! —Madeleine parecía divertirse con aquel juego—. ¿Y tú, hermanita?

—Si Shannon Purser se fijara en mí, me daba algo —Sophie sonrió con malicia—, o Drew Barrymore o la presentadora de los informativos de ese canal local tan cutre. Son tan guapas que, si quisieran, tendrían el mundo a sus pies.

—¡Ja! Ya somos tres las que fantaseamos con algo mejor..., bueno, o cuatro. —Madeleine se volvió hacia Christine, que había comenzado a peinarse en silencio—. ¿Qué nos dices tú, Christine?

—En realidad...

—Venga, Christy, atrévete a soñar —la animó Meg.

—No necesito soñar, chicas. Ya tengo a alguien que me quiere y es... es perfecto.

—¿Te lo ha dicho? —preguntó Sophie—. ¿Que te quiere?

—A su manera —afirmó ella—, solo nos hemos visto un par de veces...

—Vaya, y ¿cómo es el don Juan? —Los ojos de Meg centellearon, conocedora de su cita secreta.

Las demás la miraron, expectantes. Christine visualizó a Raoul, el baile en la discoteca, el contacto de sus manos cálidas, aquel rostro angelical... y trató de describirlo sin desvelar su identidad.

—No comenzamos con buen pie, lo admito. Pero es atento, simpático...

«No tengas miedo, Christine. Nunca tengas miedo...»

—Siento que confiamos el uno en el otro. No es algo que se pueda explicar, pero esa confianza nos mantiene unidos, como si nos conociéramos de antes.

«Te conocí el primer momento en que te escuché.»

—Me mira solo a mí, y cuando lo hace el mundo desaparece. Es... un mago. Cuando estoy con él consigue borrar todo lo malo para hacerme reír.

«Por aquí no pululan almas en pena ni verás a Fluffy custodiar la Piedra Filosofal, prometido.»

—Y diréis que es raro, pero me emociona saber que tiene miedo de perderme.

«Nunca había tenido a nadie a quien querer y por tanto a quien perder...»

—No, no me ha dicho directamente que me quiere, y aun así, lo sé.

Meg, Sophie y Madeleine se mantuvieron en silencio unos instantes más.

—La verdad es que me gustaría amar a alguien que me hiciera reír —murmuró Sophie.

Madeleine le dio un codazo, pero bajó la cabeza.

—Y yo tener a un chico con el que sentir esa confianza. —Meg se mordió la uña del pulgar—. Debe de ser fantástico.

—Sí, como en las películas —la cortó Madeleine—, porque el cine será el único lugar en el que encontraréis una pareja así. ¡Despertad! Esa clase de amor no existe. —Tras recogerse el pelo humedecido en una coleta, añadió—: Los vampiros de *Crepúsculo* pasaron de moda y el amor sobrenatural, también. Cuando ese romance de fin de semana te deje, Christine, verás que todos llevamos una máscara bien grande en la cara.

Las mellizas se fueron juntas hacia la puerta que conectaba las duchas con los vestuarios, y Meg aprovechó para pasarle un brazo por los hombros a su amiga.

—Eh, vamos, Christy. No les hagas caso. —Le dio un beso en la mejilla—. Lo tuyo con Dassary parece que va en serio y es muy especial. ¡No lo pierdas!

Christine asintió, pero no estaba escuchándola. Intentaba procesar por qué había explicado lo que sentía al estar con Erik, por qué su conversación había derivado inconscientemente hacia él. Sonrió a Meg como una autómata y le devolvió el beso antes de dirigirse a la taquilla. Tenía que llamar a Raoul. Tenía que saber de qué parte estaba su corazón, si es que estaba en alguna. Tenía que...

Una rosa. Roja. En el interior de la taquilla. Con varios folios junto a ella. Dio un respingo y miró a su alrededor. Las demás chicas estaban atareadas en cambiarse de ropa y recoger sus cosas, ajenas a su reacción. Pero... ¿y si había alguien más allí? Él le había dicho que podía estar en todas partes. ¿Sus ojos de fuego la observaban en aquel preciso instante? Se mordió el labio inferior y se ajustó la toalla que le envolvía el cuerpo desnudo. Comprobó que Meg seguía en las duchas, que sus compañeras no le prestaban atención, y desdobló los folios. Varios de ellos permanecían asidos gracias a un cordel azul oscuro. Eran unas partituras. Otro papelito, más pequeño, las acompañaba. Ni siquiera sintió las gotas de agua que le resbalaban desde el pelo mojado hasta perlarle la frente, la nariz y las pestañas. Sus ojos recorrieron aquella nota manuscrita varias veces, y en cada una de ellas, su corazón aumentaba el ritmo de las pulsaciones.

Christine,

Mi música es la tuya también. Ahora mi noche tiene el color de tus ojos y mis notas, la luz que destila el lenguaje de tus sonrisas.

Once upon a December es una canción preciosa, sin embargo, no hace justicia a tu voz, a tu potencial, al fuego que arde en tu interior.

Te entrego mi última canción.

Si la haces tuya, si la interpretas en la gala de la Ópera, sabré que todavía puedo desequilibrar a mi favor la balanza de tu corazón.

No es una música merecedora de este mundo, lo comprobarás por ti misma, sino de los que, como nosotros, hemos conocido la alianza entre la pasión y las sombras.

Dudo mucho que Paradise Records quiera grabar una canción así, ¿no estás de acuerdo? Hay partituras que nacen de la muerte para ser entregadas a la vida...

Erik

Se le erizó la piel. Sus poros rezumaban fascinación. Qué emoción tan extraña sentía, medio de felicidad, medio de terror. Dios. No podía seguir así. Si su mente se decidía a sabotearse a sí misma y regresar al laberinto subterráneo más allá del lago de plata, si volvía a escuchar aquella voz sobrehumana... tal vez no regresara a la superficie. Al igual que el fantasma que la aguardaba, se convertiría en oscuridad, anhelo y volcán. Y no estaba segura de poder resistirlo. Se pasó una mano por la frente y se retiró varios mechones de pelo que se le habían adherido a la cara. Tras apartar la rosa, cogió el móvil y buscó a Raoul en la lista de contactos.

—¡¡¡Christine!!! —Otra voz, tan diferente, pero tan llena de luminosidad—. ¡Has llamado! ¡No cuelgues, por favor...!

—No lo haré...

Raoul la interrumpió con ternura.

—Lo de Vip Room fue una idea horrible, me di cuenta cuando era demasiado tarde. No soy como imaginas, créeme. Puede que haya cometido errores en mi vida, pero no quiero perder nuestra amistad, no quiero frenar lo que estaba surgiendo entre nosotros, no sé si sientes lo mismo, pero... Joder, ya estoy liándome de nuevo. Lo que quiero decir es que me importas, Christine. Mucho más de lo que imaginas, en serio.

Christine respiró aliviada. Miró a su alrededor, un tanto desafiante, y dijo:

—Tranquilo, ya no estoy enfadada, de verdad.

—¿En serio? ¿Puedo pedirte otra oportunidad? ¿Qué me dices? Prometo no cagarla esta vez.

—¿No estarás desesperado?

—¡Lo estoy! —respondió él de repente divertido.

Una sonrisa se le dibujó en los labios. Los latidos se le serenaron.

— Vale, pero déjame a mí elegir el lugar.

22
El Teatro de las Maravillas

«—Si Erik fuera hermoso, ¿me amaría, Christine?
—¡Desventurado! ¿Por qué tentar al destino...? ¿Por qué preguntarme cosas que yo oculto en el fondo de mi conciencia como se oculta el pecado?»

Gastón Leroux,
El fantasma de la ópera

—¿Dónde estamos?

—¿De verdad no lo sabes?

—¡No había visto nada igual en mi vida!

Christine hizo una reverencia.

—¡Bienvenido al Musée des Arts Forains!

Raoul contempló el enorme edificio que se erguía ante él y abrió la boca, cómicamente perplejo. La entrada al museo se hallaba semioculta por unas enredaderas que ascendían hasta alcanzar el techo. Las hojas verdes tenían el aspecto de miles de escamas en contraste con el gran portón de color carmesí que invitaba a descubrir los secretos de su interior. Todo el muro principal estaba salpicado de ventanas aquí y allá, sin orden aparente, por las que se asomaban cabezas de hombres, mujeres y niños de escayola blanca. Sus rostros observaban a los futuros visitantes con muecas grotescas. Narices desproporcionadas, sonrisas burlonas y peinados de otra época hicieron pensar a Raoul en gárgolas modernas. Y como colofón de aquel sinsentido visual, los cuartos traseros de un caballo blanco sobresalían de la hiedra, como si el animal en cuestión se hubiera incrustado en la pared tratando de atravesarla. A Raoul le pareció inquietante no ver la parte delantera del corcel.

Junto a ellos, y desafiando al frío de diciembre, numerosas parejas y familias se aproximaban para adentrarse en las entrañas del museo. Cada vez que el portón se abría, una miríada de carcajadas y exclamaciones les colmaba los oídos.

—No sé qué habrá ahí dentro, pero parece que se lo están pasando en grande...

—Es que también hay diversión más allá de las discotecas. —Christine le guiñó un ojo.

Allí, al aire libre, en aquella tarde invernal en la que ya comenzaban a caer unos hermosos copos de nieve, se sentía extrañamente libre. Y la sensación, para su sorpresa, iba en aumento.

—Tocado pero no hundido. —Los ojos grises de Raoul brillaron de expectación—. Sigues sin decirme de qué va este sitio. Hoy estás muy misteriosa, y eso me está empezando a gustar, ¿lo sabías? Claro que lo sabes, por eso te aprovechas.

—Yo creo que te gusto de todas las maneras imaginables —sonrió ella.

—Bueno, nunca está de más un poco de flirteo. Veamos, llevas ese anorak blanco que tan bien te queda, la melena suelta, muy sexi, debo añadir... Ese brillo de labios que los hace bastante apetecibles y...

—Directo, como siempre.

—Ya me conoces, no tengo muchos filtros, digo lo que pienso.

—Sí, para regalarme los oídos, como buen lobo feroz que eres.

—Tocado y hundido.

Ambos rompieron a reír.

—Si te interesa saber dónde estamos —carraspeó Christine—, puedo decirte, como pista, que es un lugar muy especial y que queda justo en pleno jardín de Bercy.

—Mi hermano y yo solemos ir más bien al otro lado de la ciudad, a la Defénse.

—Ajá, ya entiendo por qué te lo has perdido hasta ahora. Hay muchas maravillas en esta ciudad... —Lo cogió del brazo y asintió con la cabeza—. ¿Entramos ya y lo descubres por ti mismo?

—El príncipe Sigfrido seguirá a Odette con los ojos cerrados si hace falta.

Tras abrir el portón, Raoul se quedó anonadado por cuanto veía. Su mirada era incapaz de abarcar todo de una sola vez. Aquel museo era un viaje en el tiempo que hacía que los sentidos se desbordaran, una fiesta perfumada con olor a algodón de azúcar, caramelo y palomitas. Cada vez que parpadeaba, algo nuevo atraía su atención. Un elefante africano colosal y ataviado con joyas de oro en cuya grupa descansaba una mujer de peluca kilométrica; una sirena mitológica de cola enroscada y rostro de niña; un juglar perlado de cascabeles que saltaba cuando alguien pasaba a su lado; pegasos de alas extendidas y plumas de colores vivos colgaban del techo, como si verdaderamente lo surcaran; un organillo ambulante del tamaño de un carruaje coronado por una amazona a caballo; una miniciudad en ruinas a escala sobre la que parecía gravitar un globo aerostático espectacular; un unicornio tocando un piano de cola; centauros con chistera; jirafas; teatrillos, puestos de golosinas y gofres...

Nunca había visto nada como aquello. Parecía que se hubieran adentrado en la película *El gran showman*. Por un momento tuvo la impresión de que el mismísimo Barnum iba a darles la bienvenida. Era una especie de fiesta que dejaba sin aliento, que embobaba y saciaba el deseo de soñar, de regresar a un universo extravagante perdido en los cuentos más surrealistas.

—Te gusta el Teatro de las Maravillas, ¿eh? —Christine le dio un empujoncito suave mientras reía con ganas—. Pues esto es solo el principio.

—¿El principio? O sea, ¿hay más todavía?

—Digamos que este museo fue creado por un fanático del circo. Aquí se expone la mayor colección europea de objetos relacionados con el arte de los feriantes. Muy poca gente lo conoce y es una pena... Además, ¡no querrás perderte la representación del carnaval en el Salón de los Venecianos! ¡Solo la hacen en estas fechas, en Navidad!

—Lo que realmente quiero es montar en ese carrusel.

Christine se volvió para descubrir un tiovivo enorme de aspecto antiguo. Un cartel decorado con flores silvestres rezaba:

CORCELES DEL BOSQUE, DESDE 1881

Decorado con una exquisitez decimonónica, los colores, los motivos florales elegantemente elaborados bajo un dosel de luces enorme, los caballos, siempre blancos salvo por las monturas..., tenía el aspecto de un gran pastel que bien podría haber salido de Alicia y su país de las maravillas.

—¿De veras quieres subir?

Raoul se acarició el mentón. Aquella barba de un par de días añadía más atractivo a su fisionomía. Incluso con ella seguía teniendo el aspecto de un adolescente.

—¿Y por qué no? —Al contestar entornó los ojos poniendo un gesto juguetón.

—Hummm, pensé que querrías hacer lo típico en estos casos, como ganar algún premio para mí en uno de esos juegos.

Christine ladeó la sonrisa, y Raoul no se sorprendió al verse pensando que deseaba con todas sus fuerzas lamer aquellos hoyuelos.

—No me va el rollo estadounidense de los juegos de ferias..., pero sí todo lo demás. Este sitio es alucinante, tú eres alucinante. Así que montar contigo en un caballo del siglo diecinueve en el que posiblemente se divirtiera Toulouse-Lautrec tras sus juergas nocturnas me resulta muy muy apetecible.

Su mirada estaba llena de algo que la joven no supo definir. Ternura, deseo, tal vez agradecimiento.

—Bueno, no te he traído hasta aquí solo para mirar, ¿no?

No quería admitir que estaba emocionada. En realidad, no quería admitir que haberlo llamado y quedado con él una tercera vez estaba siendo una buena idea.

—*Carpe diem* , Christine —dijo, y le dio un empujoncito suave en la espalda, casi una caricia para acabarla de animar—: ¡Vamos!

Eligieron dos caballos de monturas rojas llenas de flecos y rubíes de mentira. En el centro de la atracción, la escultura a tamaño natural de una zíngara tocaba la pandereta. Sus ropajes rosados, su cuerpo capturado por el escultor mientras danzaba seductora, su mueca desinhibida... Era realmente preciosa. Ella misma había bailado así ante los espejos de la Sala Tchaikovsky. Sin ataduras. Tan candente que sus pies habían generado fuego. Sintió que el rubor le ascendía desde el estómago hasta las mejillas. Había bailado así para él.

Cuando el carrusel comenzó a girar, procuró evitar aquella clase de pensamientos. Solo debían existir el presente y aquel chico que únicamente deseaba tener una oportunidad con ella. Inspiró hondo. ¿Y ella con él?

Una melodía emergió de alguna parte del pabellón. Era un villancico. Christine lo identificó a la primera. *O Holy Night*. Su madre lo cantaba todas las navidades, sin excepción.

La canción se escuchó más y más fuerte hasta que se sobrepuso a las risas de otras parejas, amigos y niños. En una de las vueltas identificó su origen: una pequeña orquesta, ataviada como circenses de época, estaba interpretando la canción pocos metros más allá. Christine no se percató de que estaba aferrando las crines del caballo con tanta fuerza que los nudillos comenzaban a ponérsele blancos.

«Vivimos en las canciones, pero así es como las personas como nosotros sobrevivimos.» Erik le había dicho esa frase días atrás, y en ese instante, cobraba todo su significado. La música siempre iba unida a un sentimiento, a una persona. Cuando ese sentimiento está preso por otros, cuando esa persona ya no existe, la música contiene el poder de encender el alma. Y Christine solo podía luchar entre sobrecogerse por el recuerdo o dejar que el incendio de la ausencia la devorase.

O Holy Night seguía ardiendo en el aire, y el tiovivo se transformó en una trampa enloquecedora. Los colores le transmitían desazón, los giros la mareaban, las luces navideñas se tornaban serpientes de neón, el perfume a caramelo se le pegaba en la garganta, los rostros de los visitantes se distorsionaban hasta mezclarse unos con otros... Y, entonces, sintió un cuerpo cálido amoldársele a la espalda. Unas manos fuertes y tímidas le rodearon la cintura. Un mentón se apoyó en su hombro. Una mejilla rozó la suya.

—Todavía no te he perdido perdón.

La boca de Raoul le acarició el lóbulo de la oreja. Christine cerró los ojos lentamente. Su corazón volvía a ralentizarse. Todo iba bien.

—Lo sé —murmuró con suavidad—, tampoco te he pedido que lo hicieras.

—No quiero hacerlo. —Su voz transmitía tanta seriedad que Christine se quedó muy quieta—. Porque no merezco tu perdón. No quiero que me perdones.

—Eso... no suena muy lógico.

Las manos de Raoul avanzaron más allá de su cintura hasta que se entrelazaron sobre su vientre.

—Mi hermano tiene razón. Soy un bala perdida. Es difícil ser uno mismo cuando nadie te deja serlo. Lo de aquella noche... sitios así son mi mundo, Christine. O lo eran, creo que ahora lo veo más claro. No te voy a mentir. La he cagado tantas veces que no podría contarlas. He decepcionado a mi padre, culpabilizado a mi hermano de mis propias irresponsabilidades, he olvidado muchas de las caras que alguna vez he besado, no sé cuántas manos me han acariciado... y me avergüenza admitir que todo lo hizo el miedo.

—El miedo...

—A no ser el hijo perfecto que mis padres esperaban, a no estar a la altura de mi hermano, a perder mi identidad sin tan siquiera haber intentado nada. Era más fácil buscar labios en los que olvidar, alcohol en el que soñar. Soy un desastre, no sabría reconocer la felicidad aunque llevara un cartel con mi nombre, como en los aeropuertos. Y, entonces, aparece en mi vida una chica misteriosa y triste, que canta en la oscuridad de las catacumbas con una voz que haría temblar a las mejores cantantes que he escuchado. Y desde esa noche no puedo dejar de pensar que el miedo se ha ido. —Raoul se inclinó aún más hacia delante, y Christine se puso tensa. Por un momento creyó que iba a besarla, pero en cambio susurró—: Así que no, no quiero que me perdones. No tengo justificación posible. Solo soy un chico perdido, como los de Nunca Jamás.

La joven acercó el rostro al de él, y dieron varias vueltas en ese silencio íntimo, sintiéndose a gusto el uno con el otro.

—Sigues sin conocerme del todo, Peter Pan —musitó Christine.

—Ah, eso es lo que tú crees...

—¿Qué me he perdido? —rio ella muy bajito.

—Estás hablando con un profesional. Tal vez no sea Sherlock Holmes, pero... sé, por ejemplo, que echas de menos a tus padres por la forma en que has mirado a las familias con niños pequeños cuando hemos entrado. Que eres una chica muy sensual...

—¡Venga ya...! ¿En serio?

—Has sonreído al ver a Esmeralda, aquí presente, bailando con la pandereta, y algo me dice que te gustaría ser como ella. Que te gustaría bailar y cantar hasta enamorar al mundo. O hasta que ese profesor se fije en ti.

Christine se removió sobresaltada.

—¿¿¿Qué???

—Tranquila, que estos caballos no están para muchos trotes —rio él.

—¿Por qué has dicho eso?

—Cuando me lo mencionaste en el Café de la Paix te brillaron los ojos. Conmigo estabas a la defensiva, pero fue hablar de ese profesor y te cambió la cara. Me alegró verte sonreír, la ilusión se reflejaba hasta en tu voz, pero desearía ser yo quien te hiciera sentir así. Todavía no lo he conseguido.

Apartó una de sus manos de la cintura de Christine para subirla hasta la nuca. Un cosquilleo eléctrico se extendió por el cuerpo de la joven.

—Supongo que debo de fallar en algo. En algo muy importante... y aún no tengo ni idea de qué es.

La orquesta cambió de canción. *Angels we have heard on high* bañó el Teatro de las Maravillas con un sonido que acunaba los sentidos. Para sorpresa de todos, al son de la música se inició un hermoso efecto electro-holográfico. Llovía. Gotas de agua, azules y blancas, caían sobre ellos pausadamente, como nacidas de un vals de invierno para, poco a poco, transformarse en unicornios, notas musicales, corazones... El pabellón entero exclamó de sorpresa y alegría. Los dibujos mágicos revestían las ropas y la piel de los visitantes en un hechizo cambiante y embelesador. Christine alargó un brazo y extendió la palma de la mano para recibir una mariposa. Aquello le recordaba tanto a la linterna mágica... la linterna que lanzaba destellos de soles, árboles y labios...

—¿Y bien? —añadió Raoul— ¿He acertado?

Pero ella no lo oyó. Entre los asistentes, bajo el carrusel... había visto... había creído vislumbrar... No, era imposible...

—Christine...

Unos ojos de fuego, candentes, llenos de furia, allí, entre la gente. Unos ojos que los miraban desde la oscuridad, que penetraban su mente. ¿O solo eran unas de tantas luces navideñas? Las ascuas de fuego desaparecieron y, con una nueva vuelta, las perdió de vista definitivamente.

—¿Nos bajamos ya? —preguntó de golpe.

Raoul percibió la ansiedad en su voz.

—Sí, claro... Ya está parando. ¿Te encuentras bien?

—Estoy un poco mareada...

Él supo que mentía. Lo supo con tal claridad que una parte de él se sintió herida.

—¿Nos vamos a Venecia entonces? Está justo tras el elefante...

Raoul la siguió preguntándose qué ocurría, por qué hablar de su profesor siempre le provocaba una reacción tan extraña.

Un hombre, ataviado completamente de rojo, sobre unos enormes zancos, los saludó al entrar en el Salón de los Venecianos. Su rostro, maquillado como un noble de época, sonreía con malicia bajo una peluca empolvada, y en una de las manos volteaba sin cesar un abanico lleno de encajes. Para sorpresa de Raoul, el pabellón ya estaba a rebosar de visitantes que, al igual que ellos, habían acudido para ver la representación. Miró a su alrededor mientras buscaban un buen sitio. Las paredes mostraban a través de unos frescos escenas de la vida veneciana: los canales, los edificios, incluso algunos detalles estrambóticos como leones nadando en las aguas... En el centro del salón destacaba una atracción similar al carrusel en el que se habían montado. Raoul se fijó con sorpresa en que los caballos habían sido reemplazados por góndolas, corderos, sirenas y algunos seres mitológicos más que no supo identificar.

Christine lo guio hasta situarse frente a lo que debía de ser el escenario improvisado: un puente veneciano bajo el que dormitaban dos esfinges blancas. La joven frunció los labios. Aquellas esfinges eran tan parecidas a las de *La historia interminable*... La Puerta del Gran Enigma. Dos seres peligrosos, conocedores de todos los secretos del mundo, que se necesitaban, se miraban a sí mismos para complementarse y contenerse, porque si ambos abrían los ojos, la persona que los contemplase quedaría inmóvil para siempre. Tal vez Erik fuera, en cierto modo, una esfinge. Por eso ella no había sido capaz de sostener una mirada en la que recaía el enigma de un hombre que había sido maldito al nacer.

Se volvió hacia Raoul y le devolvió la sonrisa. Qué extraño. El miedo era parte de ellos tres. Un sentimiento negro los había unido, sin saberlo, en una espiral que los conducía por derroteros que ni siquiera las esfinges podrían vislumbrar.

En aquel instante, un grupo de siete enmascarados emergió de una puerta trasera. Vestidos con túnicas negras y caretas blancas, avanzaron lentamente hasta alcanzar el punto central del puente. Una vez allí, alzaron los brazos y la gente calló, expectante.

—¡Anda! Son máscaras Bauta... —explicó Raoul.

—¿No son máscaras venecianas sin más?

—Cada tipo tiene un nombre —él sonrió—, y estas que cubren toda la cara, con la nariz picuda y sin labios, son conocidas porque las llevaban los conspiradores... o los amantes.

—No me lo digas, apuesto a que ahora mismo te mueres por llevar una de ellas.

Christine se maldijo por haber dicho aquello. Desde hacía solo unas horas sabía que una máscara podía, literalmente, matar de forma paulatina a una persona.

—Nah, no necesito un disfraz para impresionarte...

—No estoy muy impresionada, tendrás que hacerlo mejor.

—Chis, que empieza.

El aire se impregnó con las notas de una melodía, y los enmascarados unieron sus voces al unísono.

—Es la canción de Romeo y Julieta —le susurró Raoul al oído.

—Me suena —reconoció ella—, es preciosa.

—Pertenece al musical, es la escena en la que los protagonistas se casan en secreto.

Christine no respondió. En su lugar buscó la mano de Raoul. Poco a poco. Casi sin proponérselo. Como influenciada por la música. Él no lo dudó. En cuanto percibió el roce de la joven, entrelazó sus dedos con los de ella. Ambos necesitaban que aquel instante fuera real. Lejos de inseguridades, de incertidumbres. Solo el aquí y el ahora.

De pronto, Christine sintió un escalofrío. El vello de la nuca se le erizó por completo. Sin que Raoul se diera cuenta, volvió muy despacio la cabeza. Detrás de ella varias familias escuchaban la canción y hacían fotografías. Un niño le sonrió. Ella le devolvió el gesto llena de un presentimiento ominoso. Estaba segura. Alguien le había acariciado el pelo. Había sido tan sutil, tan efímero... que quizá... Volvió a observar al coro veneciano.

Uno de los enmascarados había desaparecido. Dios. Eran siete, ¿verdad? ¿Los había contado? ¿Seguro que eran siete? Solo veía seis. ¡Seis! De repente una pregunta terrible la asaltó: ¿estaría él allí? Sintió el anillo de plata y ónix oprimirle la piel y aferró aún más la mano de Raoul.

—D-deberíamos irnos ya...

Raoul leyó en sus ojos el repunte del miedo.

—¿Va todo bien? Estás muy...

—Por favor...

—Vamos, he visto antes la puerta de salida.

No la soltó de la mano, ni siquiera cuando zigzaguearon entre la gente para desembocar en el exterior. Christine respiró hasta saciar sus pulmones. El frío de la incipiente noche le insufló serenidad. Seguía nevando. Varios copos se le adhirieron a las pestañas y se le posaron en la nariz y las mejillas. Parecían besarla en silencio.

Los dos se fijaron en el sendero que serpenteaba ante ellos. Los adoquines se habían revestido de blanco, transgredidos por las huellas de los zapatos de los visitantes que dejaban atrás el Teatro de las Maravillas para dirigirse hacia los puestos de dulces cercanos.

Raoul se quedó embobado unos segundos. El paisaje se presentaba asombrosamente irreal. Tal vez habían entrado en Narnia o en el mundo fantástico de Caraval. Varios calderos sobre un fuego que crepitaba a pesar del frío se hallaban puestos en hilera hasta alcanzar un árbol de Navidad, junto al que se encontraba un escupefuegos. En un letrero podía leerse: «CUIDADO, AQUÍ SE PREPARAN LAS POCIONES DE MERLÍN».

Las casitas del barrio de Bercy se dibujaban más allá de la arboleda. Los tejados a dos aguas alfombrados de nieve, los ladrillos rojizos cubiertos de hiedra perenne y las guirnaldas multicolor les conferían el aspecto de un cuento de hadas.

Alzó la mirada. Sobre sus cabezas se extendían numerosas enredaderas cuajadas de luces navideñas, y colgadas de las ramas de los árboles gravitaban varias arañas de cristal.

Raoul se disponía a compartir con Christine su entusiasmo, pero el rostro de la joven le advirtió de que sucedía algo. Estaba muy pálida. Más de lo normal. Y sus ojos, que simulaban contemplar aquel lugar encantado, en realidad se adivinaban presos de una emoción que no pudo averiguar.

—Christine, sigues mareada...

—Un poco. No es nada, necesitaba respirar aire fresco... —compuso una sonrisa fatua—. Ya estoy mejor.

El primer pensamiento que cruzó la mente de Raoul fue: «Me está mintiendo de nuevo, ¿por qué?». Su expresión, en cambio, se dulcificó.

—Mira, justo allí venden chocolate caliente. Siéntate en este banco mientras voy a comprarte uno. Te sentirás mejor enseguida. —Se interrumpió de forma brusca, luego buscó las palabras adecuadas y las lanzó sin paracaídas—: Has comenzado a sentirte mal cuando te lo he nombrado...

—¿A quién?

—A tu profesor.

Christine desvió la mirada al tiempo que, frenéticamente, hacía girar el anillo entre los dedos.

—Ese chocolate me sentaría de miedo. —La sonrisa que esbozó no llegó a sus ojos.

Él suspiró.

—Vale, vuelvo en dos minutos.

La nieve al caer dibujó un halo mágico alrededor de Raoul cuando la joven lo vio aproximarse hasta la caseta de dulces. Con aquellas lucecitas del color de las luciérnagas, los copos parecían refulgir con brillo propio, como si estuvieran vivos.

Christine, que se había sentado tal y como él le había sugerido, exhaló lentamente hasta formar una nube de vaho. El espectro de su aliento levitó unos segundos para deshacerse en la oscuridad. Dejó de toquetearse el anillo y trató de abstraerse en la imagen onírica que tenía ante sí.

Varios niños gritaban a lo lejos, animando al escupefuegos; algunas parejas compartían una manzana de caramelo mientras hacían fotografías a los calderos medievales; otros, señalaban las lámparas colgantes.

Todo cuanto la rodeaba estaba extraído de los sueños más hermosos. Y también, como en los sueños, Christine no fue consciente de lo que sucedía hasta que su cerebro dio la orden de reaccionar. Una de las lámparas había comenzado a balancearse. ¿Era el viento? Ni siquiera tuvo tiempo de averiguarlo.

—¡¡¡Raoul!!!

Un segundo. Una eternidad.

La araña, como accionada por una mano invisible, se precipitó hasta estrellarse contra el pavimento. Pedazos de cristal salieron despedidos en todas direcciones.

—¡Dios mío, Raoul!

Corrió en su dirección, aterrada por un pensamiento perturbador. La gente chillaba, histérica, cogía a sus hijos en brazos o, al igual que ella, se aproximaba al lugar del incidente para comprobar si había algún herido. A unos pasos del puesto de chocolate, Christine vio a Raoul en el suelo, junto a lo que quedaba de la lámpara. Se arrodilló a su lado tras empujar a un grupo de curiosos y, sujetándole el rostro con delicadeza entre las manos, comprobó que solo hubiera sufrido algún rasguño. Sin embargo, el rostro del joven se había congelado en un rictus de terror.

—Dime que estás bien, dime que solo tienes este arañazo en el hombro... Raoul, por favor...

Él le devolvió una mirada de oscura inquietud.

—La lámpara... no se ha caído sola.

El corazón de Christine se detuvo dos segundos, provocándole una sensación de pánico horrible. Sin embargo, no contestó. Sabía lo que iba a decir. Lo sabía y, aun así, no quería creerlo.

—Alguien ha hecho esto, Christine —añadió él sin cambiar de expresión—, porque antes de lanzarla, he oído... —Se llevó las manos a las sienes—. He oído dentro de mi cabeza...

—No, no puede ser...

—... una voz que gritaba: «¡Aléjate de ella o sufre mi ira!».

Contrapunto

Christine

He convencido a Raoul para regresar al centro de la ciudad, lejos del museo, tanto como nos sea posible. Ni siquiera ha puesto impedimentos cuando le he sugerido ir a los Jardines de Luxemburgo, pero sé que quiere una explicación. Y decirle que todo ha sido producto de su imaginación no bastará. Lo quiera o no, ahora también él está en el ojo de este huracán. Y todo por mi culpa. Así que no voy a mentirme a mí misma obligándome a creer que no merece saber la verdad, porque yo lo he metido en esto.

La nieve ha cubierto cada centímetro de la hierba de este lugar y parece el manto de una dama helada. No pisaba los jardines desde que venía con mis padres a pasear o a hacer un pícnic en sus preciosos parterres. Sin embargo, esta noche necesito estar aquí. Forma parte de mi infancia y de mi adolescencia, es un enclave casi sagrado donde me siento segura. La fotografía que atesoraba en mi taquilla nos la hicimos justo donde nos encontramos Raoul y yo. Además, ¿a qué otro sitio podría haber ido? ¿A casa, donde mi querida abuela hubiera escuchado todo cuanto tengo que confesar? ¿A casa de Raoul, con los oídos indiscretos de su padre y su hermano cerca? No. A estas horas en los jardines no hay nadie. Ataviados de nieve y sobrecogidos por el frío, parecen componer el escenario de un reino de hielo. El palacio se yergue frente a nosotros, pero no es allí donde quiero abrir mi corazón, sino unos metros más a la derecha. Sí, justo detrás de esos álamos. ¡Oh, ¿cuántas veces habré jugado al escondite en esta gruta, dado de comer a los patos en el estanque, jugado a ser un elfo en un paraíso oculto?! Así es como sigo viendo el poco conocido Rincón de los amantes. Raoul no me suelta de la mano mientras lo guío hasta alcanzar la fuente central, ahora congelada. La noche se ha serenado. El vaivén de los copos ha cesado y, como contrapunto, se ha instalado un silencio perfecto.

Raoul me mira tan preocupado y serio que por un momento pienso que no va a creerme. Que todo cuanto le diga sonará a locura. Y tal vez lo sea. Pero esta tarde he comprobado que está en peligro. Yo no he regresado a la morada más allá del lago, como prometí, y quizá él se haya impacientado. Incluso los ángeles pueden transformarse en seres de furia. Podría callarme, montar una escena y romper nuestra amistad solo para lograr no involucrarlo más de lo que está. Pero... no soy capaz. Ya no resisto llevar este peso sobre los hombros sola. He entrado en un mundo donde pensar no sirve de nada, únicamente los sentimientos cuentan. Y los míos se han desbordado hasta anegarme por completo.

Raoul me coge las manos entre las suyas, forma un cuenco con ellas y sopla en su interior para calentarlas. Tengo la sensación de que entiende lo que me pasa por la cabeza.

—Sea lo que sea, estoy contigo.

Sus palabras terminan por darme el impulso que necesito. Le sostengo la mirada... y comienzo a contárselo todo.

Raoul

Vale. Debo reconocer que no esperaba esto. Lo que acaba de relatarme parece sacado de una historia de Guillermo del Toro donde la realidad se mezcla tanto con la ficción que ya no distingo los límites. Estoy alucinando. Y esta noche no he bebido ni una gota. No quiero precipitarme, no quiero que piense que, después de haber sido tan sincera, voy a desaparecer y a darle la espalda. Joder, Raoul, has sido un crío toda la vida, enfréntate a las decisiones que tomas, asúmelas de una puñetera vez. Sí, claro, pero es que nunca pensaste que esas decisiones tendrían que ver con un monstruo que vive bajo tus pies...

Descubro en sus ojos el temor a que no la crea y, al verla de repente tan desprotegida, me dan ganas de abrazarla y no soltarla nunca. Deseo que lo sepa, entregarle de algún modo lo que siento, pero en lugar de eso solo me brotan las dudas.

—Christine, no digo que no sea verdad..., pero un hombre con voz de ángel que se oculta en los subsuelos de París, que vive en un templo lleno de cosas surrealistas, que oculta una cara horrible tras una máscara...

Díselo, Raoul, dile que, cuanto menos, es flipante, en el mal sentido de la palabra.

—¿Qué? —me interrumpe, herida—. ¿Vas a intentar convencerme de que he tenido una pesadilla, como si estuviéramos en una película mala? ¡Todo lo que te he contado es cierto!

Le pongo las manos en los hombros y noto que está tiritando.

—¿Por qué no llamas a la policía?

—¡No! —Su rostro refleja un terror inaudito—. ¡Jamás le haría algo así!

—¡Christine! —estallo—. ¡Si hay un tío merodeando bajo la ciudad, haciendo que los cataphiles desaparezcan, desatando el caos en tu academia y, lo que es peor, que te ha secuestrado como un criminal...!

—¡No es un criminal!

—¡Me ha intentado matar! Y por lo que me has dicho... ¡es un lunático, un monstruo, maldita sea!

Mis ojos se apartan de los suyos para observar lo que nos rodea. He creído oír un lamento. Como si el eco de la noche me devolviera la palabra «monstruo» cubierta de una amarga tristeza.

—Lo has oído tú también, ¿verdad? —murmura ella, y me muerdo el labio para no tener que admitirlo—. Ahora que lo sabes, verás y escucharás cosas que te harán dudar de todo.

—Esto... esto es real...

Christine asiente muy despacio. Por un momento no sé qué contestar. Los jardines se han tornado siniestros repentinamente. Incluso la estatua de Polifemo que hay junto a la fuente parece mirarnos con inquina. Intento convencerme de que estoy sugestionado. Pero no lo consigo.

—¿Has pensado... dejar la Schola? —pregunto al tiempo que me acerco aún más a ella—. ¿Dejar París? Mi padre tiene una casa en La Rochelle, podríamos irnos allí, con tu abuela, quiero decir...

—Podría hacerlo... Pero le prometí que regresaría.

Resoplo un tanto irritado.

—No te entiendo. Hablas de él como si tuvieras miedo, pero veo que lo proteges, que incluso lo comprendes. ¿Lo compadeces? Te da pena, ¿es eso?

Christine contiene las lágrimas aun a pesar de su expresión enfadada, y maldigo mil veces mi temperamento. Me he pasado. Y ya es demasiado tarde. Solo quiero saber qué le inspira ese demente... y por qué siento que estoy compitiendo con él.

—No le tengo miedo, ni lástima.

Un nuevo eco reverbera en el Rincón de los amantes. Un eco semejante a un sollozo que se dispersa entre nuestros alientos.

—No me preguntes qué siento por él, Raoul, porque no lo sé.

Erik

Durante todas estas semanas he creído que había esperanza. No pedía mucho. ¡Nunca he pedido mucho! Ni siquiera cuando iba al hospital sabiendo lo que me aguardaba allí, cuando mi madre me tiraba de mala gana la máscara o cuando me destrocé las manos creando mis dominios. El odio me consumía, es cierto. Pero logré controlarlo a base de aceptación. Sí. Había aceptado que no existía nada bueno esperándome al otro lado de la vida. Así que me atrincheré al otro lado, en el de la muerte. Y entonces, una luz. Una luz con nombre propio a la que encomendé el último rastro de ilusión que atesoraba.

Ahora, oculto tras las enormes esculturas de esta fuente, noto cómo ese odio que permanecía adormecido resucita hasta entrar en erupción. Me sostengo tras los hombros de este gigante de bronce, del mismísimo Polifemo, que espía furioso a los amantes ocultos, y mi cuerpo tiembla con violencia al pensar que al igual que este cíclope, que este monstruo con el que comparto rencor, yo también estaría dispuesto a matar.

Ese chico, Raoul, con su sonrisa perfecta, con su cara asquerosamente angelical, ya no es un rival. Sino todo contra lo que he luchado durante mi miserable vida. Es mi Némesis absoluta. Mi enemigo. Lo escucho responder a Christine y en sus palabras solo descubro desprecio, como si yo no fuese más que una abominación, una cosa. Y una cosa no tiene derecho a sentir, a temer, a amar, ¿no, niño de papá?

«Mira, el mocoso cadáver tiene miedo.»

La noche ruge en mi interior, escupe sus gritos de cólera y vuelve a anidar en la cripta de mi pecho. Aprieto con ira los dientes al notar que las lágrimas arden en mis mejillas, bajo la máscara.

Confiesa tus secretos, Christine, traicióname hasta vaciar tu miedo..., ese miedo que yo logré vencer y que tras ver mi rostro ha resurgido. Un monstruo no puede ofrecer nada más. O tal vez sí... ¡Adelante, Raoul Dassary! Los dioses de la música engendraron una bestia y su creación no será en vano.

El color infernal de mis demonios me tiñe hasta el último centímetro de la piel. He pretendido ser un ángel, pero mi crisálida se ha roto y el fantasma que fui renace para tomar lo que es suyo.

¡Recuerda tus peores pesadillas, Raoul, porque a partir de ahora tendrán mi cara!

Raoul

Christine se retuerce las manos y ya he aprendido que eso significa que está tremendamente asustada. O confusa. O ambas cosas a la vez. Soy el hijo de Dassary, pero también un pobre diablo. Y lo único que puedo pensar en este preciso instante es que no voy a dejar que nadie, ni siquiera yo, la haga sentir así.

—¿Cómo es... él?

Por Dios, ni siquiera tendría que considerarlo competencia, ni siquiera tendría que preguntárselo de nuevo porque sé que la estoy haciendo sufrir. Y, aun así, mis labios esgrimen mis dudas una y otra vez. Yo también estoy sufriendo. Por ella, por mí.

—Ya te lo he dicho...

—Dímelo otra vez, necesito volver a escucharlo.

Christine se encoge, cierra los ojos y suspira.

—Es como mirar a la muerte... —Su voz se quiebra—. Como si hubiese fallecido hace varios años y ahora volviera a caminar por el mundo de los vivos con esos ojos de fuego que solo se ven en la oscuridad...

—¿Y no existe alguna forma de...?

—Ninguna cirugía podría cambiar su cara, Raoul. Ninguna.

—No regreses. —Sé que es un ruego inútil porque comienzo a conocerla bien. Es tan testaruda como yo. Tal vez más. Sin embargo, cuando lo repito, mi voz suena estrangulada—. No regreses, por favor. Ni a él, ni a la Schola...

Ella me mira con una tristeza infinita.

—No me pidas eso, ¿de acuerdo? —Parpadea para contener las lágrimas—. Era yo quien estaba muerta en vida cuando él me encontró. Me dio fuerza, seguridad, me devolvió los sueños... Tengo miedo de perder todo eso.

La miro, pienso que, en realidad, tiene miedo de perderlo a él.

Prosigue.

—De sentirme otra vez una inútil, una impostora, y...

No permito que continúe. Me duelen tanto sus palabras que me estoy rompiendo por dentro. Le paso las manos por la cintura y la atraigo hasta que nuestros cuerpos se funden y uno mis labios a los suyos. No soy muy creyente, pero rezo para que este momento dure mil eternidades.

¿Esto es lo que se siente? Solo ha sido un besito, un roce fugaz y tierno, quizá un anticipo de cómo será el beso de verdad.

Raoul se separa un poco, y la angustia se apodera de mi pecho con tal intensidad que tengo ganas de llorar. Debo de ser más tonta e inocente de lo que creía porque... necesito que me bese de nuevo. Que me abrace para no soltarme jamás. No quiero pensar en laberintos bajo tierra, en ataúdes abiertos, ni en una música extraña que abrasa a cuantos la escuchan. Ni siquiera puedo saber si Raoul me hace sentir amada más allá de un amor de una sola noche. Justo en estos instantes en los que los amantes de bronce son nuestros únicos testigos, deseo desesperadamente que no pare, que me bese hasta que me olvide del mundo, hasta que París y su oscuridad se conviertan en un telón de fondo ajado.

Raoul traduce a la perfección mi mirada porque asiente y sonríe. Me gusta la súplica de sus ojos, el modo en que me acaricia el rostro, como si temiera que yo fuera a desaparecer.

Estoy agotada, muy agotada... Necesito tanto abandonarme entre sus brazos...

Cuando le ofrezco mis labios, en mi corazón se desata la tormenta.

23
El juego del murciélago

> «Dos ojos ardientes como brasas acababan de iluminarse al pie de su cama.
>
> Lo miraban fija, terriblemente, en la noche oscura.»
>
> GASTÓN LEROUX,
> *El fantasma de la ópera*

Raoul contempló su último dibujo. Lo había esbozado rápidamente al llegar a casa, tras encerrarse para cenar en su dormitorio. Christine le devolvía la mirada desde el papel. Suspiró al comprobar que había captado toda la ansiedad que la joven había reflejado minutos antes en los Jardines de Luxemburgo. Aún no sabía qué pensar de su historia. Le había contado la verdad, de eso no albergaba la menor duda. Pero ¿qué podía hacer al respecto si ella insistía en quedarse y esperar lo inevitable? Y... ¿qué era exactamente lo inevitable?

Raoul dio un último bocado al bistec antes de apartar el plato con desgana. Christine era más fuerte de lo que decía ser y, por su negativa a pasar la noche juntos, advirtió que no quería su protección, ni la necesitaba. Soltó un juramento. ¿Quién era en realidad el titiritero enmascarado que la tenía bien sujeta con sus hilos? Maldijo a Erik en silencio mientras dejaba el dibujo sobre la mesilla. Se puso un pantalón de chándal, una camiseta de manga larga y, tras meterse en la cama, apagó la luz. Seguramente vería la situación con mayor claridad por la mañana. Puede que incluso llamase de nuevo a Lazan para pedirle ayuda. Detestaba la idea de traicionar a Christine, pero nadie conocía mejor que Lazan los subterráneos de la ciudad y, además, aunque ella no quisiera, tenía que... Apenas había procesado aquellos pensamientos cuando vio dos destellos fugaces tras la puerta que daba al balcón. Contuvo el aliento y trató de evaluar lo que veía. Posiblemente serían las luces de París, el reflejo del faro de la Torre Eiffel.

Una brisa gélida pareció acariciarle el cabello. ¿La puerta del balcón estaba abierta? ¿Y si la había abierto alguien...? Alargó un brazo y, procurando no hacer ruido, palpó la mesilla hasta dar con el interruptor de la lámpara. La encendió sin apartar la vista de la ventana. Cuando la habitación se iluminó, las dos ascuas desaparecieron.

—Joder.

No. Era imposible que se tratara de la Torre Eiffel. Tampoco podían ser los ojos de un gato o un cuervo posado en una de las ramas cercanas. Juraría que era la primera noche que veía algo así. Entonces, las palabras de Christine le asaltaron la mente con el poder de un terror certero: «Como si hubiese fallecido hace varios años y ahora volviera a caminar por el mundo de los vivos con esos ojos de fuego que solo se ven en la oscuridad...».

Apagó de nuevo la lamparita y aguardó. Los ojos de fuego reaparecieron. Llameantes, perturbadores. Raoul miró a su alrededor como si ya no distinguiera dónde se encontraba. «Es él.» Se inclinó para coger el cuchillo que había dejado en el plato y lo aferró entre las manos como un arma. Poco a poco salió de la cama. Se sentía febril, con todos los músculos en tensión, la mente alerta, el corazón a mil revoluciones. Lo separaban del balcón cinco pasos, pero creyó que nunca llegaría, que algo horrible sucedería antes de poder alcanzar la ventana. La sensación de que algo le reptaba por la nuca y la súbita convicción de que lo observaban hizo que Raoul sujetara con más fuerza su arma improvisada. El terror le susurró que si se acercaba más a la ventana, si echaba un único vistazo a lo que fuera que estuviese tras el cristal, ni siquiera la locura sería un refugio.

Al abrir el pestillo, una sombra se materializó en las tinieblas. Una sombra ataviada con una gran capa y una máscara del color de la noche más oscura. Los ojos dorados tras la careta sin facciones refulgían como si viniesen del mismo infierno.

Ninguno de los dos dijo una palabra durante los segundos en los que el desafío se garabateó entre ellos. Raoul reaccionó primero atacando a su adversario con el cuchillo en una finta que pretendía ser rápida. Un único movimiento del hombre enmascarado y el cubierto pasó a sus manos. Veloz como un felino, contraatacó y lo clavó en el dintel de madera, atrapando la manga de la camiseta de Raoul, que quedó temporalmente inmovilizado.

—¿De verdad querías herirme con esto?

Su voz, aunque de tono burlón, sonó tan hermosa que a Raoul se le antojó una mofa cruel. Así que aquel era el ángel de voz divina y rostro de muerte... Tras la máscara, Erik chasqueó varias veces la lengua al tiempo que negaba con la cabeza.

—Y además a traición, sin darme tiempo a presentarme... —Su ironía era heladora—. ¿Los Dassary no tienen modales?

—No los necesitamos para tratar con fantasmas.

Raoul se removió sin conseguir soltarse. Erik alzó el mentón. La capa se desplegó a su alrededor avivada por una ráfaga de viento y le confirió el intimidante aspecto de un murciélago.

—Veo que el pequeño accidente con la lámpara no ha menguado tu valentía. —Tras una breve pausa añadió con sarcasmo—: Confieso que no me lo esperaba, felicidades.

—Yo no juego sucio para obtener lo que quiero.

—Ah, ¿esto es un juego para ti? ¿Y ella uno de los tantos trofeos que coleccionas bajo las sábanas? ¿Qué harás cuando consigas saciarte, Dassary? ¿Tacharla de tu lista?

—Hijo de...

Raoul rasgó la manga de la camiseta, pero, antes de que pudiera avanzar más, Erik lo agarró del cuello.

—Bien —murmuró—, si quieres jugar, acepto el reto.

—¿Crees... que Christine... se enamorará de un monstruo? —Raoul sonrió al tiempo que jadeaba tratando de zafarse—. Has perdido... de antemano.

Erik lo apartó con un gesto de desprecio.

—Crees que tu rostro te da ventaja absoluta sobre mí y sobre ella. Pues te advierto que yo cuento con mis propias armas. Podría haber acabado contigo en el museo o hace escasamente dos minutos. Un monstruo no habría perdido esa oportunidad.

—Adelante —contestó Raoul haciéndole un gesto para que se acercase—, veamos si eres tan peligroso como dicen.

Una carcajada brotó de la máscara.

—No eres rival para mí.

—Pero sí a ojos de Christine.

—Que sea ella quien decida.

Raoul no abandonó su actitud defensiva. Mantenía los puños cerrados, las piernas listas para abalanzarse sobre él.

—¿Acaso propones algo?

Erik se cruzó de brazos, solemne.

—Si ella canta mi canción en la gala de la Ópera... *game over* para ti, Dassary.

—¿Así de sencillo?

—Así de justo. La música lo es todo para nosotros. Es el puente que nos une. Una vida puede extinguirse, la música y el amor, no. Comprendo que para ti debe de ser muy difícil de entender.

—Guárdate tus ironías.

—¿Raoul? ¿Con quién hablas?

El joven se volvió, sorprendido. Era su hermano. Pasos en el pasillo. Cada vez más cerca.

—Trato hech...

Cuando desvió de nuevo la vista hacia el balcón, no había nadie. Solo el rumor del tráfico calle abajo.

—Dios... —Raoul se llevó las manos a la cabeza—. ¿Qué he hecho?

24
Renacer en la tormenta

> «Si se muestra digna de mí, si no me miente, yo tocaré sobre la tumba de su padre *La resurrección de Lázaro* con el violín...»
>
> GASTÓN LEROUX,
> *El fantasma de la ópera*

Habían transcurrido dos días, y la gala de Navidad en la Ópera Garnier se acercaba tan deprisa que Christine comenzaba a sentir que el vértigo la acechaba desde cada rincón de su mente. A ojos de los profesores y sus compañeros, seguía ensayando *Once upon a December*, pero cuando se hacía la noche y la Schola quedaba vacía, aprovechaba para aprenderse la canción que Erik le había dejado en la taquilla. Sus pies la llevaban irremediablemente a la Sala Tchaikovsky y se sorprendía observando los espejos con un terror delicioso. La composición no tenía título, pero a veces, sin querer, ella jugaba a llamarla de diversas formas: *Los secretos que ocultas... La última noche...* La partitura alcanzaba niveles armónicos de tal hermosura, sexualidad y dolor que dominarla requería todo su esfuerzo. Aunque Christine sabía que no era esfuerzo lo que él pedía, sino pasión...

Ni siquiera tenía muy claro que finalmente fuera a interpretarla. Eso implicaría darle a Erik un sí definitivo, una esperanza a la que aferrarse. Y ella no quería ser la esperanza de nadie, solo de sí misma. Y luego estaba Raoul. Sus besos junto a la fuente de Acis y Galatea habían supuesto un antes y un después. Cuando terminaba de ensayar, y el éxtasis se desvanecía poco a poco, creía que de alguna forma estaba traicionando aquello que había nacido entre ambos y a lo que no quería dar un nombre.

Su interior se debatía de tal forma que la tarde del 22 de diciembre, un día antes de su debut en la gala, se despidió de su abuela con un abrazo, pero sin confesarle que iba a saltarse las clases para ir a ver a sus padres. Necesitaba tanto tenerlos cerca, sentir su protección, que en aquel anochecer, con el cielo invernal de nubarrones violáceos como bóveda, las tumbas del cementerio se le antojaron más tristes que nunca. Aquella enorme ciudad de los muertos se extendía hasta donde la vista podía alcanzar. Père-Lachaise rezumaba soledad. Le pareció que las miles de voces allí mutiladas se lamentaban a su paso con un llanto antiguo, trágico.

Caminaba despacio, con una mano en el bolsillo de la gabardina y la otra sujetando una bolsa. Notaba el peso de la ausencia sobre los hombros pugnando por hacer retroceder los recuerdos más acerados. Su victoria sobre ellos fue un espejismo, pues la embistieron de golpe, a traición.

Pasó junto a un bello arcángel de piedra y se estremeció al mirar de reojo su rostro. Lo mismo ocurrió cuando desembocó ante el monumento principal. La Puerta de los muertos, con sus cadavéricos huéspedes abrazándose entre sí mientras se adentraban en el portal que los conduciría al otro lado, consiguió que el frío de diciembre le penetrase aún más los huesos. Aquellas estatuas semiderruidas, cubiertas de suciedad, polvo y sombras, entonaban un canto fúnebre que solo ella podía escuchar.

Bajó la cabeza y arreció el paso. Odiaba aquel lugar. En su imaginación, se veía avanzando hacia la profundidad de su propia tumba. Dejó atrás el osario para ir más allá de las lápidas de Delacroix y Oscar Wilde.

Un relámpago cruzó la noche naciente desgarrando el cielo con dedos eléctricos. Christine contó mentalmente. Seis fueron los segundos que esperó el trueno para retumbar en el camposanto. Su estruendo fue tan terrible que la joven estuvo a punto de tropezar con un nicho anónimo de granito resquebrajado. Lo miró con tristeza: allí descansaban los huesos de alguien cuyo nombre el tiempo había querido borrar.

Esquivó un gato atigrado que salió de un enigmático dolmen de piedra. Nunca se paraba ante aquella tumba de aspecto tan singular, pero en aquella ocasión entornó los ojos para leer una de sus numerosas inscripciones: «Nacer, morir, renacer, procesar sin cesar, tal es la ley». Una súbita ráfaga de viento la hizo tiritar. La falda negra que llevaba puesta se encrespó en una cadencia sinuosa. Se alzó el cuello de la gabardina color crema y siguió adelante hasta detenerse finalmente frente a una lápida.

Su corazón gritó en silencio. Se arrodilló ante ella y extrajo los objetos que llevaba en la bolsa. La cajita de alas nacaradas. La besó con ternura antes de depositarla sobre el nombre de su madre. Las últimas zapatillas de ballet que utilizó antes de comprarse unas nuevas. Les acarició la superficie rosada y se las ofreció a su padre. Eran su regalo, sus símbolos más preciados. Allí nadie los robaría, del mismo modo que también se respetaban las piedrecitas de las tumbas judías, los claveles que los estudiantes dejaban a Chopin o las rosas con las que alguien decoraba el muro de los comuneros.

Posó las yemas de los dedos sobre la superficie gris y cerró los ojos. Cuando comenzó a llorar, se sintió liberada. Su abuela decía que a veces había que derramar lágrimas hasta romperse, hasta purgar todo el dolor.

Inspiró hondo. Una gran bocanada. Como si hubiese salido a flote tras alcanzar el fondo del océano. Las lágrimas le dibujaban surcos helados en las mejillas. Su sabor salado era el más amargo que conocía.

—¿Qué debo hacer...? —les preguntó—. Ojalá pudiera veros una vez más... Una sola... Os echo de menos, cada día de mi vida.

«La niña perdida no ve la luz con la que brilla...»

Aquella voz..., su voz..., tan nítida en su cabeza, a su alrededor...

Por un momento, el cementerio reverdeció para ella. Las flores marchitas y secas que reposaban en las tumbas recuperaron el color, los muros del recinto se bañaron de plata, las estatuas revivieron para curvarle los labios, la oscuridad reinante se volvió de terciopelo.

—Eres tú...

Un nuevo relámpago tatuó la noche. Sus ramificaciones refulgieron a través de los cumulonimbos negros. Milésimas de segundo. Dos latidos.

«¿Has olvidado a tu ángel...?»

La pregunta, bañada por una dulzura infinita, acompañó al trueno. Christine contempló las lápidas, las estatuas y los bustos de bronce que había a su alrededor. Nada. Nadie. Solo ella y los muertos. Ella y el cementerio, que había renacido gracias a aquella voz de procedencia divina.

—No, no te he olvidado. —Sin pretenderlo, sonrió aun a pesar de las lágrimas—. Jamás podría hacerlo.

«Entonces ¿por qué me niegas...? ¿Por qué huyes de mí... y de ti misma?»

—No huyo. Ya no tengo miedo. Es solo que...

«Ellos están orgullosos, Christine. Siempre lo han estado y, decidas lo que decidas, siempre lo estarán. Deja que mi música te guíe una vez más, deja que borre tu dolor. No le des la espalda a tu instinto. No te abandones a la soledad. Confía en mí, no te resistas.»

Un golpe del arco del violín invisible, y toda la piel se le erizó. Se levantó poco a poco, hechizada por cada nota de aquella melodía. Conocía la canción. La conocía tanto que sonrió abiertamente, ofreciéndole su rostro al intérprete oculto.

Cuando la voz se unió a ella, un escalofrío de placer le recorrió la columna.

El violín enraizó en sus sentidos, y la oscuridad de su interior empezó a brillar. La música. Ahí, en sus recuerdos. Música cuando solo era un esbozo de sí misma y su padre colocaba con cuidado los cascos en el vientre de su madre para que escuchase sus composiciones. Música cuando veía las estrellas de juguete a través de la cuna. Música al dar los primeros pasos. Música cuando la vida sonreía, cuando se caía y volvía a levantarse. Música en sus sueños, en su presente, en su futuro. En el viento. En la piel. En la mente.

En todas partes.

Y Christine, que no había parado de llorar, rompió a reír. Fundió su voz con la de Erik y, juntos, traspasaron las barreras de la realidad.

El violín continuó acompañándola cuando comenzó a correr. Escuchaba sus cuerdas vibrar al tiempo que dejaba atrás tumbas, nichos y espectros de piedra. Atrás, muy atrás. Como si fuesen borrones que se extinguieran en una pesadilla de la que se iba despertando.

Al llegar al portón de salida, se detuvo, exultante. La tormenta se precipitó sobre París y la ciudad tembló ante su inusitada violencia. Christine extendió los brazos, abrió las palmas de las manos y volvió a reír. No le importaba ya el frío. La lluvia caía torrencialmente, pero la música seguía resonando en su interior con un eco que no quería hacer desaparecer. Recordó la imagen de Evey, la protagonista de *V de vendetta*. Visualizó su expresión de felicidad mientras el aguacero la empapaba. Y ahora comprendía el porqué.

Obedeciendo a un impulso repentino, sus pies se movieron al compás de la melodía que únicamente ella oía, que la tomaba de la mano y la alumbraba en la lluvia. Su cuerpo despertó junto a su nueva sonrisa, aquella que Christine tanto había buscado. La joven estaba envuelta en una energía candente, casi palpable en el aire invernal.

Los transeúntes se detenían bajo los paraguas para contemplarla con cara de asombro. Dueña de la noche, se abrió a ella estallando con piruetas y giros entre los coches parados en los semáforos, cuyas luces recortaban su silueta y la teñían de rojo. Algunos comenzaron a fotografiarla, y los flashes capturaron su figura acharolada por la lluvia, la melena al viento como un ser de un mundo acuático, sus brazos abiertos hacia el cielo, pretendiendo alcanzarlo, sus pasos domando el ritmo de los truenos...

Muchos creyeron ver, aun a pesar de la tormenta, cómo de aquella chica surgían destellos de fuego.

25

Punto de no retorno

«¡No me toquéis! ¡Soy la Muerte Roja que pasa...!»

GASTÓN LEROUX,
El fantasma de la ópera

La Asociación de amigos de la Ópera había engalanado el interior de la misma con un esmero exquisito para la gala de aquella noche.

Los asistentes, en lugar de entrar por la rotonda de los abonados, como era la costumbre, podían acceder por la entrada principal y admirar su fastuosa fachada para adentrarse posteriormente en un mundo onírico creado para ver y dejarse ver.

Christine, pese a los nervios previos a su actuación, se mantenía serena. Entró del brazo de Valerie y dejó escapar una exclamación de alegría al desembocar en la Grand Scalier, cuyos pasamanos estaban rebosantes de rosas blancas. Las esculturas de las portadoras de antorchas se erguían a ambos lados, y la joven no pudo evitar preguntarse cuántas celebraciones, bailes y mascaradas habrían visto aquellos ojos de mirada salvaje. Ascendieron hasta girar por el corredor de la izquierda y siguieron a la multitud, que, como ellas, señalaba las flores, fotografiaba a los dioses griegos que los observaban desde las alturas o contemplaba boquiabierta los palcos a su alrededor.

El reflejo de los invitados se multiplicaba por doquier, tal era la magia de los innumerables espejos tintados que poblaban la Ópera. Christine se detuvo en el misterioso Salón de la Luna para retocarse el vestido. Valerie, ataviada con un colorido tocado de flores, admiró unos instantes la bóveda salpicada con siluetas de lechuzas y murciélagos dorados y luego se volvió hacia su nieta.

—Estás guapísima, Christy —dijo cariñosamente—. Ven, anda, deja que te sujete bien este último lazo.

La joven disfrutó al verse hasta el infinito en el efecto *mise en abyme* del espejo. Lucía un corpiño blanco con escote palabra de honor en cuya espalda se trenzaban varias cintas de raso. La falda de tul del mismo color caía en cascada y de vez en cuando dejaba entrever sus esbeltas piernas. Su abuela había insistido en hacerle un recogido en el pelo, pero ella, que había comenzado a detestar los moños que las obligaban a llevar para bailar, la convenció para dejárselo suelto, con unos bucles cayéndole sobre los hombros desnudos.

—Eso es. ¡Perfecta! —Valerie le guiñó un ojo mientras le entregaba un antifaz con forma de mariposa—. ¿Preparada para el baile?

—¡Nací preparada! —rio ella—. ¡Vamos!

Se suponía que nadie debía conocer a nadie durante el baile de máscaras previo a la actuación, pero todos sabían que aquella norma estaba hecha para romperse.

El Grand Foyer, el espacio elegido para tal evento, resplandecía de forma mágica. Un perfume navideño a musgo y canela impregnaba el ambiente. Sus columnas de oro se intercalaban con unos espejos enormes que producían un efecto laberíntico a imagen de Versailles. Las diez arañas de cristal y bronce habían sido engalanadas para la ocasión con unas guirnaldas de las que pendían unos adornos rojos a juego con el árbol de Navidad. Este se hallaba en uno de los extremos de la ostentosa galería, frente a una de las chimeneas. Dos niños jugaban allí a esconderse y asustarse mutuamente con el relieve de un gran dragón grabado en la placa interna de esta. Christine sonrió al reconocer a los hermanitos de Meg. ¿Dónde estaría ella?

Miró a su alrededor: liras de oro por todas partes, musas de cuerpos voluptuosos, máscaras con bocas extravagantes y ojos burlones, dioses lujuriosos... incluso el mismísimo arquitecto en un busto dorado le sonreía desde un artesonado inspirado en la Capilla Sixtina.

Aquella noche, en el Grand Foyer confluían decenas de personalidades, desde el alcalde de París hasta el director de la Ópera y, por supuesto, el famoso presentador del *talent show*, Laurent Ruquier. Todos enmascarados, de etiqueta, preparados para acoger la actuación de unos alumnos que sufrían por estar a la altura... y ganar. Ganar *Fame is in you* frente a las numerosas cámaras que retransmitirían el evento a toda Francia.

Su abuela le indicó que se dirigía hacia una de las mesas repletas de canapés y champán.

—Te veo luego, *petite*... —dijo, y señaló con aire pícaro la orquesta de cámara en el otro extremo de la sala—. ¡Disfruta!

Christine, que hasta entonces no se había percatado de la clase de música que amenizaba el baile, descubrió para su sorpresa que se trataba de temas extraídos del cine. En aquellos momentos la pequeña orquesta interpretaba la famosa melodía de *Cinema Paradiso.*

—¡Estás aquí!

Meg le dio un abrazo fuerte. Su amiga estaba radiante con aquel vestido azul eléctrico de generoso escote. Sus ojos le brillaban bajo un antifaz de lentejuelas multicolor.

—Ay, Christine, ¿por qué habrán querido celebrar este baile antes de la función? ¿No se supone que estas cosas van al revés? ¡Dentro de una hora nos llamarán para cambiarnos y no habré podido saborear ese champán tan caro! Y estos tacones me están matando... ¡Ya le he dicho a mi madre que los zapatos de aguja no son lo mío, que ya tengo los pies bastante destrozados y que no a todas las tías nos mola el rollo masoquista de la moda, pero...!

—Meg. —Christine sujetó a su amiga por los brazos—. Respira, cuenta hasta cien, baila con un rubio guapo... pero, por favor, tranquilízate. —Volvió a abrazarla—. Lo harás genial; ¿tú me ves nerviosa?

Meg negó con la cabeza, pero soltó una risita histérica.

—Pues claro que no —afirmó Christine—, porque sé que bordarás tu solo como Giselle. Y estos estirados del concurso verán tu potencial. ¿Y adivina qué viene después de triunfar aquí?

Su amiga suspiró largamente.

—Mi nombre junto al de Misty Copeland...

—No, ¡tú la desbancarás!

—¡Haré que muerda el polvo!

—¡Tampoco te pases!

Rompieron a reír con ganas.

—Por cierto, pensé que vendrías con... —Meg carraspeó—, bueno, con Raoul, el chico diez. ¿Dónde está?

Christine echó otro vistazo fugaz a su alrededor. Tantas máscaras comenzaban a marearla.

—No lo sé, la verdad... Y eso que lo invité, pero no lo veo, o él no me ve a mí.

—Bah, siendo el hijo de quien es aparecerá con séquito y todo. —Los gritos de sus hermanos desviaron su atención—. Voy a ver si controlo a esos animalillos. Gracias, Christy, eres una buena amiga, y ya sabes, si no nos vemos luego en camerinos..., mucha mierda y a por todas.

Meg tenía razón, pensó al verla desaparecer entre tanta gente. ¿Dónde estaría Raoul? Quizá no hubiera llegado todavía. La orquesta cambió de melodía para amenizar la velada con uno de los temas principales de *La La Land*. Los asistentes parecieron animarse y muchos comenzaron a moverse al compás.

Máscaras por todas partes, de todas las formas y colores, pero ni rastro de Raoul. Aunque sí de algunos de sus profesores. Reconoció a monsieur Tibaud brindar con monsieur Lheulier, el director de la Schola. Y a madame Denize, vestida con un traje rosa precioso, pasear sola entre la multitud, como si buscara a alguien. Su antifaz violeta coronado por una pluma del mismo color le resaltaba las facciones angulosas. De repente, Mireille Denize se detuvo. Sus ojos negros se habían clavado en una de las entradas al Grand Foyer. Como imitándola, todos los concurrentes fueron volviéndose en la misma dirección. Unos dejaron los canapés suspendidos entre sus labios, otros murmuraron con el recelo tatuado en sus gestos, la mayoría se quedó en silencio, incluida la orquesta.

Un invitado inesperado había hecho su aparición en el baile. Iba ataviado completamente de rojo. Un abrigo abierto de cuero le cubría los brazos, que llevaba rematados por unos guantes, y le pendía de los hombros para caer en forma de capa. Esta le llegaba hasta el suelo, rozando unas botas altas de mosquetero. El color carmesí era tan intenso que parecía sangre fresca. La camisa, de un tono más apagado, estaba adornada con unas suaves chorreras que descendían hasta los pantalones de piel y con el bordado en relieve de unas costillas humanas. La máscara, negra y de estilo Bauta, con una pequeña joya a modo de lágrima roja en la mejilla derecha, era el culmen de un atuendo escalofriante.

Su aspecto transmitía pavor, pero también una belleza extraña. La figura, alta y fúnebre como era, se quedó inmóvil en el centro del Grand Foyer, y a todos cuantos la observaban les dio la sensación de que los estaba retando.

De repente, se oyó a un hombre murmurar con cierto espanto:

—Es como la Muerte Roja de Poe...

Christine comenzó a abrirse camino. Los invitados la miraban perplejos al tiempo que dejaban un pasillo libre para ella. Una estela de susurros la acompañó a su paso. Nadie sabía lo que aquella chica pretendía, ni lo que su mirada ocultaba. Tal vez conociese a aquel hombre. Tal vez todo fuera una broma, una actuación improvisada antes de la función. O puede que estuvieran ante una escena surrealista y paradójicamente fascinante.

Cuando la joven de blanco se detuvo a escasos centímetros del inquietante personaje y extendió una mano, el silencio podía cortarse con un cuchillo. A todos les pareció que la Vida invitaba a bailar a la Muerte.

Contrapunto

Erik

No debería haber venido. Alejarme de la gente siempre ha sido mi máxima prioridad. Pero las prioridades han cambiado y las nuevas me seducen hasta el punto de que olvido el riesgo que corro si no cumplo las antiguas.

He tomado prestado un traje antiguo de Rothbart que utilizaron años atrás en una de las versiones de *El lago de los cisnes*. Es curioso. La Ópera Garnier es el único lugar del mundo donde la historia de Odette cambia y ella elige finalmente al monstruoso brujo. No he hecho otra cosa que pensar en ello al vestirme, convenciéndome de que tengo una posibilidad, una única y remota posibilidad de que mi Odette realice el mismo milagro.

Mi entrada en escena en el Grand Foyer desata el asombro. Perfecto. No he venido para ser un títere más en esta farsa de máscaras. Aunque ellos no pueden saberlo, los miro con desprecio. Miserables. No tienen ni la más mínima idea de lo que una careta es capaz de hacer.

De pronto, los invitados se apartan y mi seguridad inicial se desvanece de golpe en cuanto la veo aparecer. Camina hacia mí decidida, con un vestido blanco que le da un aspecto etéreo. Procuro que en mis movimientos no se note que mi respiración se acelera. La deseo. En cuerpo y alma. La deseo tal y como es. Christine en su totalidad. Frágil. Apasionada. Niña. Mujer.

Me mantengo firme cuando se detiene frente a mí y extiende una mano. Ni siquiera me he dado cuenta de que la orquesta está tocando *Point of no return*, una canción que no me es desconocida. Ella se quita el antifaz y al lanzarlo lejos curva un poquito las comisuras de los labios. He comprendido tu gesto, Christine. Con esa simple señal me has indicado que no necesitamos máscaras, que ambos hemos llegado al final de un puente que comenzamos a cruzar hace más de un mes. No hay retorno, pero tampoco sabemos muy bien adónde nos conducirán nuestros actos.

Yo no puedo quitarme la máscara, no delante de medio París. Sin embargo, sí puedo quitarme otra clase de antifaz.

Christine

La Muerte Roja emana tal poder con su sola presencia que me siento embrujada, hechizada por el misterio y la sensualidad que desprende. Sé lo que se esconde tras la máscara, pero ya no soy dueña de mí misma. Está ante mí, tan alto como es, revestido de un magnetismo que seduce, que alimenta mi fascinación, que atrapa y enloquece.

Erik toma mi mano y nuestro vals da comienzo. Mi cuerpo está embriagado por el fuego que lo consume. Me siento arder, y la fuerza de mi llamarada me hace majestuosa. Qué extraño. La Christine vulnerable ha desaparecido. Siento que el placer asciende desde mis pies hasta inundar mis sentidos. Soy yo quien gobierna esta danza, quien lo mira directamente a las ranuras de esta máscara negra aun sabiendo que tras ella solo hay un rostro de muerte. Y así, con la sutil violencia de la música, nuestras manos se entrelazan, nuestras caderas colisionan, nuestra sangre ruge al unísono.

Percibo en sus dedos un ligero temblor y en mis ojos se revelan los interrogantes. ¿No lo ves, Erik? Has tenido la fortaleza de venir, has emergido de la noche solo por mí, ¿verdad? Entonces ¿por qué esperar más? ¡Llévame al límite, ponme a prueba, rompe la última barrera! ¡Sí, aquí, delante de todos! ¡Déjame ser la pasión, la tentación prohibida! ¡He aprendido a volar y quiero que el sol me incendie!

Erik

Ha tomado el control. Mi cuerpo entero se estremece de placer y también de un temor inoportuno que no cesa. Su aliento me enloquece. Christine... Tómame, bébeme, hiéreme... No hay nada en mí que no sea tuyo... Pero tienes que saber la verdad, tienes que saber que tu ángel quemó sus alas hace mucho tiempo... No olvides este vals, porque... tal vez sea el último.

Christine

Su voz se despliega en mi mente con una tristeza tan contenida que me dan ganas de gritar.

«No te entregues a mí, todavía no. Hay tanto que aún no sabes...»

Sigo sin entender cómo lo consigue. Tal vez sea ventriloquia o una magia que solo alguien como él podría dominar. No me importa. Nada importa ahora. Quiero hacérselo saber, pero a mi manera. No habrá palabras. Aferro sus manos y mi pecho se une al suyo mientras nuestros pasos continúan en un torbellino de sensualidad. Su corazón, bajo los dibujos de esqueleto, late con el mismo frenesí que el mío. Ha captado mi respuesta a la primera, pero no desiste.

«Te mentí. Por venganza acabé con la vida de personas que me hicieron tanto daño que no quise volver a la superficie. En realidad, puede que sea un monstruo después de todo. ¿No tienes miedo?»

No quiero oírlo. Sé de lo que el mundo es capaz, he conocido la maldad, la humillación, la amenaza. Frunzo el ceño, y Erik inclina la cabeza levemente, en señal de un sometimiento absoluto. Doy un giro y abro las palmas de las manos para juntarlas con las suyas. Giramos, giramos, giramos a un ritmo incandescente. «No tienes que darme explicaciones», le dice mi cuerpo. «¡No permitiré que te hundas en la autocompasión!», le grita con cada paso. ¿Qué me ocurre? ¿Quién es esta Christine que abraza su lado más oculto deseando que el fuego nos consuma?

La música se ralentiza y nuestros rostros se detienen a escasos centímetros.

«Solo puedo ofrecerte una vida en la oscuridad, Christine. No quiero que seas un fantasma como yo.»

Un giro final, y mi cuerpo se arquea ante él. Erik no me suelta. Al contrario. Aprovecha estos segundos en los que me hallo a su voluntad para sostener mi rostro entre sus manos enguantadas. Lo alza despacio, Dios, tan despacio que puedo saborear el licor furioso de su deseo. Nos mantenemos unos instantes sometidos el uno en la sed del otro. Mis labios se aproximan a la máscara y la rozan. Solo entonces él reacciona. Con una rápida vuelta, me toma por la cintura y se posiciona detrás de mí. Ahogo un gemido cuando su mano derecha asciende tentando mis senos, que se erizan ante su contacto. Acto seguido retrocede, como si de repente se hubiera arrepentido. Quiero aproximarme de nuevo a él, pero la orquesta ha hecho enmudecer la música y Erik niega con la cabeza.

«Mi música es pasión, Christine. Pero también muerte. Elige bien.»

El corazón me retumba en la garganta. Respiro con grandes inspiraciones. No lo ha mencionado explícitamente. Y, sin embargo, ha sido muy claro. Trago saliva. ¿Debo cantar su música esta noche?

Raoul

He vuelto a perderla. ¿O tal vez nunca tuve la oportunidad de conquistarla? Supongo que cree que no he acudido a la gala, pero llevo una hora en el Grand Foyer, esperando, observando... Lazan está conmigo. Se ha puesto una máscara, como yo, y permanece a mi lado por si pudiera necesitar sus conocimientos del submundo. Con Erik nunca se sabe. Y nuestro acuerdo sigue ardiendo en mi memoria.

Quiero quitarme el maldito antifaz y dar la cara. A esto te has visto reducido, Raoul, a espiar a la chica que te gusta. Debería existir otro término para cuando alguien comienza a sentir una avalancha de emociones en el pecho por otra persona y, aun así, no quiere llamarlo «amor». Entre «gustar» y «estar enamorado» hay un paso, y me parece que yo lo crucé cuando ella me abrió su corazón y sus labios.

Y ahora acabo de contemplar, entre trastornado y enfurecido, esta especie de vals que ha bailado con Erik. Porque es él, no me cabe la menor duda. Solo su maestro puede conseguir que Christine acuda a su llamada sin tan siquiera pronunciar su nombre.

Al principio he creído que estaba hipnotizada. Ja. Soy un iluso. Era ella quien llevaba las riendas. Todos lo hemos visto. Ellos ni siquiera se han percatado del estado de estupor que han generado a su alrededor, pero los rostros que los miran solo transmiten sorpresa... y desasosiego. Incluso esa ancianita con un cómico tocado de flores ha dejado caer la copa de champán al suelo.

La Muerte Roja se va dejando un reguero de susurros. Veo como Christine se pierde de nuevo entre la multitud y, aturdido, doy un paso hacia ella. Lazan impide que intervenga. Le he contado todo cuanto necesita saber por si las cosas se tuercen. Y, en cierto modo, está en lo cierto... Solo Christine tiene en su mano la clave. Pero ¡no puedo dejarla así, sin hacerle saber que estoy aquí por ella, que haré lo que sea por alejarla de ese hombre!

—Christine...

Una sonrisa azorada.

—¡Raoul!

Sabe que lo he visto todo. Lo noto en sus ojos evasivos.

—Todavía estamos a tiempo. —Las palabras me brotan atropelladas—. Podemos irnos ya, ahora mismo.

—Me alegro de que hayas venido, en serio, pero te dije que...

—Me da igual, Christine. Escúchame, piensa bien lo que vas a hacer, ese tío está perturbado, y no quiero que seas la única que no se dé cuenta.

Me dedica una expresión que no sé definir. ¿Es enfado? ¿Impaciencia?

—¿Me estás haciendo elegir? —pregunta, y sin esperar respuesta, sentencia—: Lo siento, Raoul, tengo que irme con mis compañeros... Nos vemos después, cuando termine la gala. —Sonríe con cierta tristeza y no puedo evitar preguntarme qué estará pensando—. Deséame suerte.

Cuando se va, Lazan se aproxima y niega con la cabeza, como diciendo «te lo advertí». Algo me dice que deberíamos haber desaparecido de París y para no regresar en un tiempo. Ojalá la hubiera convencido. Pero otra parte de mí quiere comprobar hasta qué punto los besos que compartimos en los jardines fueron reales. O producto de la necesidad.

26

V de vendetta

«Si canta usted esta noche, puede ocurrirle una desgracia peor que la muerte.»

Gastón Leroux,
El fantasma de la ópera

Los nervios extendían sus tentáculos hasta las bambalinas. Todos los alumnos de último curso de la Schola sabían que cada una de sus actuaciones de aquella noche podía ser un trampolín o un fracaso absoluto.

La célebre melodía promocional de *Fame is in you* resonaba por los altavoces cercanos al escenario, y la voz de Laurent, el presentador, llegaba hasta los aspirantes como si se encontraran a un paso de clasificarse para los Juegos del Hambre.

El pasillo de las cien puertas, conocido por el extenso número de camerinos que albergaba, era un caos de ansiedad, tutús, maquillaje, nervios y escalas entonadas. Sin embargo, Christine, que no había querido cambiarse de vestido, esperaba su turno en el Foyer de la Dance, desde donde podía ver cómo sus compañeros realizaban sus últimos estiramientos antes de dirigirse al escenario.

La gala había comenzado hacía unos minutos y los acordes de *La bella durmiente* sonaban con su característica dulzura. Después fue el turno del coro y del ballet contemporáneo, cuyos alumnos danzaron su coreografía al son de *Variaciones*, de Julian Webber. Los diversos grupos de estudiantes iban y venían entre aplausos. Algunos sonreían satisfechos; otros regresaban a los camerinos con los ojos enrojecidos.

Cuando Meg apareció ya ataviada como Giselle, Christine fue a abrazarla.

—Solo quedamos nosotras, Christine —le dijo mientras se alisaba la falda, de un rosa vaporoso—, estoy hecha un flan. Por lo menos hay unas diez cámaras grabando en directo.

—Eres buena, muy buena. Sal ahí y déjalos pasmados.

—Menudo cambio, Christy... Hace dos meses hubiera sido yo la que te hubiese estado dando ánimos. ¡Y mírate ahora!

Monsieur Tibaud se acercó a ellas y examinó a Meg.

—¿Preparada?

Meg asintió.

—Entonces es hora de demostrar tu valía. Adelante. Y recuerda mis últimos consejos.

Las dos amigas se dedicaron una mirada de complicidad. Y se sonrieron antes de salir a escena. Christine escuchó a Laurent anunciar el solo de Meg por los altavoces y se adelantó un poco más para encontrar un resquicio en los bastidores. La música de *Giselle* comenzó a sonar y su amiga salió al escenario con rostro concentrado. Christine conocía aquella escena del primer acto. La bailarina que lo interpretase debía ser delicada y, al mismo tiempo, controlar cada milímetro de su cuerpo sin que el espectador se percatase del esfuerzo que suponía ejecutar cada uno de los movimientos. Meg desprendía belleza, carisma, fuerza y una técnica asombrosa. La piel le brillaba bajo los focos y, poco a poco, su expresión se fue relajando hasta transmitir una serenidad que fascinaba. Los violines parecían estar en consonancia con ella, arroparla en cada pirueta, acariciarla cada vez que las puntas de los pies giraban por el escenario. Contemplarla sin contagiarse de su magia, de su alegría, era casi imposible. Al finalizar los *pizzicatos* y con ellos, el solo, Meg alzó el rostro con seguridad hacia el patio de butacas y el público estalló en aplausos. Christine sonrió desde las bambalinas y el corazón le dio un vuelco al saber que ella era la siguiente... y que todos los que conformaban la gala contaban con que *Once upon a December* fuera el broche final.

Meg salió por el otro lado de los bastidores y Christine aguardó a que Laurent la anunciara. Se mordió el labio. Aún no se había decidido. Si cantaba aquella partitura... ¿qué destino la aguardaría? Si no lo hacía, una parte de sí misma moriría para siempre.

De repente, una mano la aferró por el hombro. Christine se dio la vuelta, esperando encontrar a madame Mauclair, pero para su sorpresa fue monsieur Lheulier quien estaba a su lado.

—¿Adónde crees que vas?

—Soy la siguiente, voy a...

La fuerza con que Lheulier la sujetaba se acentuó.

—Tú te quedas aquí bien quietecita.

—Pero ¿qué dice?

—Estoy harto de amenazas, notas anónimas y sustos que acaban en el hospital. No sé qué clase de artimañas habrás empleado ni quién te protege, pero te aseguro que hoy mi hija será la que actúe como colofón en esta gala o te juro que ninguna compañía te aceptará en lo que te resta de vida. ¿He sido lo suficientemente claro?

—Cristalino. —Christine apretó los dientes.

—Así me gusta.

En aquel instante, el presentador anunció un cambio inesperado en las actuaciones: Charlotte Lheulier sustituiría a Christine, quien había sufrido una indisposición repentina. La diva, con un vestido inspirado en la Anastasia original, ocupó su lugar en el centro del escenario mostrando una gran sonrisa confiada. El público ni siquiera murmuró por el cambio en el programa. Christine no había subido vídeos a las redes, no había participado de forma activa en el concurso, para ellos era una completa desconocida.

El director de orquesta alzó la batuta y los acordes de *Once upon a December* se extendieron desde el foso hasta bañar cada asiento, cada palco.

Charlotte hinchió el pecho, segura, deslumbrante, dispuesta a ofrecer el aria que la catapultaría a la fama. Sus labios, maquillados con un carmesí brillante, se entreabrieron para lanzarse y esgrimir la canción que le pertenecía por derecho supremo. Christine cerró los puños. Lo iba a conseguir. La prima donna de papá iba a triunfar costase lo que costase.

De pronto, los altavoces volvieron a cobrar vida. Sin embargo, no fue la voz uniforme que presentaba a los alumnos la que atravesó los tímpanos de la audiencia. Una miríada de sonidos animales obligó a los asistentes a cubrirse los oídos. Relinchos, gruñidos, balidos... Charlotte comenzó a hacer aspavientos, luchando por imponer su canto a aquel caos salvaje. Monsieur Lheulier miraba a su hija horrorizado. Charlotte fue enrojeciendo a medida que las risas del público aumentaban, y su voz, finalmente, cayó en la más absoluta afonía. Christine se tapó la boca con ambas manos. Aquello era una venganza. Reconocía la misma broma retorcida con la que Charlotte la había humillado en clase de canto. Alguien le había devuelto la vejación en el momento cumbre de la gala. La diva salió del escenario a toda velocidad, presa de la histeria. Christine vio como su padre la tomaba del brazo para llevársela de nuevo a los camerinos.

Los bastidores se convirtieron, por unos instantes, en un hervidero de agitación. Laurent señaló a la joven antes de desaparecer por uno de los laterales. Los sonidos animales cesaron de forma abrupta y un acalorado presentador tomó de nuevo las riendas.

—Lamentamos este desagradable incidente, *madames et messieurs*, desconocemos qué ha podido ocurrir y les aseguramos que nuestro equipo de seguridad ya ha controlado la situación. Es por ello por lo que procedemos a presentar a Christine Daaé, ya recuperada de su dolencia, que los deleitará con su propia versión de *Once upon a December*. ¡*Fame is in you* continúa, amigos! Y la señorita Daaé ha sido toda una incógnita hasta esta noche... ¡No se lo pierdan!

27
Nuestra última noche

«Una sinfonía triunfal pareció abarcar el mundo de tal modo que comprendí que la obra estaba acabada y que la Fealdad, elevada sobre las alas del Amor, había osado mirar de frente a la Belleza.»

Gastón Leroux,
El fantasma de la ópera

Christine sabía que no vería al público, que los focos la cegarían hasta tal punto que no distinguiría otra cosa que cabezas oscuras. Sus pequeños tacones resonaban de un modo fantasmal, y por un momento imaginó que aquellas personas eran parte de un jurado brutal y despiadado. Detenerse frente al patio de butacas, justo en el centro del escenario, le provocó una avalancha de emociones que no supo interpretar. Su silueta se recortaba contra un telón de fondo sin decoración alguna: la luz proyectaba su sombra a escala sobre un lienzo azul marino tachonado de minúsculos puntos a modo de estrellas.

Echó un vistazo fugaz a las gemas luminosas que rodeaban la gran lámpara, a las estatuas doradas de mujeres cuyas manos enarbolaban trompetas, a las máscaras grotescas de los palcos más próximos, a las luces de las cámaras..., todo se hallaba bañado por las sombras, con un brillo feroz pero hermoso, casi amenazador, como los colmillos de un lobo en la negrura.

Aun a pesar del calor sofocante que hacía allí dentro, un sudor frío comenzó a florecer en su espalda. El director de orquesta la observaba expectante. Necesitaba su aprobación para iniciar la melodía. Sin embargo, Christine no reaccionaba. Sus pensamientos cruzaban su mente a tal velocidad que no conseguía atrapar ninguno. Erik le había advertido que eligiera bien. ¿Se refería a su música, prendida en llamas? ¿A que si la cantaba, estaría entregándose a un Hades con demasiadas muertes en el corazón? ¿O tal vez todo lo contrario? ¿La instaba a olvidarse de él, de su reino desolado, para regresar al mundo de los vivos?

El director carraspeó. Christine se aferró la falda con manos crispadas. ¿Cómo podía elegir, maldita sea? ¿Debía cantar la canción de Anastasia y permanecer el resto de su vida pretendiendo que no había pasado nada? ¿Podría vivir con el peso de un hombre, de un ángel, muriendo poco a poco bajo tierra en su conciencia? Porque si no cantaba aquellas partituras, estaba convencida, completamente convencida, de que él no sobreviviría. A veces, las personas se cansan de luchar contra el mundo, contra sí mismas..., y la asfixia de saberse solas y vencidas, cuando ya han perdido el último destello de esperanza, las obliga a rendirse. Pero ¿acaso era justo decantarse, sentirse dividida hasta aquel extremo?

De pronto, algo cambió. Christine oyó cómo el público exclamaba de sorpresa. Los acordes de un piano invisible traspasaron la barrera de los altavoces para acariciar a los asistentes. El auditorio enmudeció por unos instantes para posteriormente estallar en un tibio murmullo. Algunos señalaron al director de orquesta, que miraba a su alrededor, tan sorprendido de aquella intromisión como ellos.

¿Qué música era aquella, tan apasionada como el lamento de un amante y al mismo tiempo arrolladora? ¿Por qué todos se sentían presos de sus notas, ávidos por adentrarse en la herida de la partitura, estremecidos por su intensa cadencia?

Christine notó que una mezcla de terror y orgullo se le acumulaba en la garganta. Terror por lo que la música, aquella música fuera de lo común, pudiera suscitar; orgullo porque Erik había antepuesto su dignidad, aquella que creía perdida, al miedo que le generaba enfrentarse a la sociedad. Estaba exponiendo su música y, por tanto, su corazón ante miles de espectadores. Le preguntaba al mundo si la melodía suprema que había creado podía ser merecedora de su comprensión. Y el mundo debía prepararse y responder.

Christine, abrasada por la melodía del hombre que la había salvado de sus miedos y le había entregado su propia fuerza para que ella pudiera seguir adelante, sonrió mientras se volvía hacia el patio de butacas.

Al fin había elegido.

—«Si esta es nuestra última noche, deja que tu música me hiera, déjame ofrecer nuestro dolor a la luna llena. Esta noche emprendemos un viaje, amantes, abrazados a nuestras voces, olvidados del consuelo, perdidos entre labios, como si del viento fuéramos locos caminantes. Locos, tan locos, que solo cantamos al amor.»

De nuevo, rumor unánime cuando una figura enmascarada apareció en el escenario dirigiéndose a Christine con paso felino, midiendo los sentimientos de sus ojos, avanzando con una cautela deliberada.

—«Te dibujé en mis sueños —cantó el hombre tras la máscara blanca. Su voz, hermosa como la de un dios, se deslizó, angélica, sobre el escenario—, visión ardiente, libre, visión salvaje, estrella en el poema de mi oscuridad. Y me salvabas, nos salvabas de nuestra realidad. Estrella en Clave de Sol. Loca, tan loca, que solo cantas al amor.»

Erik vestía de negro, con una extraña levita cuyos faldones se dividían en cuatro dándole el aspecto de una flor siniestra. La gente comenzó a tomar fotografías y los flashes se multiplicaron por doquier.

Christine le sostuvo la mirada. Dio un paso hacia él y se detuvo, arrebolada por el éxtasis que la música coloreaba solo para ellos. Cómo había estado tan ciega. Él no era la muerte. Su rostro, sus ojos, sus labios marchitos solo componían la máscara definitiva, aquella que había que quitar para entender que bajo ella aleteaba la pasión más luminosa. La muerte era silencio, miedo, frío, quietud. Erik, sin tan siquiera saberlo, aunaba en sí mismo la música más hermosa que la humanidad hubiera escuchado jamás y un fuego imperecedero en su mente y en su cuerpo con el que vencer todos los fantasmas de sus propias inseguridades. Juntos formarían un todo indivisible. Serían vida.

La música inició un crescendo y el piano, incansable, acentuó el torrente de su llanto en un ritmo endiabladamente bello. Las notas galoparon sobre el corazón de Christine, acelerando cada latido, atándolo al borde de un precipicio sin fondo. La canción se había convertido en algo más que un diálogo. La estaban lanzando al mundo. Y esperaban que el seísmo de su mensaje fuera tan fuerte como para despertarlo de su horrible sopor.

Christine alargó los brazos hacia el hombre enmascarado, que había comenzado a caminar en círculos a su alrededor. Sus movimientos se asemejaban a los de un depredador, pero también desprendían electricidad. Parecía saber que ambos estaban destinados a encontrarse. Ahora. Hace semanas. Desde que nacieron.

—«Si esta es nuestra última noche —la voz de la joven se quebró. ¿Realmente lo era? ¿Era su última noche?—, toma mi aliento, toma mi soledad, he quemado mi cuerpo, mi música, lo he quemado todo, hasta el alma, hasta la eternidad. Si cantamos al amor, no somos unos locos, solo cantamos nuestra verdad.»

—«¿Te enfrentarás al destino? —Erik extendió su mano hacia el público, las cámaras, los miles de ojos que los estaban contemplando— . Porque mi luz se apaga, porque aquí —se señaló el corazón— solo hay un mendigo, porque mi luto se propaga. Porque a veces el fuego consume, porque respiramos canciones que nacen amargas.»

Su canción, tan delicada, tan apasionada, comenzaba a ralentizar el ritmo. Una dulce melodía de cuna sustituyó el desgarro anterior y el público suspiró, entre aliviado y conmovido. Christine sonrió al tiempo que se aproximaba al ángel de negro. Sus manos buscaron la máscara, la acariciaron con la promesa no verbalizada de que aquel objeto no era ya una barrera. Erik se rindió a ella, posando su rostro en su pecho, permitiendo que sus brazos lo rodeasen. Como si el niño que fue nunca hubiera crecido. Sus voces se unieron trémulamente para cantar el estribillo final.

—«Si esta es nuestra última noche, mi máscara es tuya, mis sueños te pertenecen. La muerte, mi pulso, mi nombre, mi plegaria, todo se detiene. Y ya no somos unos locos, nuestro amor nunca perece.»

La música se desvaneció y solo quedaron ellos, los dos, abrazados, negro contra blanco, como un piano improvisado en el centro del escenario. La sala se mantuvo en un silencio sepulcral, únicamente transgredido por las respiraciones entrecortadas de la joven y el enmascarado, quienes, poco a poco, comenzaron a separarse.

Fue entonces cuando Erik distinguió a su madre entre

bastidores. Su rostro brillaba humedecido por las lágrimas. Lo miraba con una expresión tan afligida que le provocó una sensación de inquietud en el pecho. ¿Lo compadecía? ¿Era eso? ¿O más bien lo temía? Estaba rodeada por cinco miembros de seguridad que le indicaron con un gesto que no se le ocurriera moverse. ¿Acaso los había llamado ella? Vislumbró en la penumbra que aquellos hombres iban equipados con pistolas eléctricas y táseres de alto voltaje.

Christine, por su parte, se tensó al descubrir a Raoul avanzando a toda velocidad por el pasillo central junto a otra persona que llevaba una mochila en la espalda. ¿Lazan, tal vez? Erik captó su nerviosismo y los observó sin inmutarse.

El momento había llegado. La gente creía haber visto una actuación. Una farsa para aquel patético concurso. Era la hora de revelar que, en ocasiones, los monstruos existían y que emergían desde unos confines que nadie podría sospechar. Estrechó a Christine contra sí, alzó la cabeza con altivez y se arrancó la máscara. El pavor se adueñó de la Ópera justo antes de que todas las luces se apagaran sumiendo el palacio de la música en una oscuridad cuajada de gritos.

Cuando la gran lámpara volvió a iluminar la platea, los asistentes entraron en un nuevo estado de pánico al comprobar que la joven y el monstruo habían desaparecido sin dejar rastro.

28

Pandemónium

> «Solo hay un medio de salvar a Christine, y es penetrar en esa morada sin que el monstruo se dé cuenta.»
>
> GASTÓN LEROUX,
> *El fantasma de la ópera*

La Ópera Garnier, epicentro del lujo, la ostentosidad y la magia, que transpiraban por cada uno de sus espejos, lámparas y dioses mitológicos, ahora era sinónimo de infierno en la tierra. Todos los invitados a la gala querían salir de allí sin importar cómo. El patio de butacas se había convertido en una trampa. Empujones, ancianas que tropezaban y a las que nadie ayudaba a levantarse, codazos, improperios, alaridos, niños llorando... No había lugar para el civismo. Solo para la histeria.

Raoul, que había subido al escenario, buscaba obsesivamente una pista. Erik tenía que haberse llevado a Christine por una trampilla, un pasaje secreto... ¡algo! Pero solo descubría aberturas que daban con el cableado de los focos o con contenedores de atrezo. Lazan buscaba a su lado. Dos amigos ajenos al pandemónium que tenía lugar ante ellos.

—¡He llegado tarde! —se maldecía Raoul—. ¡Joder, no me hizo caso, deberíamos habernos ido de aquí hace días! ¡Sabía que pasaría, lo sabía! ¡Ese tío en un psicópata!

Lazan, que no cejaba en su empeño por encontrar una señal, de pronto se irguió y se cruzó de brazos.

—Pensemos con lógica.

Raoul, sudoroso y angustiado, se volvió hacia él.

—Me has contado que ese... esa cosa vive bajo tierra, y por eso he venido, ¿no?

—Exacto.

—Vale. Entonces, estamos perdiendo el tiempo tratando de encontrar a Christine aquí. Tenemos que ir al submundo y dar con ella.

—¿Crees que será así de fácil? —Raoul hizo un aspaviento—. ¿Y tú eres el experto cataphile? Sabes mejor que nadie que esta puñetera ciudad es un queso gruyer, ¡hay kilómetros de catacumbas y, como imaginarás, no tengo ni idea de dónde vive ese lunático!

Una figura femenina se acercó a ellos.

—Pero yo sí.

Raoul, encendido de esperanza, la escrutó de arriba abajo.

—¿Quién es usted?

La mujer, cuyos ojos negros reflejaban una profunda tristeza, desvió la vista unos segundos para volver a clavarla en él.

—Soy Mireille Denize, una de las profesoras de Christine.

—¿La bailarina famosa? —interrumpió Lazan.

—Eso fue hace mucho tiempo... —masculló la mujer antes de añadir, dirigiéndose hacia Raoul con voz entrecortada—: ¿La quieres? ¿Quieres a esa chica?

Los labios de madame Denize temblaron al formular aquella pregunta.

—Pero...

—Eres Raoul Dassary, ¿verdad? —prosiguió ella.

Raoul asintió.

—Si realmente aprecias a Christine, necesito saberlo.

El joven dio un paso hacia Mireille.

—Estoy enamorado de ella.

—¿Y estarías dispuesto a buscarla sin importar el riesgo que tuvieras que correr? —A diferencia de la pregunta, directa y cruda, su tono sonaba estrangulado, como si luchara por no romper a llorar—. ¿A llevártela de París, de Francia si fuera preciso?

—Oiga, señora, ¿qué relación tiene...?

Raoul cortó a Lazan.

—Sí, rotundamente sí a ambas cosas.

Madame Denize observó al cataphile y alzó el mentón tratando de aparentar seguridad.

—Estoy implicada en esto hasta el fondo.

Los dos amigos cruzaron una mirada antes de posarla de nuevo en la profesora.

—Erik es... es mi hijo.

Lazan abrió la boca, pero por una vez no supo qué decir. Raoul, por su parte, se llevó las manos a la cabeza y soltó un juramento.

—Podéis asombraros o dudar todo lo que queráis. —Mireille bajó la mirada—. Pero el tiempo apremia y, como veis, soy la única persona que os puede conducir directamente a su guarida.

—¿Podemos confiar en usted? —peguntó Lazan—. Es decir, ¿le haría eso a su... hijo? ¿Cómo podemos estar seguros de que no nos llevará hasta él adrede?

Mireille se mordió el labio inferior hasta sangrar.

—Es por mi culpa. Todo esto es culpa mía.

—Esto es de locos... —Raoul, cada vez más nervioso, se frotó la cara.

—Yo lo he convertido en lo que es —prosiguió Mireille sujetándose los brazos con evidente ansiedad—. Podría haber tomado otro camino, podría haberlo defendido ante el mundo, haberle ofrecido la oportunidad de ser alguien normal. Y en cambio... —Unas lágrimas se desbordaron para rodarle por las mejillas—. He sido una madre horrible y jamás me lo perdonaré. Yo... nunca tendré su perdón, así que es imposible buscarlo ni pedirlo. Debería haberlo amado y protegido. —Su voz, aunque sonaba furiosa consigo misma, se quebraba una y otra vez—. Y en lugar de eso creé a un chico inestable, un genio que ni siquiera es consciente del poder que ejerce. —Respiró hondo y suspiró. Cuando volvió a hablar, intentó controlar las lágrimas—: Lo ha hecho de nuevo: tiene a Christine y esta vez no sé si la dejará marchar. Ha estado solo tanto tiempo que... —Negó con la cabeza, como si quisiera apartar un pensamiento nefasto—. O lo tomáis o lo dejáis. Sé dónde vive, pero es muy inteligente, nos estará esperando y... no será sencillo llegar hasta él.

—Soy cataphile, madame. —Lazan sonrió con orgullo—. Será pan comido.

Mireille lo miró con cierta compasión.

—Mi hijo lleva más de diez años ideando trampas a su antojo. Tened por seguro que las habrá activado todas. Incluidas las de las bocas de alcantarilla que comunican con los límites más cercanos.

Raoul comenzaba a impacientarse.

—Vámonos —sentenció—. Ya.

Lazan se interpuso entre ellos y señaló a Mireille con la cabeza.

—¿Dónde vive Erik?

—Cerca de la Schola, bajo Saint-Michel. No sabría decirte el punto exacto, tendría que estar allí para saber guiaros...

—De acuerdo. Si no podemos coger un taxi y bajar directamente por una alcantarilla como usted dice, tendremos que adentrarnos por otro camino.

—¿Qué propones? —inquirió Raoul.

—El subsuelo de la Ópera Garnier comunica con La Madeleine. —Lazan dibujó un mapa en el aire con las manos, trazando el trayecto—. Desde allí, con bulevar Raspail, y este con Saint-Michel. No hay pérdida.

—¡Tardaremos siglos! —protestó su amigo.

—No si confiáis en mí. Tranquilo, allí abajo hay túneles que se comunican entre sí y atajos bien estructurados.

—Entonces no hay tiempo que perder —asintió Mireille—, te seguimos. Solo espero que sepas lo que haces.

Lazan se abrió paso entre la gente. Nadie se percató de que tomaban el ascensor que había cerca del acceso a los palcos. Sin dudarlo, el cata pulsó el botón que los conduciría al primer sótano del edificio, en la misma planta donde se encontraban el despacho del director y la entrada de los artistas.

Raoul no se fijaba en nada. Sus sentidos estaban puestos en cada decisión de su amigo, aunque se preguntaba constantemente cómo sabía el camino, cómo iba a poder guiarlos por un laberinto por el que pocas veces había transitado el hombre y donde cualquier error resultaría fatal. Lazan se detuvo junto a unas escaleras de caracol de aspecto antiguo. Una puerta blanca parecía invitarlos a entrar. El cata la abrió de un empujón y acto seguido les señaló unos peldaños de piedra que descendían.

—Bienvenidos al primero de los cinco pisos subterráneos de la ópera. No creo que aquí corramos peligro, a no ser que los de seguridad o los bomberos hayan decidido inspeccionarlos... —Se volvió hacia Mireille—: ¿Las damas primero?

Los escalones conducían a un enclave lleno de túneles bien iluminados. Raoul se sorprendió al ver que allí se almacenaban algunos de los vestidos y disfraces de las representaciones, atrezo, cajas numeradas cuyo interior era un misterio. Incluso había varios dibujos diminutos y señalizaciones en las paredes. Cuando alcanzaron una rotonda de arcos de piedra, Lazan les aconsejó con un gesto que no alzaran la voz.

—Estamos justo debajo del escenario —susurró—, aquí el eco se triplica y no queremos que nadie nos oiga, ¿no?

—Habrán llamado a la policía —añadió Mireille.

—Y estarán desplegándose por todo el edificio —dijo Raoul.

—Precisamente. Y ahora, vámonos de aquí. No hay que bajar al segundo nivel, sobre todo porque nos ahogaríamos con el lago subterráneo. Solo tenemos que encontrar la verja que conecta con las catacumbas. Ah, ahí está.

Se descolgó la mochila y rebuscó en su interior.

—Creo que llevo linternas.

—Espero que sean suficientes —dijo Mireille, que parecía cada vez más angustiada.

Lazan no contestó. Se limitó a entregarles los frontales, él cogió una linterna de mano y extrajo una pequeña ganzúa con la que abrió la verja haciendo muestra de bastante habilidad. Raoul, que no conservaba un buen recuerdo de su viaje al submundo parisino, sintió una punzada de temor al verse de nuevo inmerso en aquel dédalo interminable. Su amigo mantuvo su mutismo un buen trecho. Los guiaba con pericia, eligiendo con cuidado cada pasaje, acariciando los muros, los letreros identificativos, como si todo en aquel universo de oscuridad estuviera vivo y pudiera comunicarse con él.

—Bien —dijo en un momento dado—, hemos dejado atrás la Asamblea Nacional.

—¿Tan rápido?

—Raoul, siempre has sido un poco escéptico... Os dije que confiarais en mí.

Mireille lo enfocó con el frontal, esperando instrucciones. El temor que albergaba por Christine y su hijo borraba el leve dolor que sentía en la pierna. Las catacumbas eran un lugar peligroso, pero nada, ni siquiera su maldita cojera, le impediría llegar con aquellos chicos al hogar de un niño-dios demasiado herido como para rendirse sin luchar.

Raoul los observó unos instantes y se preguntó si todo aquello no era sino una extraña pesadilla. Al igual que Orfeo, iban derechos hacia el abismo.

—Eso sí —continuó Lazan—, lo que voy a deciros ahora tal vez no os guste tanto...

—¿De qué hablas? —preguntó ella.

—Estamos ya en pleno bulevar Raspail y eso es genial, pero... para llegar hasta Saint-Michel...

—Suéltalo —lo conminó Raoul.

—Vale, pero no será agradable. —Señaló una pequeña oquedad en un muro y suspiró—. Tenemos que meternos por ahí. Es la única forma de atravesar las entrañas del Jardín de Luxemburgo y llegar al otro lado.

—¿Te refieres a ese agujero? —apuntó Mireille—. ¡Es imposible que quepamos por él!

—Madame, si un grupo de catas que solo busca divertirse puede hacerlo, tres personas que quieren recuperar como sea a una amiga deberían ser más que capaces.

—Por mí no hay problema —intervino Raoul.

Mireille hizo un gesto de derrota.

—Tú eres el experto...

—Iré el primero. Ah, y un consejo: tirad de las mangas al máximo y poned los puños así, ladeados. De esta manera no os haréis daño con las aristas de los huesos...

Mireille, que odiaba profundamente las catacumbas, sintió que le faltaba el oxígeno dentro de aquel paraje asfixiante. Los pies de Lazan pataleaban para darse impulso delante de su rostro. Creyó que no podría continuar, que el pánico la paralizaría, que su pierna no resistiría. Las calaveras a su alrededor la acosaban como espectros impasibles, le sonreían con sus mandíbulas desencajadas, parecían arrojarle el resto de sus cuerpos ya consumidos para desgarrarle el traje y la piel mientras se afanaba por reptar entre ellas. Si hubiera sido una buena madre, si tan solo hubiera tenido valor..., todo habría sido diferente. Tal vez Erik hubiera tenido la posibilidad de vivir entre el mundo de los vivos, ser un hombre de prestigio, ganarse el reconocimiento de la humanidad entera... Pero ni la humanidad estaba preparada para alguien como él ni Mireille había convencido a su hijo de lo contrario. Cuando llegaron al otro extremo, Lazan la ayudó a salir para después hacer lo mismo con Raoul. Mireille respiró aliviada, pero la tranquilidad duró poco.

—Dios mío... —gimió.

—¿Qué? —preguntó Raoul, alarmado—. ¿Qué ocurre?

—Reconozco este lugar...

Cogió la linterna de manos de Lazan y giró trescientos sesenta grados al tiempo que iluminaba el nuevo corredor.

—Estamos en sus dominios, muy muy cerca... Ya hemos dejado atrás al «hombre de blanco»...

—La Muerte Blanca... —murmuró Lazan.

—¿Conoces el dibujo? —quiso saber ella, que tenía el rostro desencajado.

—Sí, aunque nadie quiere adentrarse tanto como para topárselo. Dicen que si lo haces, no consigues salir...

—Y no les falta razón —contestó Mireille con ojos febriles—. A veces, cuando Erik se siente en peligro, activa el mecanismo de las trampas. Algunas de ellas son inofensivas y conducen directamente al exterior. Otras...

El silencio que se instaló entre ellos hizo que se estremecieran.

—No hay vuelta atrás —afirmó Raoul—. ¿Conoce usted todas las trampas?

—Ojalá —se lamentó la mujer mientras se limpiaba la sangre de uno de los puños—, pero sí sé dónde está la mayoría.

—Eso nos da cierta ventaja. —Raoul compuso una sonrisa nerviosa—. Llegado este punto, debería ser usted quien nos guiara...

—Por aquí —dijo entonces, y, a su orden, emprendieron de nuevo la marcha.

Unos metros más allá, Lazan los detuvo con un movimiento imperativo.

—Mirad eso —señaló—. En el muro hay escritas unas palabras en blanco.

—*La mort renaît* —leyó Raoul—. «La muerte renace.» Suena mal... muy mal.

—Erik nunca me dijo que aquí hubiera algo peligroso —acotó madame Denize, y les hizo un ademán para continuar avanzando—. Deberíamos seguir, falta muy poco para...

No pudo terminar. Uno de los muros comenzó a moverse y el que quedaba tras ellos giró sobre su eje. Ambas paredes parecían querer devorarlos. Mireille gritó; Raoul trató de forzar aquella cárcel improvisada sin conseguir que cediera, Lazan se mantuvo inmóvil, horrorizado.

La caja de piedra en la que se encontraban vibró para después desplazarse hacia abajo. De pronto, los muros volvieron a rotar. Al detenerse, los tres comprobaron con estupor que ya no eran de piedra. Los rodeaban unos espejos enormes que multiplicaban sus cuerpos hasta el más grotesco de los infinitos. Raoul, sintiendo el peso de la claustrofobia abrírsele paso en el pecho, se acercó a una de las superficies y descubrió que desprendía luz... y calor. Mucho calor. Un grito se le escapó de la garganta al distinguir algo más. Miles de ojos tridimensionales los miraban desde los cristales. Ojos sin párpados, iridiscentes, con las pupilas clavadas en ellos.

Madame Denize ahogó un gemido y cayó al suelo de rodillas. Erik nunca la advirtió sobre la última trampa. Estaban atrapados.

29

El alma de un fantasma

«Y cantaremos solo para nosotros, hasta morir. ¡Lloras! ¡Me tienes miedo! ¡Sin embargo, no soy malvado en el fondo! Ámame y lo verás.»

GASTÓN LEROUX,
El fantasma de la ópera

Erik atravesaba los túneles subterráneos que conducían a su morada sin soltar la mano de Christine. La joven, un tanto mareada, observaba como en un mal sueño cómo los muros obedecían a su señor.

Conforme avanzaban, el laberinto se convulsionaba, se retorcía, cambiaba de forma hasta confeccionar un caleidoscopio sin fin... Era un ser vivo a merced de un dios todopoderoso.

Cuando llegaron a su guarida, Erik se apresuró a dirigirse a la sala de las máscaras. Necesitaba sentir la protección que le proporcionaba notarla sobre la piel. Le habían enseñado que solo con una máscara estaba completo. Nunca había sido un niño, un adolescente, un hombre. Su inteligencia, sus emociones, su corazón..., nada tenía valor alguno. Salvo la máscara.

Y, sin embargo, en el último momento se abstuvo de ponérsela. La miró entre las manos y acto seguido la arrojó contra la pared. Aquella noche él tenía el control. Aquella noche, las cosas iban a cambiar. Definitivamente. Sin importar el rumbo que tomaran. Aquella noche no habría un ángel de la música a quien implorar. Pero sí un demonio al que temer. ¿No era eso lo que todos pretendían que fuera? ¿Un ser perverso, un engendro capaz de las peores atrocidades? El rostro era el espejo del alma, ¿no? Sonrió de forma aviesa. Bien, que así fuera. El cuento más antiguo del mundo se repetía. Érase una vez un príncipe que vivía en un castillo resplandeciente... ¿Empezaba así? ¿O tal vez con un monstruo que sufría confinado en un palacio bajo tierra...? Las diferencias eran mínimas. Pero esta vez, la bestia había perdido toda esperanza de ser salvada. No existía ningún hechizo, ninguna escapatoria. Ya no había mucho más por lo que luchar y, por tanto, que perder. El cuento había terminado y su final no sería del agrado de todos.

Christine, que se había quedado sola en la galería principal, no dejaba de contemplar todo cuanto la rodeaba. Aquella casa subterránea, tan magnética cuando ella la conoció por primera vez, tan misteriosa, llena de una magia que pocos mortales llegarían a conocer nunca, se hallaba devastada.

Páginas arrancadas de los libros que conformaban la biblioteca alfombraban parte del suelo; el escorpión y el saltamontes de cristal eran ahora fragmentos diseminados aquí y allá; el cuadro de Odette y Rothbart había sido destrozado a jirones; el maniquí sin rostro yacía desmembrado en un rincón junto a los restos del muñeco sin ojos; los cedés y deuvedés relucían partidos fuera de sus cajas; la sala de música, un par de metros más allá, se había convertido en un mausoleo de instrumentos y partituras destruidas..., incluso el hermoso piano había sido blanco de la ira de su dueño. La caja de resonancia, la tabla armónica, las cuerdas, los pedales..., nada había escapado de su furia. Las teclas estaban esparcidas por doquier en una dolorosa imagen de la desolación. Le pareció estar en medio de las ruinas de una maravillosa fantasía hecha añicos cuyo centro era aquel piano que ahora se asemejaba a un animal... un animal majestuoso y milenario que agonizaba ante ella.

Christine tragó saliva. Aquella casa conformaba el reflejo del interior de un hombre. Un hombre que había llegado a su límite físico y mental y que podía estar dispuesto a todo. La semilla se había secado sepultada entre la tierra, y su música nunca conseguiría ver la luz del sol.

Cuando Erik regresó, la joven creyó que iba a explotar de impotencia.

—¿Es esto lo que me espera a mí también? —preguntó invadida por una cólera repentina. Al ver que él permanecía en silencio, volvió a estallar—: ¿Por eso me has traído de nuevo aquí? ¿Para saciar tu propia venganza? ¿O para saciar otro tipo de sed?

Erik, cuyas chispas de oro refulgían en sus cuencas negras, avanzó lentamente hacia ella. Cada uno de sus pasos se revestía del crujido de una página, una partitura, un cristal roto. La muerte estaba pisando los vestigios de su propia destrucción.

—Vaya, Christine, qué torpeza la mía. —El sarcasmo de su voz la hizo retroceder—. En mi malsana obsesión por arrancar de ti algo de afecto, creo que he perdido mi propio papel en esta obra de teatro. ¿Quién soy ahora? ¿El galán enamorado? ¿El bufón del que todos se mofan? ¿O puede que el típico malvado al que el público desprecia sin dudar? Sí, me parece que este último personaje me viene como anillo al dedo, ¿verdad? El de bufón está demasiado visto y el de galán me temo que le ha tocado a otro.

—Erik..., por favor, este no eres tú...

Él la obligó a alzar la barbilla para que mirara directamente sus cavidades negras.

—Claro que no soy yo, querida. Estoy harto de ser yo. Es más, ni siquiera sé quién diablos soy, así que... durante un rato jugaremos a que soy parte del mundo, ¿de acuerdo? Soy una persona normal, con inquietudes normales, sentimientos normales y sueños normales. Ya, ya sé que es difícil imaginarme así, pero si pudiste creer que un ángel te daba lecciones, puedes hacer un pequeño esfuerzo ahora.

La expresión de Christine mostraba una angustia terrible; sin embargo, sus ojos se mantuvieron fijos en las ascuas de fuego que eran los de él.

—Nunca te he tratado como a alguien diferente —respondió—. Todo lo contrario. Y acabo de cantar tu canción, ¿qué más quieres de mí?

Erik acercó su rostro cadavérico al de la joven. Sus labios casi la rozaban. Christine sintió que un escalofrío le recorría la espalda.

—Te quiero a ti. A ti. —Su susurro rebosaba furia y ansiedad—. Sin miedos, ni dudas, ni condiciones, ni falsas ilusiones. Quiero tu sinceridad, tu pasión, tu anhelo, tu sonrisa. Te quiero desnuda de prejuicios y tristezas. Quiero a esa Christine que se esconde más allá de todo eso. Esta noche has cantado para mí, has elegido. ¡Has elegido! Estás conmigo. No veo cuál es el problema. ¿Tú sí? Pensándolo mejor, tal vez tengas una o dos objeciones que hacer. Después de todo, no siempre se tiene la oportunidad de engañar a un monstruo, ¿no crees?

—¿A qué te refieres?

—¡Ah, ya veo! La memoria selectiva es una cualidad muy interesante. Muy muy interesante. —Se separó de ella para cruzarse de brazos—. Es extraño. Quizá sea cierto que yo no pertenezco a la raza humana, ¿sabes? Porque en mi caso lo recuerdo todo. Todo. Recuerdo aquella tarde que estaba solo en casa y..., aunque, en realidad, siempre estaba solo. ¿Conoces la soledad más absoluta, Christine? No, claro que no. Enloquecerías si lo hicieras... Tenía tres años, y mi madre se había ido a hacer sabe Dios el qué. Nunca le he preguntado adónde iba, ¿para qué cuando entiendes perfectamente que buscará cien excusas con las que dejar abandonado a su hijo? El rumor de mi existencia ya había corrido por el edificio y unos chicos creyeron que sería muy divertido acudir a la puerta para amenazar de muerte al monstruo que vivía tras ella. Intentaron abrirla, por supuesto, y la aporrearon hasta que uno de los vecinos intervino. Recuerdo cuánto lloré esa tarde... Cuánto lloraba a diario... Y recuerdo las innumerables estancias en el hospital. Rezaba para morirme allí mismo. Conmovedor, ¿eh? Un niño de cinco años rezando para no despertar de la mesa de operaciones. Recuerdo la noche en que violaron a mi madre en el metro y a mí me dieron una paliza brutal. Y cómo olvidar los años en los que me destrocé las manos, el cuerpo y el alma creando mi hogar bajo tierra. Así que no. —Chasqueó la lengua y el sonido retumbó por todas partes—. No entiendo la memoria selectiva, Christine. Sobre todo cuando hay un beso de por medio.

Involuntariamente, Christine se llevó una mano a los labios.

—Eso es, ahora comienzas a acordarte. Bien, bien. Un beso del galán de este dramón teatral no es como para olvidarlo... —De repente, un pitido extraño reverberó en la estancia—. ¡Y, además, el actor se ha presentado a escena para representar su papel! ¿Lo ves, Christine? Incluso Shakespeare estaría orgulloso.

La joven se volvió, buscando a Raoul a su alrededor. Era evidente que el pitido se debía a una alarma de aviso.

—Es imposible que Raoul esté aquí, no sabe cómo llegar —dijo, casi para sí misma—. Dios... A no ser que...

—Premio para la Julieta de esta historia. —Erik se rio por lo bajo—. Dassary no sabría ni encontrar el baño en su mansión, pero con la ayuda adecuada de un cataphile..., bueno, ya conoces el dicho: «Nada es imposible».

—¡¿Christine?!

—Habla más alto, Dassary, o tu enamorada no podrá escucharte. Y... vienes acompañado, ¿no? ¿A quién más he pescado entre mis redes?

Christine aguzó el oído. La voz de Raoul procedía de algún punto del muro lateral.

—¡Erik, déjanos marchar a todos! —dijo una voz estrangulada—. ¡No cometas una locura!

La joven palpó el muro en busca de un interruptor, un trampantojo, algo que le permitiera abrirlo. Escuchar la súplica de madame Denize la hizo creer que estaba soñando.

—Vaya, la madre pródiga ha venido a reñir a su hijo... —Erik realizó una reverencia burlesca aun sabiendo que no podían verlo—. Creo que es demasiado tarde, pero tal vez puedas hacer el papel de bufón, al fin y al cabo se te da bien ser un comodín patético.

—¡Abre los muros, maldito! —bramó Raoul—. ¡Quiero verte cara a cara!

—¿Y jugar a las diferencias? —De repente, la voz de Erik se tiñó de cansancio—. Ahí es donde os corresponde estar. Siento no sentirlo. Por cierto, Christine, es inútil que escudriñes cada centímetro de esa pared... Solo yo conozco el mecanismo. Están en una cámara de espejos. Interesante, no me lo negarás. Los espejos pueden matar, como bien sabes. Y los ojos que miran sin comprender...Y, claro, el calor de la angustia, de la desazón que quema hasta asfixiarte... Es una de mis trampas más personales, espero que se sientan cómodos y que logren aguantar hasta el acto final.

Ella se volvió, apoyando la espalda en el muro como si así, de algún modo, protegiera a los que se encontraban en su interior.

—¿Por qué haces esto? ¿¿¿Por qué eres tan cruel???

—¡Cruel es permitir que me pudra aquí abajo! ¡Y eso es lo que les pasará a ellos! Mi madre no puso objeciones cuando le confesé mis intenciones de vivir aquí... ¡Diría que la idea le encantó!

Madame Denize sollozó desde el otro lado.

—¡Eso no es cierto!

—¿Ah, no? «Es lo mejor», dijiste palabra por palabra. «Así nadie te verá.» Nadie, ¿eh? ¡Ni siquiera tú!

—Erik... —Christine acortó distancias—. Erik, mírame y júrame que...

—No me gusta jurar. No ante un dios que permite que atrocidades como yo vean la luz sin un ápice de compasión. Llevo enjaulado toda la vida. Y ellos... —Señaló el muro—. Ahora sabrán lo que se siente.

—No todas las jaulas son físicas.

—¿Pretendes darme lecciones? ¿Te refresco la memoria de nuevo? Te di fuerza, seguridad, ¡valentía! Y a cambio recibo una traición. Has cantado mi canción, sí, y ya has visto lo que me espera si permanezco en la superficie: gritos, rechazo, pistolas de alto voltaje, una madre incapaz de defender a su hijo y un niño rico que pretende dárselas de héroe. Has elegido, Christine. Podías haber cantado *Once upon a December*, pero no ha sido así. Y si no puedo vivir en la luz como una persona civilizada, ¡viviremos los dos en esta maldita tumba!

—¡Hijo de perra! —estalló Raoul casi sin aliento.

Erik apoyó una mano en una de las columnas e inspiró largamente.

—Tú tienes la llave, Christine —murmuró—, tuya es la decisión final.

—No lo entiendo... —gimió ella.

—Es muy sencillo —suspiró Erik lleno de dolor—. Si te quedas para siempre, viven. Si me abandonas, permanecerán en esa jaula de espejos hasta que exhalen el último aliento.

Le dio la espalda. No quería que viera cómo le costaba respirar, cómo luchaba por contener las lágrimas, cómo sus convicciones se desmoronaban hasta poblarse de culpabilidad. Aquella chica a quien le había dado todo cuanto él no tenía, a quien amaba más que a la luz, a la libertad, a la música, a la vida... no merecía ese ultimátum. Así era la muerte, marchitaba todo cuanto estuviera cerca de su piel tatuada de fantasmas. La muerte no debería cantar, ni soñar con partituras que nunca serán ejecutadas, ni creer en historias de amor. La muerte debería perderse en el silencio, con su funesta dignidad, y jamás regresar.

Cuando la mano de Christine se posó en su hombro, Erik se encogió instintivamente.

—No tengas miedo —susurró ella—, nunca tengas miedo...

«¿Y tu máscara, Erik? Sabes de sobra que no me gusta que te la quites.»

Erik se dio la vuelta muy despacio.

—Hay miedo por todas partes. —Su voz se quebraba, él se quebraba—. En los espejos, en la oscuridad, en mí.

«Mamá..., no quiero que me hagan más daño. Déjame ver a Christine, déjame tocarla...»

Christine alzó las manos y se las posó en las mejillas plagadas de cicatrices. Él tembló cuando los ávidos dedos de la joven iniciaron un viaje de caricias.

—El miedo puede vencerse...

«¿No te han dicho que los bichos como tú tendrían que estar muertos, cadaverito?»

Christine acercó su rostro al de Erik. Cómo decirle que con él los recuerdos ya no eran una niebla amarga. Cómo convencerlo de que con él no había vuelto a luchar contra la soledad que la consumía lentamente. Cómo demostrarle que con él la música y el corazón manaban del sueño más hermoso. Cómo hacerle entender que con él no existían las puertas cerradas o las lágrimas en mitad de la noche. Cómo explicarle que no volverían a sentirse dos seres incompletos, rotos, perdidos... Que el infierno que llevaban grabado en el alma se había convertido desde hacía semanas en un remanso de luz. Que deseaba besar cada una de las heridas de su vida y hacerlas desaparecer con el mismo viento que él le había insuflado.

Un «te quiero» no abarcaría nada de eso. Un «te amo» sería insuficiente. Las palabras nunca tendrían el poder de desatar todas las máscaras, de reflejar cada una de sus nuevas estrellas.

Y la niña perdida, la niña que buscaba en cada melodía a un ángel dorado, posó sus labios en su frente de calavera. Las palabras, ese lenguaje que había abandonado su fuerza, se transformaron en besos. Poco a poco, con una ternura infinita, recorrió cada milímetro de su cara. Sus ojos extraños, la oquedad de su nariz, sus pómulos huesudos, el contorno de la mandíbula, las comisuras... La muerte rompió a llorar.

«Diles que nadie puede salvarme excepto ella...»

La joven lo acogió entre los brazos mientras capturaba todas sus lágrimas entre los labios, bebiendo cada gota de abandono, soledad y rencor.

No se separó de él al musitarle al oído:

—Cuando buscaba a mi ángel en el espejo ya le confesé lo que sentía, pero ahora eres tú quien no lo recuerda. Amo la música. Nunca lo olvides. Y la música... eres tú.

Cuando sus labios se unieron, las cadenas del odio y el miedo, las máscaras, la noche, las propias catacumbas se astillaron para convertirse en millones de notas musicales. Notas que durante unos instantes engendraron una música gloriosa, desconocida, sagrada.

Y la muerte comprendió que la vida le había regalado una voz nueva... porque la vida no mentía al jurar entre lágrimas que lo amaba.

Dueto final

Erik

Como en todo buen cuento, la bestia ha liberado al amor de su vida. Lo que pocas veces se narra es que, tras verla partir, la bestia agoniza en la más profunda desesperación y solo desea que los muros de su castillo caigan sobre ella y la sepulten para siempre. Porque este dolor es diferente del que produce el rechazo o el odio. Este dolor que cubre todo mi ser, desde la punta de los dedos hasta abarcar cada fibra de mi cuerpo, es el umbral definitivo que debo cruzar para liberarme yo también.

He visto cómo abrazaba a ese chico, la sonrisa de satisfacción de mi madre, los ojos desorbitados del cata... Los veía, pero no los miraba. Muy pocas personas conocen la diferencia. Yo estaba muy lejos... y solo podía mirar, con los ojos de la memoria, el rostro sereno y entregado de Christine cuando se ha atrevido a besarme. Lo ha hecho por voluntad propia, Dios mío, y ha dicho que me amaba. ¿Cómo puedo sentir esta felicidad y este sufrimiento a un tiempo? ¿Es esto el amor?

La gente no puede llegar a entender lo que significa en

realidad un beso. Es algo natural, automático, no cuesta nada, se da y se recibe gratis. Se besa al saludar, al estar agradecido, al despedirse, o por simple y pura necesidad de sentirse amado, de formar parte del corazón de alguien. Es un roce de la piel, un contacto fugaz de los labios. Y, sin embargo, no debe de existir nadie en este mundo al que no hayan besado alguna vez. Salvo yo. Cuando tenía seis años y leí en uno de los libros de mi madre cómo un padre besaba a su hija en la mejilla, me di cuenta de que no tenía definición posible para aquello. Yo era un niño muy inteligente, pero ese pequeño e insignificante verbo se me escapaba. Cuando le pregunté a mi madre, su cara palideció y, haciendo un gesto con la mano para que me fuera, dijo: «No es algo que tú debas saber, no es importante». Pero se equivocaba. Los adultos se equivocan muy a menudo.

Arrastrando los pies, me dirijo hacia la cómoda de la sala de las máscaras. Abro uno de los cajones y, con mucho cuidado, extraigo un objeto envuelto en un paño de raso. Quiero regresar a la galería principal, pero me es físicamente imposible. No estoy enfermo, y sin embargo mi cuerpo es incapaz de moverse.

Descubro el interior del envoltorio y con un sollozo agónico, caigo de rodillas. En mis manos reposa mi primera máscara. Es tan pequeña, parece tan inofensiva, tan blanca, de algodón... Mi madre la confeccionó para mí cuando tenía un año. Antes de eso no recuerdo gran cosa. Pero mi mente retuvo el mismo momento en que prorrumpí en llanto al sentirla sobre la cara y la expresión aterrada de Mireille, que me dejó en la cuna llorando durante horas.

Me aovillo en el suelo, junto a los restos de mis libros y de mi música, como cuando era un niño y rezaba para no estar solo nunca más. Sostengo la máscara diminuta entre las manos y la estrecho contra el pecho.

Puede que el cuento no haya terminado demasiado bien. Y, aun así, resulta paradójico pensar que la bestia sí ha sido liberada de su hechizo.

Christine

Los he guiado más allá de la Muerte Blanca. Lazan sabe regresar desde ese punto. Madame Denize y Raoul han insistido en que salga a la superficie con ellos, pero... no puedo. Y me enfurece que no lo entiendan. Saber que nunca lo harán. La mirada de triste derrota de Raoul me persigue durante el camino de vuelta que me conduce a la morada de Erik. Lo siento, Raoul. Supongo que jamás me perdonarás por esta decisión. Y no me importa. Eso es lo extraño. Quiero regresar. Necesito hacerlo. Y, por una vez, no me importa lo que otros piensen. Él me ha liberado de todo eso.

Cuando el muro corredizo se aparta y vislumbro su ausencia en la galería principal, una angustia terrible se apodera de mi cuerpo. Permanezco atenta durante unos segundos. Un gemido. Un sollozo contenido. Me dirijo hacia la sala de las máscaras y una exclamación escapa de mi garganta al verlo en el suelo, llorando en posición fetal. Me arrodillo junto a él y le poso una palma de la mano sobre la mejilla humedecida.

Erik se sobrecoge con mi contacto y alza el destello dorado de sus ojos hacia mí. Por un momento, percibo que cree estar viendo a Perséfone volver a los infiernos y se me encoge el corazón. Se incorpora un poco. Lo ayudo a sentarse a mi lado y ambos mantenemos un cálido silencio antes de que él susurre mi nombre.

Compruebo que no ha abierto las manos y las tomo entre las mías. Le sonrío aunque no necesita saber que puede confiar en mí. Cuando revela el contenido que tan preciadamente ha ocultado, mis ojos se bañan en lágrimas. Había decidido no llorar más delante de él. Me lo había prometido. Pero las emociones son salvajes, incontrolables y es muy difícil escapar de su influjo.

—Has regresado.

Su voz, hermosa y preciada como la última capa de hielo en un prado al llegar la primavera, suena rota. Y duele. Me duele demasiado.

—Sí —respondo—, pero no para quedarme.

—Lo sé.

Sus manos siguen cubriendo las mías, y en el centro de esa unión está la pequeña máscara.

—No tengo derecho a decidir cómo y a quién debes entregarte. Espero que ese chico sepa...

—No me iré con Raoul. He elegido lo que quiero hacer con mi vida, pero no lo he elegido a él.

Sus manos tiemblan visiblemente.

—Entonces... ¿no lo amas?

Niego con la cabeza.

—No como él quiere que lo haga. No puedo querer a alguien cuando solo lo veo como un amigo. Raoul... no puede exigirme nada más. Lo he intentado... pero no, no es para mí ni yo para él.

Erik prolonga su silencio y sé que está esperando que continúe. Una última lágrima le resbala por la mejilla ajada y sé que ha llegado el momento de decirle la verdad.

—¿Y qué sientes por mí? —pregunta con un hilo de voz.

Seco su lágrima con la yema del dedo índice y lo llevo a mis labios.

—Amor y música, ¿recuerdas? Para mí ambas están en ti.

Sonríe con amargura.

—Ahora soy yo quien no entiende...

Sostengo su mirada de fuego.

—Me he enfrentado al miedo, a la inseguridad, al vacío. Un ángel lo hizo posible. Me has dado alas, Erik. Y yo...

— Y tú quieres saber lo que se siente al volar con ellas.

Asiento al tiempo que cierro sus manos formando un cuenco donde la máscara se oculta de nuevo.

—Quiero probarme a mí misma. Descubrir de lo que soy capaz, recuperar los años que he perdido.

Él se acerca un poco a mí, temeroso de mi reacción. Lo abrazo con fuerza y al sentir su cuerpo fundido con el mío me parece que el mundo ha recuperado su eje y que nunca más se detendrá para los dos.

—¿No nos volveremos a ver jamás? —Su duda parece más una afirmación angustiada que una pregunta.

Sin separarme de él, le poso los labios en el cuello y recorro el contorno de su rostro hasta alcanzar sus labios de nuevo. Se estremece y mi corazón explosiona al son del suyo.

Musito cada palabra sin separar mi boca de la suya y bebo su aliento como si fuera la última canción del mundo:

—¿Sabes? «Jamás» es una palabra muy triste...

Erik me devuelve el beso con un suave temblor antes de juntar nuestras frentes.

—Y un ángel puede ser eterno...

Los dioses que maldijeron al niño no pudieron prever que, después de todo, la muerte siempre había amado a la vida. Y que la vida... no es nada sin amor y sin música.

Agradecimientos

Este libro es un reto. Para mí y para ti, lector. Aunque podría decir que todos los libros son un reto, pues los autores creamos vida, a veces incluso descargamos nuestra alma en cada palabra, y a su vez, el lector hace posible la magia. Como acaba de suceder. Has leído una historia cuyos orígenes son misteriosos, casi legendarios, y ahora te pertenece por derecho. Gracias a ti, todo cobra sentido. Pero... no es a esa clase de reto al que me refería al inicio de estos agradecimientos. En mi caso, creo que el desafío de escribir esta historia comenzó hace años, cuando el germen de la misma se gestó en mi mente. Comenzó el día en que descubrí al Fantasma de la Ópera, con doce años, y me enamoré de su trágico destino; comenzó cuando decidí que quería investigar la realidad dentro del mito; comenzó aquella mañana de enero en que, tras mucho insistir, logré bajar a los subterráneos de la Ópera Garnier y descubrir sus secretos; comenzó en mi andadura por las catacumbas parisinas; comenzó cuando entablé amistad con la bisnieta de Leroux; comenzó con mi periplo por las distintas bibliotecas de la capital francesa o cuando conocí el mundo de los cataphiles... y, finalmente, terminó eclosionando de su crisálida cuando escribí el libro que acabas de concluir en este preciso instante.

Para ti, el reto no ha hecho más que empezar, pues, si lo deseas, puedes ser tú quien continúe el misterio que te he mostrado: todos los lugares que aparecen en esta novela son reales y, salvo algunos, todos se pueden visitar (¿estarías dispuesto a adentrarte en las catacumbas prohibidas...?). Y si eres un lector intrépido, si te apasiona exprimir hasta la última curiosidad de las historias, debes saber que la mía está cuajada de homenajes a todas las versiones cinematográficas que alguna vez se hayan inspirado en el Fantasma de la Ópera. ¿Podrás encontrarlas?

No puedo escribir estos agradecimientos sin nombrar al hombre gracias al cual este libro es posible. Gracias, Gastón Leroux, por cambiarme la vida..., por cambiársela a los millones y millones de apasionados de tu historia en todo el mundo. Sin ti, Erik hubiera permanecido siempre en las sombras. Sin ti, hoy yo no sería quien soy.

Sí, este libro es un reto. Y también un canto contra el miedo, la soledad y la inseguridad.

Espero haber inundado, con cada página, tu corazón, lector, de una música nueva que recuerdes para siempre. Gracias por ser fuerte, por luchar contra la adversidad, por no rendirte. Gracias por ser tú.